잊혀진 나라
가야 여행기

잊혀진 나라
가야 여행기

《 내가 사랑한 가야 》

글·그림 **정은영**

율리시즈

1500년 전 가야의 잊힌 이야기를 찾아 떠났습니다.
제가 만난 우주, 가야에 대한 이야기가
당신에게도 작은 감흥과 설렘을 주었으면 좋겠습니다.

정은영

　　우리에겐 너무나 많은 기행문이 있다. 약간의 검색만으로 먼저 다녀온 수많은 사람들의 블로그와 기행문을 만날 수 있다. 그리고 내비게이션과 도로망도 잘되어 있으니, 조금만 노력하면 언제라도 원하는 시간에 원하는 곳에 갈 수 있는 세상이다. 초고화질의 잘 만든 기행 다큐도 즐거움을 준다. 이런 여행 과잉 시대에, 정작 진정한 여행과 역사의 의미는 잃는 것이 아닌가 걱정될 정도다.

　정은영의 가야 기행문은 다르다. 경상도·전라도 일대에 있었던 가야라는 친숙하지만 결코 쉽지 않은 주제를 자신만의 필체로 녹여냈다. 최근 몇 년간 가야를 둘러싸고 수많은 학술대회와 토론이 이어졌으며 포털에는 가야의 발굴기사가 가득했다. 하지만 우리는 얼마나 가야를 알고 있다고 할 수 있을까. 대부분 가시 돋친 듯한 논쟁이나 지나치게 학술적인 내용이었을 뿐 진정한 가야를 돌아볼 기회는 많지 않았다.

　이런 역사의 소용돌이는 가야 탓이 아니다. 뒤얽힌 한국과 일본의 복잡한 근현대사가 주원인이다. 가야를 대상으로 일본은 지난 150여 년간 식민지에 대한 욕망을 투영하려 했고, 그에 따라 촉발되는 역사 논쟁 속에서 우리는 진정한 가야의 모습을 잊었다. 정은영은 우리와 똑같이 살았고 사랑한, 이웃 같고 가족 같은 조상들이 살았던 진정한 가야를 보고자 했다. 그녀는 감성을 숨기지 않지만 그렇다고 현실을 도피하지도 않는다. 가야와 관련된 현실의 수많은 논쟁을 피하지 않고 담담하게 소개한다. 그 하나하나를 따지기보다는, 논쟁에 가려진 유물 하나하나가 주는 기쁨과 텅 빈 유적이 되어버린 가야를 자신만의 감성으로 이야기한다.

부드러운 그림과 달달한 필체 속에, 강하게 소용돌이치는 역사의 현장 그리고 근대 이후 일본에 유린된 우리의 역사를 꼭꼭 눌러 담았다. 마치 달달한 휘핑크림 사이로 빨려오는 짙은 향의 커피같이, 그녀의 기행문에는 달콤하면서 아련한 가야가 어른거린다. 그리고 무심한 듯 던져놓는 일제의 가야 역사 침탈, 근동과 그리스, 수많은 고대 문명과 시를 떠올리는 구절구절을 종횡하다보면, 어느덧 어떤 고고학자도 볼 수 없던 가야의 새로운 모습이 다가오는 듯하다.

정은영의 기행문을 추천하는 또 다른 이유는 구절구절 묻어나는 진정한 고고학에 대한 사랑 때문이다. 고고학의 목적은 화려한 유물 자체가 아니라 과거의 인간이다. 저자는 역사에 과잉된 내셔널리즘을 투영하는 것을 경계한다. 대신 수많은 무덤에서, 사랑하고 때론 다투던 과거 사람들의 외침을 느낀다. 그리고 그 느낌을 독특한 질감의 스케치로 담아냈다. 이것이 세상 어디에도 없는 그녀만의 특별한 여행기인 이유는 사심 가득한(?) 고고학자에 대한 애정에 있다. 고고학을 전공했지만, 졸업 후 전공과는 먼 공무원의 길을 갔지만, 그녀에게 고고학은 영원한 사랑이다. 책 곳곳에 저자의 입을 빌어 튀어나오는 고고학자의 애환과 고고학이라는 미지의 학문을 재치 있게 설명한 부분도 읽는 재미가 각별하다.

이제는 어디를 가보았는지보다 여행에서 무엇을 느꼈는지가 더 값진 시대가 되었다. 저자는 지난 150여 년간 가야를 둘러싼 전쟁 같던 무수한 논쟁과 갈등을 넘어 진정한 가야를 느끼고 보았다. 그녀가 본 가야는 세상 어디에나 있을 법한 우리의 모습이지만 이미 세상 어디에도 흔적 없이 사라져간 우리 조상의 모습이기도 하다. 그녀만의 독특한 감성과 역사에 대한 직관을 녹여낸 이 기행기를 여러분 모두에게 추천한다. 마지막까지 꼭꼭 읽어보시기를. 그리고 자신만의 가야를 찾아 여행을 떠나보는 건 어떨까.

박종익_(전)국립가야문화재연구소장

     이 책을 마주하고 보니 오랜 세월 동안 문화재청 연구직 공무원으로 가야 지역 여러 발굴조사 현장을 함께한 순간들이 떠오른다. 책에 소개되고 있는 함안 마갑총 발굴조사를 하게 된 계기와 고성, 합천, 고령을 비롯하여 장수 동촌리 고분군 발굴조사의 그 과정들. 그리고 국립가야문화재연구소에 재직하면서 가야사 연구와 복원이라는 국정과제로 조사한 창녕 교동과 송현동 고분군, 함안 가야리 유적 등 평생 잊을 수 없는 발굴조사 현장을 되살리기에 충분한 책이 되어주었다.

  이 한 권의 책은 가야의 땅, 가야 유물을 볼 수 있는 박물관, 가야와 관련한 사람, 그리고 가야 역사 등에 대한 4부의 구성으로 알차게 만들어져 저자가 직접 여행하면서 보고 느낀 것을 솔직히 담아내고 있다. 이 책을 읽는 동안 나 자신마저 함께 동화되어 직접 저자와 가야의 여러 현장을 답사하는 듯한, 결코 잊혀질 수 없는 가야의 길잡이가 되어주었다.

  최근 가야사 바로보기와 관련한 각종 학술행사가 연이어 진행되고 있다지만, 나는 이 한 권의 책을 들고 훌쩍 가야의 선인들이 생활하였던 어느 터전으로 달려가 그들과 만나 이야기를 나누고픈 마음뿐이다. 가야는 현재 살아 숨 쉬고 있다.

이기환_역사 스토리텔러

　　　최근 '가야 열풍'이라는 말까지 나올 정도로 가야 붐이 일고 있습니다. 하지만 막상 당신이 가야를 아느냐고 물어본다면 그렇다고 대답할 이가 몇 안 될 겁니다. 기록은 조각이고, 신화의 얼개만 남아 있는 역사니까요. 마침 대학에서 배운 고고학을 밑천으로 가야의 흔적을 더듬어간 '자칭 아마추어'의 가야사 스토리텔링이 저의 눈길을 잡아끕니다. 단순한 답사기라고 하기에는 고고학 및 역사학자들의 탐구를 대중의 눈으로 풀어간 솜씨가 만만치 않습니다. 골치 아픈 논쟁 말고, 여러분의 시각에서 쉽게 가야사를 일별하고 싶다면 저자가 '기억 속의 가야'를 찾아 그 소중한 경험을 정리한 이 책을 읽어보기를 권합니다. 저자도 아마 이역만리 김해 앞바다에 닿은 아유타국의 허황옥 공주처럼 설레는 심정으로 가야 여정을 시작했겠죠.

살다 보면 때로, 무언가 흘리고 온 기분이 듭니다. 잃어도 그만이라며 돌아서던 찰나, 사람들이 흘리고 간 기억을 줍고 있는 이를 만났습니다. 흙투성이로 나뒹굴던 분실물은 그가 먼지를 털자 반짝, 금빛으로 빛났습니다.

오래된 돌탑 옆, 소년의 안부가 궁금했던 저자가 멀리 길을 돌아 금빛 가야의 이야기를 품고 돌아왔습니다. 거북아, 거북아, 머리를 내어라. 나직이 읊조리며 책을 펼치면, 전설 속 작은 왕국들의 이야기가 반짝입니다. 염원을 담은 새가 하늘로 솟구치고, 커다란 돛배 한 척 빛 속으로 나아가는 풍경. 저 멀리 떵-떵 쇠 두드리는 소리. 기록으로 남지 않은 가야가 엄연한 역사로 존재하는 건 기억의 조각을 줍는 여행자들 덕분이 아닐는지요. 여전히 비어 있는 자리에는, 이제 우리 상상력의 조각을 맞추어볼 차례입니다.

가야 연표 Timeline of Gaya

CE 42	**수로왕 즉위, 가야 건국** 首露王 卽位, 加耶 建國 (遺) Foundation of Gaya
209	**포상팔국 전쟁** 浦上八國 戰爭 (史) **경질토기 출현** 硬質土器 出現 **철제 판갑옷 유행** 鐵製 板甲 流行
400	**고구려 광개토대왕 남정** 高句麗 廣開土大王 南征
479	**대가야 하지왕이 중국 남제에 사신 파견** 大加耶 荷知王 中國 南齊 使臣派遣
521	**금관가야 구형왕 즉위** 金官加耶 仇衡王 卽位 (遺)
522	**대가야 이뇌왕 신라와 결혼 동맹** (史) 大加耶 異腦王 新羅 結婚 同盟
532	**금관가야 멸망** 金官加耶 滅亡 (遺)(史) Downfall of Geumgwan Gaya
554	**관산성 전투** 管山城 戰鬪 (史)
561	**아라가야 멸망** 阿羅加耶 滅亡 Downfall of Ara Gaya
562	**대가야 멸망** 大加耶 滅亡 (史) Downfall of Dae Gaya

(遺) 삼국유사 Samguk yusa
(史) 삼국사기 Samguk sagi

* 이 연표는 국립중앙박물관이 정리한 것임

1500년 만에 만나는 가야 전성기

기록이 없다고 기억이 없는 것일까.

가야에 대한 문제적 질문, 나는 이 질문으로 이 책을 시작하련다. 가야는 약 520년 동안 금관가야, 대가야, 소가야, 아라가야 등의 이름으로 지금의 영호남 일대에 있었던 나라다. 《삼국사기》와 《삼국유사》는 그 시대를 고구려, 백제, 신라의 삼국시대로 기억하면서 그 시대 이 땅에 있었던 나라 가야는 기록하지 않았다. 가야는 '역사'가 잊은 나라가 되었다.

그만큼 가야는 기록이 많지 않다. 국립중앙박물관 107호 가야실 입구에 있는 가야 연표는 42년에서 562년까지의 역사를 12개 사건으로 기록한다. 그것이 가야 역사의 거의 전부다. 이 땅에서 나온 고고학 자료들이 그 간극을 메워주고 있지만 그마저 가야의 유물이 맞는지 논쟁 중이다. 신라사의 관점에서 가야사를 보려는 학계의 관행도 여전히 힘이 세다. 가야의 독립적 영역을 찾기란 쉽지 않다.

그런 가야에 대해 최근 관심이 높아졌다. 다양성과 공존, 통합과 개방성이라는 가야의 가치 때문이다. 어쩌면 1500년 만의 전성기, 1500년 만에 가야사에 꽃이 피었다고나 할까. 가야는 강력한 왕권의 고대국가를 만드는 대신 느슨한 연맹체로 살았다. 우리는 남북 분단체제로 70여 년을 살아왔는데, 여러 소국들이 다양성과 공존의 가치를 바탕으로 연합한 가야는 무려 520년 세월을 살아냈다. 살아낸 자는 강하다. 가야의 경계는 지금의 경상남북도와 호남의 진안고원, 운봉고원과 순천만 일대에 이른다. 가야사가 우리사회에 깊숙이 들어오면, 영남과 호남으로 갈라져 반목하는 오랜 생각의 경계는 더 이상 머물 자리가 없을 것이다.

이 책은 가야사를 찾아 나선 여행기다. 2019년 3월 봄이 오는 길목에서 가야 첫 답사를 시작한 이후로 3년여 동안, 대한민국에 흩어져 있는 가야의 흔적을 찾아다니며 보고, 듣고, 읽고, 생각해왔다. 답사를 한다는 것은 1500년 전으로 들어가 그 시대를 굽어보는 것이다. 가야의 길을 걸으며 마주한, 새로 알아가는 세상이 나의 새로운 우주가 되었다. 김해 뒷산 구지봉에서는 그 시대 가야인처럼 "거북아 거북아 머리를 내어라" 구지가를 읊조리며 이 땅에 첫 등장하는 김수로를 기다렸다. 구지봉 옆 수로왕비릉에 가서는 '석탑 실은 붉은 돛배 붉은 깃발도 가볍게'로 시작하는 일연의 노래를 떠올리며 파사석탑과 함께 바다를 건너온 히로인 허황옥을 만났다.

우리 땅에 대한 새로운 인식을 가져다주는 답사는 '역사적 존재로서의 나'를 발견하게 해준다. 함석헌 선생의 말씀처럼 사람은 홀로가 아니며, 외톨이가 아니며, 나는 나다 하면서도 의미 있는 전체 속에서 자신을 발견할 때 삶은 가장 튼튼해진다. 나는 덧없고 개별적인 존재가 아니라 1500년 전의 시공과 연결된 '역사적 존재'다. 우연적이고 자의적인 존재가 아니라, 과거로부터의 상속자이자 꽃이자 열매인 것이다. 가야답사는 그 오랜 역사 속에서 정체성을 발견하고, 소속감과 연속성을 확인하는 여정이다.

이 책은 총 4부로 구성되었는데, 1부는 가야 땅에 대한 이야기다. 영남과 호남에 걸쳐 있는 가야의 땅들을 찾아 나섰다. 김해, 동래, 함안, 고성, 고령, 함안, 합천, 순천, 남원, 장수. 우리 역사 중심부의 바깥이다. 그 땅에는 오랜 세월에 걸쳐 축적되고 문화적 의미가 덧씌워진, 말쑥하게 조성되지 않은 역사적 장소들이 제공하는 우연적 아름다움이 있다. 풍경을 아름답게 하는 것은 화려하고 새로운 것이 아니다. 터키 출신의 노벨상 수상작가 오르한 파묵 Orhan Pamuk 은 《이스탄불-도시 그리고 추억》에서 '나는 이스탄불을 순수하기 때문이 아니라 복잡하고 불완전하며 폐허가 된 건물들의 더미이기 때문에 사랑한다'라고 했다. 내가 방문한 가야를 "영광스럽기 때문이 아니라 강하지 않고 불완전하며 다른 것들의 더미이기 때문에 좋아한다"라고 말하고 싶다.

2부는 가야 유물을 담은 박물관에 대한 이야기다. 근사한 박물관은 '역사적 감성'을 깨운다. 역사적 시공이 사라진 자리에서, 유물이 속했던 고유한 시간과 마주하게 한다. 오르한 파묵은 소설《순수박물관》에서 사랑하는 여인과 헤어진 후 그녀의 모든 것을 수집하여 '순수박물관'을 만든 남자 케말의 '사랑' 이야기를 썼다. 그녀는 떠나고 없지만 그녀의 물건을 모아둔 박물관은 그 첫사랑을 영원한 시간에 간직한다. 순수박물관에서 케말은 '시간'이라는 개념을 잊고 오로지 그 물건에서 삶의 가장 큰 위안을 얻는다.

박물관에서 나는 케말이 되고, 내 앞에 존재하는 가야 유물은 사랑했던 여인이 된다. 가야의 시간과 공간은 사라졌지만 가야의 물건들은 그 순간의 기억·색깔·희열을 간직하고 있었다. 그들 앞에서 나는 온전히 그 시간을 전유한다.

3부는 답사에서 만난, 가야를 살았던 사람들의 이야기다. 김해의 허황옥은 '거침없고 두려움 없는 사랑'을 들려주었고, 창녕에서 만난 송현이는 어린아이 같은 명랑의 힘이 죽음도 뛰어넘을 수 있다고 말해주었다. 산청의 구형왕은 부끄러움을 알고 책임지는 리더의 자세를,

고령의 우륵은 치욕을 무릅쓰고라도 살아내 지켜야 할 가치를 알려주었다. 가야 유민 김유신은 패자로서 역사를 뛰어넘어 살아내는 자들의 힘을 생각하게 했다. 내가 만난 가야인들은 오늘을 사는 나에게 살면서 맞닥뜨리는 질문에 답을 찾도록 안내했다.

4부는 일종의 부록 차원으로, 가야 답사를 떠나기 전 살펴보면 좋을 지식과 정보들을 담았다. '아는 만큼 보인다'라고, 답사 길에 흔히 만나게 되는 무덤, 토기, 철기에 대한 이야기다. 덧붙여 가야사의 난제인 가야와 왜의 관계에 대해서도 한 꼭지를 할애한 것은 어떤 주장을 하기 위해서가 아니라 양국 관계에 대한 다양한 생각들을 알 필요가 있기 때문이다. '생각의 균형'이 만들어낼 위력을 기대해본다.

혼자 떠난 답사도 신났지만, 함께 떠난 답사도 좋았다. 영축총림 통도사 방장인 서운암의 성파 큰스님, 경주 양동마을 향단의 이난희 선생님, 가야 문화재연구소 박왕희 소장님과 함께한 경험이 애틋하다. 성파 스님은 통도사 장경각에 금강경 16만 매의 도자기 장경을 10년에 걸쳐 조성했다. 유약을 입혀 구워낸 장경각 기와가 햇빛에 반짝이는 모습은 순전히 스님의 공덕이다. 양동마을의 보물, 향단을 지키는 이난희 선생님은 바람 따라 물 따라 우리 문화재를 찾아다녔다. 선생님의 눈길이 닿지 않은 대한민국의 문화재는 없다. 박왕희 소장님의 문화재에 대한 지식과 식견은 늘 빛났다. 아마추어인 내가 책을 쓸 수 있었던 것은 이분들 덕분에 충분히 안복을 누려 안목을 가질 수 있게 되었기 때문이다.

그렇게 누려본 찬란한 시간의 풍경을 읽기, 쓰기, 보기, 걷기, 그리기 등 다양한 방식으로 그려보았다. 1500년 전 과거에 머물러 있는 가야가 아니라, 현재의 나에게 신선하게 다가와 삶을 풍요롭게 만드는 가야를 만나고 싶어서였다. 역사를 알기 위해선 많은 곳을 보고 머물며 생각하는, 비지땀이 흐르는 된마음의 활동이 있어야 한다고 믿는다. 그런 다음에야 생각의 근육이 단단해져, 그 의미를 깨닫게 되기 때문이다.

그림 그리기가 가야를 새롭게 볼 수 있는 활동임을 처음 알게 해주신 심문섭 조각가님과 조민숙 작가님께 깊은 감사를 드린다. 가야사 곳곳을 함께 동행해주고 자료를 찾는 데 큰 도움을 준 남편 김석현에게도 고마움을 전한다.

이제 글머리의 질문 '1500년 만의 가야 전성기. 기록이 없다고 기억이 없는 것일까'에 대한 답을 해야 할 시점이다. 기록이 없어도 드러나는 나라가 있다. 기록되지 않아도 흔적을 남긴 사람들이 있다. 역사는 침묵하지 않고 흔적을 남긴다. 그리고 그 흔적을 예민한 촉수로 들여다보는 이들에게 비로소 비밀을 내보여준다.

가야에서 이어져온 '역사적 존재'로서의 나를 발견하는 데 봄길이 되어준, 사무치게 고마운 그분이 있다. 그의 나라가 늘, 영원히, 평안하기를 간절히 소망한다.

3부 가야 사람을 찾아서

4부 가야 역사를 찾아서

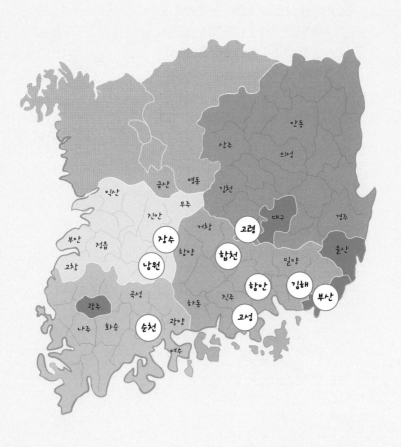

1부

가야 땅을 찾아서

1. 김해: 가야 첫 순간의 설렘

가야 여행의 시작은 김해가 되어야 한다. 김해는 가야의 첫 순간이기 때문이다. 42년 김수로가 붉은 보자기에 싸여 자주색 줄을 타고 구지봉에 내려앉아 금관가야를 시작한 곳이 김해다. 모든 위대함은 첫 순간의 설렘에서 시작된다. 520년 유구한 역사를 만든 그 떨리는 설렘을 만나러 간다. 진영역까지 가는 KTX를 탔다. 진영역에서 내려 버스를 타고 김해 시내로 들어가려 했다. 봉하로 가는 버스가 먼저 왔고 한 무더기의 사람들이 봉하로 이동하고 있었다. 이어 김해 시내로 들어가는 버스가 와서 올라탔는데 김해 인근에서 일하는 외국인 노동자의 모습이 눈에 많이 띄었다. 예나제나 김해는 국제도시구나,라는 생각이 잠깐 스쳤다.

김해 시내에 들어서니 '금관가야 왕도'라는 자부심이 시내버스 안내판, 상점 간판 등 곳곳에 묻어 나왔다. 금관가야 시조 김수로왕의 무덤 문에 장식되어 있다는 마주보는 두 마리 물고기의 쌍어 문양이 김해 시내 다리 곳곳을 장식하고 있었다.

김해의 가야 문화유산들은 마치 타운을 이루듯이 밀집해 있다. 부산에서 출발한 경전철이 김해 시내를 관통한다. 박물관역, 수로왕릉역, 봉황대역이 서로 지척인데, 가야 문화유산들은 이 세 경전철역에서 내려 금방 걸어갈 수 있는 위치에 몰려 있다. 박물관역 주변에는 구지봉, 김해박물관, 수로왕비릉이 있다. 수로왕릉역에서 내리면 수로왕릉, 대성동 고분, 대성동 고분박물관이 쉽게 이어진다. 봉황대역에서는 가야 생활터가 있던 봉황대와 회현리 패총전시관을 쉽게 찾을 수 있다. 봉황대에는 가야시대 황세와 여의의 사랑을 담은 전설이 내려오는 황세바위와 여의각이 있다. 봉황대 근처에는 디저트 카페, 커피 카페 등 이색적인 가게들이 많아 젊은이들이 즐겨 찾는 김해의 핫스팟 봉리단길이 있다.

경전철로 이어진 이곳에는 '바다와 땅의 경계를 이루는 하천'이라는 뜻의 해반천이 흐른다. 조선 초까지 이곳은 바닷물이 들고 나는 갯벌이었다 하니, 가야시대에 이곳에는 가락국의 배들이 드나들었을 수 있다. 지금 해반천은 자전거를 타거나 걸어 산책할 수 있는 길로 변했다.

구지봉에서 설렘을 만나다

김해 여행의 아침 시작은 구지봉이어야 한다. 김수로왕이 김해에 첫선을 보이던, 그 시작의 장소를 찾아야 한다. 수로왕릉 인근에 있는 '김해한옥체험관'의 신어실이라는 근사한 이름의 한옥방에서, 그리 비싸지 않은 가격으로 숙박할 수 있었다. 2월에 간 김해였다. 겨울 답사의 어려움은 해가 늦게 뜨고 어둠이 일찍 내려와 온종일 잰걸음으로 시간의 제약을 이겨내야 한다는 데 있다. 그날도 7시가 지나서야 일정을 시작할 수 있었다. 구지봉은 국립김해박물관 뒷동산을 따라 동백꽃이 빨갛게 피고, 매실나무가 하얀색 꽃망울을 머금고 있는 400미터 산책길을 따라 가면 된다.

구지봉은 신비한 분위기로 우리를 신화의 세계로 이끈다. 아담하면서도 평평하게 다져진 운동장 같은 공간이 펼쳐지는데, '대가락국 태조 강임지비'라는 푯말이 비석으로 서 있다. 9간들이 태조를 기다리는 마음으로 노래 부르며 춤을 추었을 법하다. 한켠에 널찍한 바위가 있는데, 조선의 명필 한석봉이 썼다는 '구지봉석' 휘호가 힘차게 버티고 있다. 아름드리 소나무들은 마치 정령처럼 서 있었다. 조선시대 지방 관리였던 김건수가 '산에서 서린 기운 모든 것 없애버린다지만 세월이 흘러도 이것만은 옮기지 못하리'라며 구지봉의 신성함을 노래할 만하다. 어느 나뭇가지엔가 붉은 보자기에 싸인 궤가 걸려 내려오는 듯, 구지가를 부르며 발로 땅을 힘껏 구르는 집단의 노래가 들려오는 듯하다.

《삼국유사》의 가락국기는 구지봉 설화에서 시작된다. 구지봉에서 이상한 소리가 들려, 당시 가야를 나누어 지배하던 토착세력 9간을 포함한 많은 사람이 모여들었다. 그날은 마침 3월 3일, 목욕하고 천지신명에게 재앙을 물리치고 복을 비는 제의가 열리는 계욕일이었다. 하늘에서 자주색 줄이 내려오는데 그 줄 끝에 붉은 보자기에 싸인 금합이 있었다. 그 금합 안에 황금알 여섯이 들어 있었다. 6가야의 메타포다. 이 알은 12시간이 지나 어린아이로 변하고, 10여 일이 지나 성인이 되었고, 음력 3월 15일이 되어 그 첫째인 수로가 왕이 되었다. 이에 수로가 외쳤다.

"하늘이 내게 명한 바는, 이곳에 내려와 나라를 새로 세우고 임금이 되라는 것이다. 이에 이루러 내려왔노라."

구지봉 신화의 김수로 집단의 기원에 대해선 여러 주장이 있지만, 북방민족인 흉노족이 내려왔다는 주장이 흥미롭다. 한 역사학자는 《흉노인 김씨의 나라 '가야'》(서동인)에서 '흉노의 후예가 김해와 경주 일대에 들어와 신라, 가야를 형성했다'라고 했다. 김해 가야는 흉노인 김씨의 나라였고, 김해 김씨가 신라로 진출한 것 또한 김씨 왕국을 확대했다는 주장이다. 여기서 흉노의 후예는 중국의 《한서》에 등장하는 흉노족 후손인 김일제라는 인물이다. 김일제는 한나라 때 끌려온 흉노왕 아들인데, 한나라 무제의 신망을 얻어 김씨 성을 받고 나중에 투후라는 작위도 받았다. 그런데 그의 자손은 후한 광무제 때 왕망의 난에 연루되어 중국 역사에서 사라지는데, 그 후손들이 바로 가야에 이주해왔다는 이야기다. 당시 중국과 한국에 모두 김씨 성이 있었다면, 서로 관련돼 있다는 생각이 들 수도 있다.

또한 김해 대성동 고분에서 나온 덧널무덤은 스키타이의 파지리크 Pazyryk 무덤, 몽고의 노인울라 Noin Ula 무덤과 같은 북방문화다. 더군다나 김해 양동리와 대성동에서 발견된 청동솥銅鍑도 몽고 오르도스에서 나온 것과 같다고 한다. 김일제의 후손이 북방민족 문화와 가야 문화의 유사성을 풀어줄 수 있는 열쇠가 될 수 있을까.

흉노족 후손이 가야뿐만 아니라 신라를 이끌었다는 주장은 두 개의 비석 '문무왕릉비'와 '대당고김씨부인묘명'이 발견되면서 주목받았다. 문무왕릉비에는 '흉노족 김일제의 후손이 7대를 이어 내려와'라고 되어 있고, '대당고김씨부인묘명'에는 '김씨 부인의 선조가 요동지방으로 피난하고 번성해진 김일제의 후손'으로 소개되어 있다. 수로왕의 후손인 김유신의 비석에도 신라 김씨와 가야 김씨가 같은 뿌리였다고 적혀 있다고,《삼국사기》의 저자 김부식은 적고 있다. 이 모두가 근거 없는 재야사학의 주장이라고 주류 역사학계는 비판하고 있지만.

구지봉은 우리나라 고대 국문학 서사시인 '구지가'가 탄생한 곳이다. 수로왕비릉 건너편 구지봉 올라가는 길에 만난 시비에는 짧은 노래가 적혀 있다.

구하구하 수기현야 약불현야 번작이끽야
龜何龜何 首其現也 若不現也 燔灼而喫也

'거북아, 거북아! 머리를 내어라. 내놓지 않으면 구워서 먹으란다'라로 해석된다. 거북에게 머리를 내놓으라 요구하고, 그 집단의 요구가 관철되지 않으면 위협하는 대목이 인상적이다. 고대에는 거북을 잡아놓고 제사를 지냈다. 바다의 신에게 주문을 외며 해산물 풍성하게 싣고 와달라 빌었다. 짧은 노래에 머리를 몸속에 숨긴 거북을 협박하는 듯한 해학이 담겨 있다. 구지가를 기억할 때 우리가 미소 짓는 것은 바로 그 위트와 여유 아닐까.

허황옥은 인도에서 왔는가

　　　　　구지봉 산책로를 내려오면 수로왕비릉으로 이어지는 소담한 작은 문을 만난다. 살포시 이 문을 건너면 구지봉과는 또 다른 별천지가 펼쳐지며 파사석탑을 거느린 수로왕비릉 능역이 시원스럽게 펼쳐진다. 봉긋한 봉분을 둘러싼 담 뒤로 소나무들이 힘차게 하늘을 향해 뻗어 있었다. 가야 태조 왕비를 죽어서까지 경호하는 보디가드 같다. 봉분 앞에는 5미터가 넘는 '김수로왕비 보주태후허씨릉' 비석이 보였다. 조선시대 인조 때 경상도 관찰사를 지낸 허적이 묘역을 수리하고 비석을 세웠다 한다. 아마도 허황옥의 후손이었던 듯하다. '보주'에 대해서는 중국 사천성 안악현의 지명이라고도 하고(김병모), 조선시대 그 후손들이 예우의 의미로 만든 것이라는 주장(김태식)도 있다.

　　수로왕비 허황옥은 아유타국에서 왔다고 기록되어 있는데, 지금의 인도 우타르프라데시 주에 있었다는 설이 유력하다. 그녀의 고향이 인도라는 설은 한국인의 무의식을 강력하게 지배하는 믿음이다. 허황옥은 한국과 인도의 정상들이 만날 때 서로의 유대감을 확인하는 주된 대화 소재였다. 김해 김씨 후손인 대통령 부인은 자신이 인도 아유타국 왕실의 공주 허황옥의 후손임을 공개적으로 밝히기도 했다. 김해 김씨 총리는 우타르프라데시 주 아요디아에 허황옥 기념비를 세우는 데 기여했고, 우리 정부는 인도 정부와 함께 아요디아에 허황후 기념공원을 만들고 있기도 하다. 학계 사정도 비슷하여, 허황옥이 인도에서 온 남방계라는 과학적 증명을 시도하는 연구자도 있었다(서정선·김종선). 실제로 김해 예안리 고분군의 왕족 유골에서 DNA를 추출해 분석했더니 몽골 북방계가 아닌 인도 남방계였다고 했다.

그러나 허황옥의 고향이 인도라는 주장은 김해 김씨가 자신의 뿌리를 찾으면서 만들어냈다는 지적도 있고, 역사적 고증보다 해당국과의 특별한 관계를 외교적으로 이용하려는 정치가들이 만들어낸 이야기라는 비판도 있다. 공감한다. 신화는 이야기로써 우리의 문화자산으로써 국제관계에서 활용될 수 있겠지만, 역사적 사실이 되기 위해서는 연구가 진행되어 역사학자들이 공감할 수 있어야 한다. 섣부른 갖다붙이기는 역사의 왜곡이 될 수 있다. 고려시대에 불교를 국교로 삼으면서 인도와 심리적으로 가까워져 허황후의 고향을 인도로 비정하는 신화화 작업이 있었을 수도 있다. 신화와 역사는 분명 다르다.

수로왕비릉 전각에는《삼국유사》'기이편'에 등장하는 파사석탑이 있다. 허황후가 죽은 후에도 여전히 그녀를 보호하고 있는 듯한 느낌이다. 각지지 않은 돌을 자연스럽게 쌓아 올린 파사석탑이 천오백 년을 이어 허황옥을 지키고 있다니. 그 신실함은 탑이 보여주는 꾸밈없음과 담백함만큼이나 감동적이다.

두려움 없이 사랑했고
하늘이 열리듯 사랑 받았다

그녀는 뮤즈, 21×16cm, 종이에 연필, 2020

수로왕릉의 신기한 쌍어

　　수로왕비릉에서 수로왕릉까지는 걸어서 15분쯤 걸린다. 가락로를 따라 주욱 내려오다 보면 대성동 사거리를 지나고 김해교회를 지난다. 왼편에는 김해향교가 있고 전통과 다문화가 공존하는 동상시장이 펼쳐진다. 동상시장이 가까워지면서 외국인 노동자들의 모습이 눈에 띄게 많아졌다.

　가락로에서 수로왕릉으로 꺾어지는 길목에는 '김해외국인지원센터'가 있었다. 금관가야 시절, 김해는 봉황대를 통해 왜, 중국, 인도 사람들이 드나들어 다양한 문화가 만나고 교류하는 국제적 도시였다. 장기 거주가 필요한 왜인들은 마을을 이루기도 했을 것이다. 이러한 김해의 국제성과 다문화성은 지금도 이어진다. 김해에서는 유달리 외국인 노동자를 많이 볼 수 있고, 김해의 서상동과 동상동 일대는 다양한 나라의 문화가 공존하는 외국인 시장이 선다. 45년 된 동상시장에는 글로벌 푸드 타운이 형성되어, 우즈베키스탄과 베트남, 러시아, 인도, 몽골 등 다양한 나라의 음식문화를 체험할 수 있다. 외국인 마트가 많아 인근 울산과 창원에 사는 외국인들이 이곳까지 와 생필품을 사간다. '역사는 반복된다'. 개방성과 국제성, 다양성은 김해의 문화적 DNA다.

　한참을 걷다 보니 수로왕릉에 도착했다. 199년 수로왕이 158세로 별세하자 왕궁이었던 봉황대에서 동북쪽 평지에 빈궁을 짓고 300보 땅을 수로왕묘로 조성했다고 기록되어 있으니, 지금의 수로왕릉 자리는 기록 속 수로왕묘와 대체로 일치하는 것으로 보인다. 김해 수로왕릉은 '납릉'이라고도 불렸다. 문무왕 때 성대한 제사가 이루어졌다는 기록이 있지만 납릉은 황폐해졌다. 조선시대 선조 때, 수로왕의 후손 허엽이 영남관찰사로 왔다가 수로왕비릉과 더불어 납릉에 대한 대대적인 정비가 이루어졌다. 그 영향 때문인지 능은 숭선전 등 유교적 공간으로 조성되었다. 금관가야 2대에서 9대까지 왕과 왕비의 신위를 모신 숭안전도 있어 매년 이들을 기리는 제사를 올린다.

수로왕릉 입구 납릉 정문을 지날 때면, 지나치지 말고 문의 현판 쪽을 한동안 올려다봐야 한다. 마주 보고 있는 두 마리의 물고기, 쌍어문이자 신어상을 찾아본다. 가야사의 문을 연 역사학자들은 이 쌍어문을 보고 설레고 가슴이 뛰었다. 이 무늬의 기원을 찾아 인도로 떠난 이도 있는데 그 대표적 인물이 지금은 작고한 가야사 학자 이종기이다. 아동 문학가지만 30년을 가야사에 몰입한 남다른 열정가였던 그는 문학인 모임인 펜클럽 대회 참석차 인도에 간 길에 아요디아에서 기적적으로 쌍어문을 만났다. "아요디아에는 쌍어문이 새겨져 있고 수로왕릉에 있는 쌍어문과 흡사하다"라며 납릉 쌍어문에 관한 비밀을 처음으로 밝혔다. 허황옥이 왔다는 아유타국이 인도의 아요디아일 수 있다는 신호탄을 쏘아 올린 것인데, 그의 책《가야공주 일본에 가다》에 자세히 기록되어 있다.

수로왕릉 무덤 앞에는 문인석과 무인석이 우뚝 서 있고 곳곳에 무덤을 지키는 동물상이 있다. 능역을 둘러싼 담장 너머 소나무 숲도 울창했다. 수로왕릉은 이리 번듯하게 남아 있지만 이곳에서 나온 수로왕릉의 흔적은 없다. 수없이 도굴당한 결과다. 조선시대 실학자 이수광의《지봉유설》은 수로왕릉의 묘가 임진왜란 때 도굴당한 흔적을 기

록하고 있다. 그렇지 않았다면 공주의 무녕왕릉처럼 위대한 왕의 흔
적을 기억할 수 있을 텐데, 아쉬움이 하늘에 닿을 것만 같다.

수로왕릉과 쌍어, 21×15cm, 종이에 연필, 2020

북방문화와 남방문화가 만나는 대성동 고분

　　　　　김해한옥체험관 뒷길을 따라 걸으면 야트막한 언덕 대성동 고분을 만날 수 있다. 이곳은 3백여 기가 넘는 무덤이 확인된, 가락국의 현충원이나 다름없다. 옛 이름은 애구지인데 '얘기 구지봉'이란 뜻이다. 구지봉이 가락국 시조의 탄생을 말하는 영험한 공간이라면, 이곳 애구지는 가야 왕들의 마지막을 지키는 존엄한 공간이다. 가락국 초기부터 말기까지 오랜 시간에 걸쳐 조성된 탓에 널무덤, 덧널무덤, 구덩식 돌덧널무덤, 굴식돌방무덤 등 다양한 무덤 형태를 다 볼 수 있다.

　　대성동 고분이 좋은 이유는 과거와 현재가 함께 만나 흐르기 때문이다. 나지막한 언덕이지만 이곳에 오르면 도시의 움직임이 한눈에 들어온다. 천오백 년 가야 사람들의 숨결 위로 아파트와 빌딩의 도시 풍경이 펼쳐진다. 그들의 후손인 지금의 김해 사람들이 강아지들과 함께 산책을 즐기고 있었다. 대성동 고분 정상의 야외 전시관에는 발굴 당시 무덤 내부가 재현돼 있는데, 질 좋은 가야토기와 묵직한 덩이쇠가 열을 지어 무덤 안을 꽉 채우고 있어 가야시대 무덤 구조를 한눈에 알아볼 수 있다.

　　1990년 통나무 기둥을 세우고 통나무로 목곽을 짠 오래된 덧널묘를 발견한 고고학자는 경성대학교 신경철 교수였다. 목곽묘는 북방 유목민족의 무덤과 유사했다. 산 자가 죽은 자와 함께 묻힌 순장묘도 발견되었다. 순장 역시 북방 유목민족의 장례풍습이다. 대성동 고분에서 나온 '청동솥'은 중국 내몽고 자치구 오르도스 지역에서 북방 기마민족이 늘 소지하고 다녔던 유물이다.

가야인들이 북방에서 건너온 것인가, 아니면 저 멀리 북방민족과 교류했다는 것인가. 대성동 고분의 북방 문화적 요소는 학자들뿐만 아니라 예술가들도 들뜨게 했다. 이를 소재로 역사소설이 만들어졌는데, 바로 소설가 최인호의 《제4의 제국》이다.

최인호 《제4의 제국》의 상상

《제4의 제국》은 소설로 읽는 가야 문명 찾기 다큐멘터리다. 소설은 가야와 왜가 연합 도시국가이고 대성동 13호분이 《일본서기》에 나오는 야마토의 10대 왕 숭신천황崇神天皇의 무덤일 수 있다는 가정에서 출발한다. 놀라운 것은 이러한 가정이 도쿄대 교수 에가미 나미오江上波夫가 주장한 '기마민족 이동설'과 흡사하다는 것이다. 1948년 에가미 나미오는 《일본 국가의 기원과 정복왕조》에서 '만주 송화강 유역에 살던 부여계 기마민족이 한반도를 거쳐 일본으로 건너와 야마토大和시대를 열었다'라는 '기마민족 이동설'을 발표해 학계를 놀라게 했다.

이 소설이 기마민족 이동설의 가정에 근거해 있다는 것은 실제 에가미 나미오 교수와 대성동 고분을 발견한 신경철 교수가 소설에 등장하는 데서 더욱 확실해진다. 소설은 1991년 일본인 역사학자 에가미 나미오가 김해 대성동 13호 고분 발굴 현장을 방문하기 위해 비행기를 타는 장면에서 시작된다. 소설에서도 그는 '고대 일본 민족의 원

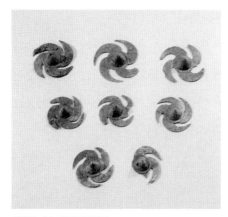

파형동기 ⓒ대성동박물관

형이 북방에서 한반도를 거쳐 내려온 기마민족'이라며 북방계 유물을 그 증거로 내세운다. 대성동 고분은 자기 이론의 잃어버린 고리를 연결해줄 수 있다 믿었다. 에가미 나미오는 무덤의 주인공에게 술을 뿌려 제사를 올리고 무덤의 황토를 병에 담아간다.

작가 최인호는 특히 대성동 13호 고분이 가야와 왜의 관계를 밝혀줄 수 있다고 보는데, 파형동기巴形銅器라 부르는 소용돌이 모양 청동기 6점 때문이다. 실제로 오사카와 후쿠오카 등 일본에 흩어져 있는 유적지를 조사했던 저자는 야요이 시대 최대 취락지인 큐슈의 요시노가리 유적에서 대성동 고분에서 나온 바로 그 소용돌이 모양 청동기를 만나는 숨 막히는 경험을 했다고 전했다. 청동기 명품이라 일본 무덤에서는 고작 하나쯤 나올까 싶은 것이 대성동 13호분에서 무려 6점이나 나왔으니 이 무덤의 주인은 범상치 않은 인물이지 않았겠는가 하는 것이다. 실제 에가미 교수는 1991년 이곳 대성동 고분을 찾았고, 대성동 13호 무덤분에 주목했다.

한반도는 기마민족이 지나간 지역일 뿐 정착한 곳은 일본이라는 이 이론은 기마민족이 한반도 남쪽을 침공하여 임나일본부를 두었다는 논리로 이어진다. 그래서 임나일본부설의 변형이론으로 경계해야 한다는 주장이 한국에서 우세하다. 가야와 왜의 관계성을 증명하지만, 일본 제국주의의 또 다른 표현이라고 비판받는 일본 학설을 모티브로 한《제4의 제국》의 상상력이 다소 불편한 이유다.

대성동 고분군 유물을 중심으로 전시하는 대성동박물관에서 소용돌이 모양 청동기를 찬찬히 들여다볼 수 있었다. 대성동 13호분에서 6점, 대성동 88호분에서 13점이 발견되었다. 대성동 고분에서만 발견되었다는 이 청동기는 무슨 비밀을 담고 있는 것일까.

전사의 방패에 붙여 꾸미는 데 사용한 것이다. 남들보다 멋져 보이기도 하지만 전쟁에서 자신을 보호하는 부적처럼 여겼을 것 같다. 이 청동기는 일본 오키나와 섬의 조개(스이지가이) 모양과 비슷하다. 오키나와 사람들은 이 조개를 현관에 붙여 액을 막고 좋은 기운을 가져다주는 부적처럼 사용했다고 하니, 스이지가이를 닮은 이 청동기도 장식용뿐만 아니라 부적으로 사용되었으리라. 어쨌든 일본에서 만들어진 이 청동기가 대성동 고분에서 발견되었다는 것은, 가야와 왜의 끈끈하면서 가까운 관계를 말해준다. 가야와 왜는 우리의 상상 이상으로 가까웠을 수 있다. 당시 한반도와 일본열도를 가장 손쉽고 안전하게 사용할 수 있는 교통로는 김해와 규슈 북부를 연결하는 것이었다. 《한국해양사》의 저자 윤명철의 조심스러운 추측처럼, 가야는 대한해협을 사이로 양안을 동시에 지배하는 해양제국을 건설했을 수도 있지 않을까.

봉황대, 해상왕국 가야의 증거인가

　　　김해라는 지명은 쇠(金)의 바다(海)에서 유래했다. 금관가야의 특성을 단박에 드러내는 이름이다. 김해는 바다를 통해 철을 동아시아 각국에 수출했다. 김해를 부강하게 만든 김해의 물길, 바다의 흔적을 보고 싶었다. 그곳이 바로 봉황대다.

　봉황대가 바다였음을 알려주는 유적은 회현리 패총이다. 패총은 사람들이 먹고 버린 조개껍데기 등 쓰레기들이 모여 있는 유적으로, 그곳이 옛날에 바다였음을 알려주는 자리다. 봉황대의 회현리 패총은 특히 1907년 우리나라 최초로 고고학 발굴이 이루어진 곳으로 중요한데, 지금도 봉황대 아랫마을 입구에는 이를 기억하는 기념비가 서 있다. 마을 입구를 지나면 패총의 단면을 전시관으로 만든 곳이 나온다.

　패총만큼 드라마틱한 변화를 보여주는 곳이 또 있을까. 먹고 마시던 것들을 버린 음식물 쓰레기 더미가 시간을 머금고 켜켜이 쌓여 있었다. 조개 사이로 불에 탄 쌀의 흔적도 보이고, 중국에서 쓰인 동전도 보인다. 버림받은 것들이 모여 후대에 조상의 흔적을 알 수 있는 소중한 역사공간이 되었다.

　이제 봉황대를 오를 차례다. 봉황대는 낮은 언덕의 공원이다. 곳곳에서 가야의 고상가옥을 만날 수 있다. 고구려 덕흥리 고분벽화에도 고상가옥이 등장하니 가야에만 있었던 것은 아닐 테지만, 가야에서 유독 고상가옥 형태의 상형토기가 많이 나오는 것을 보면 고상가옥은 가야의 시그니처 집이다. 봉황대의 고상가옥은 모형으로 만든 집들이다. 집을 땅에 바짝 붙여 짓지 않고 높이 위로 올려서 지었다. 겨울에는 꽁꽁 언 땅에서 냉기가 올라오는 것을 막고, 여름에는 빗물과 들짐승으로부터 가족을 지켜냈을 것 같다.

봉황대 꼭대기에 올라 김해 시내를 내려다보았다. 지금은 아파트가 들어선 도시지만 가야시대에는 바닷물이 출렁였다. 그 바다는 경상도의 내륙을 따라 김해까지 내려온 낙동강과 만나고 있었다. 김해공항이 들어선 자리도 가야시대 낙동강이 바다와 합쳐지는 공간이다. 해양사학자 윤명철은 김해를 '중국과 한반도, 일본열도를 이어주는 동아지중해 최적의 중계지였고, 물건을 사고파는 교역선이나 국가의 용무를 대신하는 사신선들이 경유하는 국제항이었다'라고 평가했다. 해양 폴리스로서의 금관가야 최고의 나루터가 바로 봉황대다.

허황옥이 아유타국에서 타고 온 배도 이 봉황대에 닻을 내리고 마중 나온 김수로왕을 만났을 것이다. 금관가야의 우수한 철을 가득 실은 배도 이곳 봉황대에서 출발하여 중국과 일본으로 철을 날랐을 것이다. 봉황대는 국제항으로서 해상국가 가야의 국력을 보여주는 공간이었다.

봉황대는 가야 패망의 슬픈 역사도 기억하고 있었다. 한때 강성했던 금관가야였지만 '비온 날 떨어지는 봄꽃의 황망함'처럼 패망했다. 신라에 투항했으니 가야 유민 대다수가 신라의 신민으로 고단하게 살았다. 그중에는 봉황대에서 작은 배를 타고 패망하는 가야를 탈출한 사람들도 있었다. 긴 항해 동안 굶주리거나 풍랑에 휩쓸리거나 해적의 먹잇감이 되어 목숨을 잃은 사람들도 있었다. 험난한 바다에서 살아남은 자는 왜에 도착하여 디아스포라Diaspora 이주민으로 살아야 했다. 가야는 멸망했지만, 가야의 유민들은 또 다른 곳에서 새로운 시

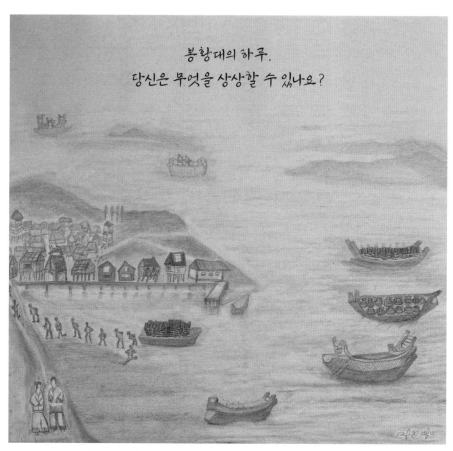

봉황대의 아침을 상상해 보았나요, 29.8×21.3cm, 종이에 연필, 2020

작을 했다.

신화와 설화의 힘, 김해를 찾는 이유

　　　　　아직 어스름이 깔리기 전에 김해 신어산 자락에 있는 은하사로 향했다. 은하사는 김해에서 가장 큰 절인데 허황옥의 오빠 장유화상이 지었다는 전설이 내려온다. 은하사의 대웅전은 신어산의 영험함에 거하고 있었다. 동백이 곳곳에 피어 있고, 은하사의 대웅전, 명부전, 삼성각 주춧돌에는 부처의 은혜에 대한 힘찬 필체의 글들이 주춧돌의 단단함과 어우러져 산사가 주는 평온함과 쉬어감의 기운을 자아냈다. 불교가 고구려 소수림왕 때 처음 들어왔고 장유화상이 은하사를 창건했다는 구전이 맞다면, 은하사는 우리나라에 최초로 세워진 절이 된다. 또 다른 설화도 있다. 허황옥의 아들인 일곱 왕자들이 외삼촌 장유화상을 따라 수도하고 성불했다는 이야기가 경남 하동의 칠불사에 전해온다.

　노란색, 붉은색 단풍이 절정으로 물들어가는 11월, 지리산 반야봉 기슭에 있는 칠불사에 간 적이 있다. 남부군 대장 이현상이 아지트를 두고 싸웠던 대성동이 지척이었다. 1948년 여순사건 때 불탔다 하니, 가야 왕자들이 성불한 이곳 칠불사도 한국사의 전개로부터 자유롭지 않다. 주차장에서 10분 올라가면 칠불사가 눈앞에 등장하는데, 가장 먼저 맞아주는 것은 그림자가 비치는 연못 '영지'다. 아들이 보고팠던 수로왕과 허황옥이 멀리 김해에서 이곳까지 아들을 찾아왔다가, 수도 중인 아들을 만날 수 없어 영지에서 수련하는 아들들의 그림자만 보고 내려갔다는 전설이 내려온다. 1500년 지난 지금까지 이곳 영지는 그대로였다. 연못은 가을 단풍의 그림자를 비추고 있었다. 이렇듯 가야의 불교에 대해서는 기록은 없지만 오랜 세월 이어진 사람들의 입소문이 전해진다.

김해는 역사로 증명되기 전의 날것의 설화가 남아 있는 곳이다. 구지봉 신화, 허황옥 신화, 장유화상 은하사 창건 설화. 구지봉 신화는 토착세력과 이주세력이 결합하는 과정을 보여주는 메타포이기도 하고, 허황옥 아유타국 도래 신화는 불교적 신비를 추가하기 위해 통일신라로 추정되는 어느 시기에 불교 지리적 지식을 더해 만들어졌을 가능성이 오간다.《삼국유사》가락국기에 전혀 등장하지 않는 장유화상이 창건했다는 은하사도 후대에 불교적 각색이 덧입혀졌다고 한다. 합리성을 추종하는 현대인들은 신화를 믿지 않는다. 역사서에 기록되어 있지 않아서, 설령 역사서에 기록되어 있어도 터무니없는 이야기로 치부한다. 그러나 역사 또한 당대를 기술한 사람과 집단의 가치관에 따라 윤색된다는 사실을 떠올려보자. 신화는 역사가 놓칠 수 있는 진실을 담고 있다. 오랜 세월 입에서 입으로 전해지며 여러 세대를 지나는 동안 사람들의 소망과 마음이 모여 완성되었기 때문이다. 역사와 함께 신화를 주목해야 하는 이유다.

가야가 첫 순간을 맞이한 곳, 김해. 마지막 왕 구형왕이 신라에 투항한 6세기까지 5백여 년 금관가야의 왕도였다. 김해의 구지봉에서 김수로는 가야의 태조가 되었고, 봉황대 앞바다에서 동아시아 각지로 쇠가 수출되어 나갔다. 김해는 첫 순간의 설렘부터 전성기의 화려함이 공존하는 곳이었다.

역사 문화만 있다고 매력적인 도시가 되는 시대는 지났다. 과거의 번영했던 기억만으로는 행복한 여행이 될 수 없기 때문이다. 도시와 역사가 함께 흐르는 대성동 고분공원, 이국적 문화가 살아 있는 동상시장, 이색 음식점과 카페가 들어선 봉리단길. 김해는 역사 문화의 도시이지만 현재의 도시이기도 하다. 역사와 현재가 함께하면서 김해는 더욱 매력적인 도시가 되어가고 있었다.

무엇보다 김해는 발길 닿는 곳이 역사의 현장이고, 설화가 넘쳐났다. 김해에서 역사보다 더 솔직하고 진실에 가까운 신화를 만날 수 있다. 그 신화는 가야로 향하는 상상력의 보고이면서, 우리 안에 잠든 놀라운 능력과 잠재력을 일깨우는 힘이다. 신화학자 조셉 캠벨Joseph Cambell이 《신화의 힘》에서 말한 구절이 떠올랐다.

신화에는 개인이 지닌 완전성과 무한한 힘의 가능성을 깨닫게 하고 그 세계를 낱빛 아래로 드러내는 힘이 있다.

신화와 설화의 본질은 역경과 고난을 뛰어넘은 인간의 모험과 성취이다. 김해에는 김수로, 허황옥, 오르도스 동복을 찬 말 탄 기마병 등 수많은 가야 사람들의 모험과 성취가 있다. 역사 너머 그 시대를 살았던 가야 사람을 만나는 벅찬 감동을 만나러, 김해로 가자.

파사석탑(수로왕비릉)

구지봉에서 내려와 수로왕비릉으로 들어서면 왼편에 아담히 내려앉은 파사각이라는 전각이 있다. 그 안에는 허황옥이 서역 아유타국에서 풍랑을 잠재우기 위해 배에 싣고 왔다는 파사석탑婆娑石塔이 들어서 있다.

원래 이 탑은 수로왕비릉에 있지 않았다. 일연 스님이 호계사 자리에서 보았다 하니, 호계사가 없어지면서 어느 곳에 있다가 이제야 제 주인을 찾아온 셈이다. 내가 기억하는 이 탑이 인상적이었던 것은 일제강점기 조선총독부가 고적조사를 할 때 이곳 김해에서 찍었다는 한 장의 사진이다. 잡초가 무성한 곳에 돌탑이 놓여 있다. 돌탑의 돌과 돌 사이에 흙을 발라 서로를 고정시키고 있다. 옆에는 한복을 입은 사내아이가 카메라를 의식한 듯 수줍게 서 있다. 돌탑 옆 그 소년은 어디 있을까.

탑은 부처님의 사리를 모시는 전통양식이다. 나라마다 양식이 다른데, 우리나라 탑은 기와의 처마처럼 올라간 옥개석과 백설기의 단단함처럼 받치는 기단을 한 층 한 층 쌓아올린 형식이다. 불국사의 석가탑과 다보탑이 그러하고, 국립중앙박물관 로비에 있는 경천사지 10층 석탑이 그렇다.

그런 면에서 파사각의 파사석탑은 우리가 알고 있던 상식에 들어맞지 않는 이단아다. 야트막한 산에 오가는 사람들이 주변의 돌을 하나씩 얹어낸 돌탑 같다. 불그스름한 돌들이 비정형적으로 쌓였다. 위압감을 부르는 커다란 돌이 아니라 사람 키 높이로 손대면 톡 닿을 듯한 '만만해 보이는' 탑이다.

허황옥은 무서운 파도를 잠재우기 위해 이 탑을 싣고 왔다. 탑의 용도를 놓고 바다를 항해할 때 균형을 잡기 위한 평형추였다는 주장도 있다. 배가 가라앉지

파사석탑, 6층 높이, 120cm

않을 정도의 너무 무겁지 않은, 바람에 쉽게 나동그라지지도 않게 적정한 무게여야 했다. 황옥이 서역에서부터 배에 싣고 온 돌이라 하니, 불그스름한 기운이 도는 돌의 색깔이 이국적이었다. 국립중앙박물관이 고려대학교에 분석을 맡긴 결과를 보니, 이 돌은 엽납석을 함유한 석영질 사암으로 한반도 남부에 존재하지 않는 부류라 한다. 머나먼 이국땅에서 가져왔을 가능성이 높다. 허황옥이 이 돌을 아유타국에서부터 가져왔다는 《삼국유사》 기록이 단지 구전설화에 그치지 않는 실제 역사였을 가능성을 시사하는 것이리라.

일연 스님 당시에 이 탑은 김해의 호계사에 있었다. 이 탑을 보고 느꼈던 감동을 고스란히 우리에게 전해주고 있다.

석탑 실은 붉은 돛배 붉은 깃발도 가볍게
신령께 빌어 험한 파도 헤치고 왔네
어찌 언덕에 이르러 황옥만 도왔으랴
천년 동안 남쪽 왜국의 성난 고래를 막아주었네

인간은 절대적 존재에 대한 종교심으로 탑을 만든다. '파사'는 범어 '바사^{bha sa}'에서 기원한다. 유체^{有諦}로서 '일체의 지혜가 드러난다'라는 뜻이다. 부처님이 인간을 도우심을 잘 느낄 수 없는데, 탑의 형상을 통해 인간은 부처의 마음을 보다 쉽게 알게 되었다. 가야에도 불교가 들어와 있었음은 확실하다.

우리는 장엄한 광경을 목격할 때 그 순간을 기억에 담기 위해 사진기의 셔터를 누른다. 그러나 사진보다 훨씬 유용한 것은 기억과 마음에 영원히 남기는 것이다. 우리 앞에 당당하게 서 있는 파사석탑을 내 맘속 사진 한 장에 담아보자. 두려운 일들을 만났을 때, 가만히 눈을 감고 맘속에 찍혀 고이 모셔진 그 사진을 불러내보자.

2. 부산, 무덤은 공원이 되었다

우리나라 제2의 도시 부산. 이곳에도 가야의 숨결을 간직한 곳이 있다는 사정을 아는 사람은 많지 않다. 부산의 동래와 금정 지역은 변한시대 이래 6세기까지 가야 소국들이 활동한 무대였다. 특히 동래의 복천동에는 가야 소국이 자리했던 흔적이 잘 남아 있다. 가야 지배층들의 무덤인 복천동 고분이 잘 가꾸어져 있고, 고분 뒤에는 이곳에서 발견된 유물의 역사를 전해주는 복천박물관이 든든히 자리잡고 있다.

원래 동래는 한국전쟁 시기 전쟁을 피해 한반도 가장 남쪽으로 몰려든 피난민들의 거처였다. 동래읍성 아래 있는 복천동 또한 피난민들이 옹기종기 모여 살고 있었다. 복천동 고분이 처음 발견된 것은 1969년이었다. 이곳에 가야시대 수장들의 무덤이 있으리라 그 누가 상상했을까. 가야 무덤의 존재가 잊힌 채 오랜 시간이 흘렀다. 김해의 대성동 고분이 1990년에서야 발견되었고, 고령의 지산동 대형고분인 44호분과 45호분이 발견된 때가 1978년이니, 1969년 가야 고분이 발견된 이곳 복천동이 가야사 연구에 얼마나 중요한 역할을 했을지 짐작하고도 남는다.

당시 피난민이 모여든 부산은 거주할 만한 주택이 턱없이 부족할 때였다. 택지공사가 한창이었고 복천동에는 연립주택을 짓기 위해 터를 다듬고 있었다. 이곳에서 복천동 1호분이 발견되었다. 고대 부산 가야를 알리는 신호탄이 쏘아 올려졌다. 주택공사는 중단되고 발굴이 시작되었다. 집이 귀하던 시절, 집짓기를 포기하고 옛사람들의 흔적과 유물을 보존하기란 쉽지 않다. 문화재 보존이라는 공적 당위성과 사유재산권 침해 최소화라는 상반된 목적을 동시에 달성해야 하는 복잡성 때문이다. 그 쉽지 않은 결정이 내려졌고 복천동은 피난민들의 거처에서, 고대 부산의 가야 역사를 간직한 복천동 고분으로 바뀌는 극적인 역사의 현장이 되었다.

복천박물관, 부산에도 가야가 있다

여름이 시작될 무렵 복천동을 찾았다. 여름의 복천동 고분은 여름 바다의 바람과 냄새가 가득했다. 복천동 고분은 가야의 다른 무덤과는 다른 독특한 지형이다. 정상에 오르면 바다 풍경을 볼 수 있는 곳에 위치해 있었다. 고개를 돌려 뒤를 바라보면 복천박물관이 있고, 그 주위를 동래 읍성이 감싸고 있다. 멀리서 바라본 복천박물관은 신기한 마크가 눈에 선명하게 들어온다. 나중에 알고 보니, 복천동 고분에서 나온 주술을 행할 때 사용된 청동방울 '칠두령'을 응용한 것이었다. 동래읍성과 칠두령, 역사적 존재가 나를 튼튼히 감싸며 지켜주고 있는 걸까. 그 앞의 내 존재가 작아지는 위압적인 느낌이 아니라, 마치 나를 품어주는 푸근한 어머니 품과 같은 느낌이라 좋았다. 먼저 복천박물관에 들러 복천동에 있었던 가야 소국의 역사와 유물들을 관람하기로 했다.

이곳의 발굴은 1969년부터 2008년 일단락되기까지 40여 년에 걸쳐 이루어졌다. 오랜 시간의 정성스러운 발굴 결과로 무덤만 총 200여 기가 발견되었고 가야토기, 철제무기류, 갑옷, 금동관 등 1만여 점이 넘는 유물이 나왔다. 복천박물관은 복천동 고분에서 나온 유물을 보존하기 위해 1996년 개관한 곳이었다. 미지의 왕국으로 남아 있는 가야의 신비를 풀며, 고대 부산에 있었던 가야 문화의 모습을 보여주는 곳이다.

복천동의 가야 세력은 가야의 맹주국이 아닌,《삼국사기》의 거칠산국이나《삼국지 위서 동이전》의 독로국으로 불린 가야 소국으로 본다. 변한 12국에서 시작했고, 이곳에서 나온 유물로 볼 때 특히 4세기에서 6세기 가야 문화가 만개했다. 비교적 일찍이 신라에 포섭된 것으로 보여, 이곳에서 나온 유물이 가야계인지 신라계인지 학자들 간에 다툼이 있기도 하다. 역설적으로 가야 문화의 번성과 신라로 편입되는 전환기의 모습을 생생하게 보여주는 유적으로 기억하면 될 것이다.

화강석으로 된 박물관 입구를 통과하면 꼼꼼하게 꾸며진 아담한 전시실이 나온다. 부산 지역 고분의 특징과 고대 가야 문화의 특징을 살펴볼 수 있도록, 금동관, 철제 갑옷과 토기, 다양한 가야토기들이 분야별로 잘 전시되어 있다. 이곳은 가야 다른 지역보다 유난히 국가에서 지정한 '보물'이 많다는 점에서 가야 답사에서 머스트고Must go 박물관이라 할 만하다. 청동방울인 칠두령, 말머리 모양 뿔잔 토기, 철제 갑옷, 금동관, 원통형 그릇받침과 짧은목 항아리 등이 보물이 되었다. 공립박물관이라 진품은 국가에서 운영하는 국립김해박물관이나 국립중앙박물관에 있는 경우가 대다수이고 이곳에는 복사품만 남아 있는 점이 아쉽다. 하지만 당시 이곳에 터를 내린 가야 소국의 경제적, 문화적 생산력이 높았다는 것을 증명하기엔 충분하다.

복천박물관을 상징하는 칠두령이 한눈에 들어왔다. 칠두령은 청동기시대부터 제사를 주관하는 제사장이 사용했던 청동방울로 알려져 있다. 세계에 대한 지식이 많지 않던 시대, 하늘에 제사를 지내는 것은 불확실한 삶에 대한 위안이었다. 청동방울이 발견된 복천동 무덤의 주인공은 가야 사회에서 제사를 주관하는 사람이었을 것이다. 제사장은 초자연적 존재와 현실 세계의 매개자로서 신과 소통할 수 있었던 특별한 계층이었다. 그들은 공동체의 소망을 담아 풍요로운 수확과 전쟁에서의 승리를 기원했고, 점을 치며 앞날을 예언했다. 복천동 22호분에서 나왔는데, 실제 유물은 서울의 국립중앙박물관에 있고 이곳에는 모형이 전시되어 있다.

박물관을 다니다 보면 청동으로 된 칼, 거울, 방울을 접하는 경우가 많다. 청동검, 청동거울, 청동방울이다. 이들을 볼 때면 신령한 대상인 양 초월적인 분위기를 느낀다. 제사장이 제사를 집전할 때 신과 만나는 접신도구이기 때문이다. 청동검이 발견된 무덤의 주인공은 필경 위엄과 권위 있는 존재였을 것이다. 청동거울을 가진 무덤의 주인공은 태양처럼 빛나는 존재였다. 청동방울을 가진 무덤의 주인공은 방울소리로 하늘의 신을 불러일으켜 세우는 신령한 존재였다.《삼국지 위서 동이전》변진조에 '나무에 방울을 꽂아 흔들었다'라는 기록이 있다. 변한에 있었던 청동방울이 부산의 가야 소국에까지 이어졌다. 고대 남원에 있었던 가야 고분인 두락리에서 나온 청동거울을 국립전주박물관에서 본 적이 있다. 청동거울과 청동방울이 가야시대까지 이어져왔다면, 왕은 아니지만 특정한 제의 집단이 있었다고 생각해도 될 것이다.

복천동 무덤에서는 금동관이 발견되었다. 금동관은 왕이나 지배층의 권위를 상징하는 대표적 유물이다. 실제 일상에서 머리에 썼는지, 무덤의 껴묻거리용(부장품)인지 여부는 정확히 추정하기 어렵다. 금관이나 금동관이 무덤에서 나오는 경우는 극히 드문데 복천동 1호분에서 금동관이 2점 발견되었다. 무덤 주인의 위세가 대단했음을 알려주는 고고학 유물이다. 복천동 11호분에서도 금동관 1점이 나왔는데 금동관을 만든 기술과 형태가 우수하여 보물로 지정되었다. 복천박물관에는 모형이 있고, 실제 보물인 금동관은 국립김해박물관에 가면 볼 수 있다.

복천동 고분에서는 철제 갑옷과 투구 등 철기 유물이 많이 나와, 복천동 가야 세력의 철기 기술이 뛰어났음을 증명하고 있다. 철제 갑옷은 전쟁에서 전사를 보호하기도 하지만, 왕이나 지배층의 무덤에서 그 위세와 권력을 보여주는 위세품이 되어주기도 한다. 철판을 구부려 가죽끈이나 못으로 연결하여 만든 갑옷, 새 모양 장식이 달린 목가리개, 긴 사각형 철들을 연결해서 만든 투구가 한 세트처럼 무덤에 고스란히 남아 있었다.

복천박물관 전시실에는 다양한 가야토기가 전시되어 있다. 가야의 대표적 토기인 원통형 그릇받침, 굽다리접시, 긴목 항아리, 짧은목 항아리 등 다양했다. 가야토기의 대표는 상형토기로, 실제 새, 신발, 수레 등의 모양을 빚어 구웠다. 복천박물관에서도 다양한 상형토기를 만날 수 있었다. 고대 부산의 가야 세력들이 지닌 토기 제작기술이 어느 곳에 내놓아도 뒤처지지 않을 정도의 수작이었음을 알 수 있다. 거북 장식 원통형 그릇받침과 짧은목 항아리 세트, 밀머리 모양 뿔잔 도기는 보물로 지정될 정도로 빼어나다.

가야 전역에서 많이 발견되는 토기가 새 모양 토기이다. 죽은 사람을 저승까지 데려다준다는 새에 대한 믿음이 가야 전 사회에 퍼져 있었다는 뜻이다. 특히 복천박물관에서 주목할 만한 것은 신발 모양 토기인데 저승에서도 이승의 영화를 누리라는 뜻일 것이다. 백제나 신라의 무덤에서는 위세품으로 금동신발이 종종 발견되는데, 그 재료가 금이건 흙이건 간에 사랑하는 사람을 떠나보내는 옛사람들의 살뜰함이 느껴지는 것은 마찬가지다. 신발 모양 토기는 짚신과 같아, 가야시대에 짚신이 있었음을 알 수 있다. 짚신을 흙으로 빚은 다음 아래에 굽다리를 붙여 제기로 사용한 듯하다. 짚신 안쪽에는 긴 굽이 달린 잔이 붙었다. 죽은 자를 보내는 남은 자의 사랑과 애틋함이 배어 있다.

횡재 〈발굴의 기억〉전

복천박물관은 지방자치단체가 운영하는 공립박물관이다. 지방자치제가 정착되면서, 과거에는 서울에나 와야 향유할 수 있었던 문화 인프라가 지역에도 잘 정비되고 있음을 자주 목격하게 된다. 복천박물관은 그중에서도 우수한 박물관이라는 느낌을 받았다. 기획된 전시와 기록들이 다채로웠고 유익했다. 전문 학예인력들이 유물관리를 철저히 하고, 지역 특성에 맞는 전시들을 잘 기획해온 흔적을 발견할 수 있었다.

마침 재미있는 기획전시가 열리고 있었다. 박물관 전시는 재생이 가능한 '영화'라기보다 일정 시간 그 자리에서만 볼 수 있는 '연극'의 속성을 갖는다. 팸플릿이나 도록, 책으로 전시 기록이 남기는 하지만 실물로 감상했을 때의 느낌은 대체할 수 없다. 지방 박물관의 중요한 전시를 보기 위해 돈과 시간을 들여 찾는 일이 앞으로는 많아질 것이다. 마침 복천박물관을 찾았을 때 열리던 이색 전시는 복천동 고분군 발굴 50년을 기억하는 〈발굴의 기억〉이라는 특별 전시였다. 내심 쾌재를 부르며 특별 전시장에 들어섰다. 답사 중 누리는 몇 안 되는 횡재다.

발굴의 역사는 드라마틱하다. 과거 저편에서 현재 우리가 상상할 수 있는 이편으로 넘어온 유물들의 '운 좋은 유쾌한' 이야기이기 때문이다. 고고학자는 실상 역사 저편의 이야기를 발굴하는 사람들이다. 도로를 개설하거나 아파트나 연립주택을 준공하기 위해 땅을 파다가 영원히 역사 속에 사라질 수 있는 옛날이야기를 세상으로 호출하는 사람들이다. 그들이 옛날이야기를 발굴하는 현장은, 철마다 꽃이 피고 가끔 불어오는 바람에 땀을 식힐 수 있는 곳이면 좋겠지만, 햇빛이 작열하는 태양 아래일 경우가 대부분이다. 〈발굴의 기억〉전은 이곳 복천동 고분군이 세상에 드러나기까지 이루어진 8차례의 발굴과 그 현장에서 고생했던 고고학자들에 대한 추억을 되짚는 전시였다. 복천동 고분을 발굴한 사람들에 대한 헌사가 담긴 오마주의 향연이었다.

1969년 첫 발굴 때의 사진들이 전시장 벽면에 걸려 있었다. 유물이 세상에 첫선을 보이는 순간은 생명 에너지가 응집되어 한순간에 폭발하듯 탄성이 터져 나오게 마련이다. 우주가 시작되는 것과 같은 느낌이다. 복천동 동네 사람들이 너나 할 것 없이 뛰쳐나와 호기심 어린 눈빛으로 발굴의 첫 삽을 지켜보는 모습이었다. 무덤은 '구덩식 돌덧널무덤'이라서 무덤의 덮개돌을 들어올리는데, 옆에 나무를 세우고 지렛대를 이용하고 있었다. 호기심 어린 눈빛 가운데 유난히 카메라 앵글을 유심히 바라보는 단발머리 소녀가 시선을 끌었다.

당시는 발굴이 고고학자들만의 잔치가 아니었다. 이벤트가 많지 않은 시대, 발굴은 사람들의 이목을 집중시키는 빅 이벤트였다. 신문사 기자, 방송사 기자가 몰려들어 대서특필되는 지역사회의 중요한 사건이었으니, 인근 동네 사람들을 다 모아내는 신기한 구경거리였다.

고고학자는 갓난아기를 품에 안아 든 엄마처럼, 아주 조심스럽게 유물을 다루는 사람이다. 전시장에는 살얼음판을 걷듯 조심스러웠던 그들의 마음가짐이 고스란히 기록되어 있었다. 특히 돌덧널무덤의 무거운 뚜껑돌을 들어올리는 작업은 한 치의 오차도 허용되지 않는 작업이었다. 그 순간의 긴장감을 다음과 같이 기록하고 있었다.

"하루 종일 뚜껑돌 4개를 서서히 들어내는 동안 얼마나 긴장했던지, 혹시 불상사라도 생기면 우리 발굴팀은 '민족의 죄인'이 되는 거였어요. 다행히 드잡이공들이 무게중심을 잘 잡아 일을 무사히 마칠 수 있었어요."

발굴 과정에서는 어처구니없는 해프닝이 벌어지기도 했다. 아주 커다란 항아리 모양의 토기에 물이 가득 차 있었는데, 사람들은 이 물의 정체를 궁금해했다. '천년의 세월에서 살아남은 천년수'라는 소문에 급기야 '이 물을 마시면 병이 낫고 오래 산다'라는 소문까지 돌았다. 발굴에 참여한 사람들은 서로 마시겠다고 야단법석이 났고 다음 날 항아리에는 한 방울의 물도 남지 않았다 한다.

1969년부터 8차례에 걸친 발굴 중에서도 특히 1980년은 복천동에 연립주택을 짓기 위해 '문화재보존법'에 따라 문화재 발굴조사가 필요해서 발굴이 시작되었다. 금동관과 철제 갑옷, 말 갑옷 등 중요한 유물이 쏟아져 나오는 바람에 연립주택 공사는 더는 진행되기 어려울 정도가 되었다. 지방언론은 물론 중앙지들이 복천동에서의 발굴 소식을 연일 1면으로 보도했다. 도시화에 쫓겨 3차 발굴이 한창인데 '4세기 가야의 영화가 눈앞에 활짝 열렸다'라며 '토기와 철기의 보고', '다양한 무덤양식 출현', '행운의 7 숭상한 칠두령 발굴' 등이 대서특필되었다. 결국 이듬해 정부는 이곳의 역사적, 학술적 가치를 인정해 사적으로 지정했고, 복천동 가야 무덤 발굴지역은 도시개발이 아닌 보존의 길로 들어서게 되었다. 그렇게 복천동 고분은 도시개발보다 문화유산 보존의 척도를 세운 이정표가 되었다.

가야 사람들이 들려주는 응원의 메시지

　　　　박물관에서 나와 고분을 올랐다. 복천동 고분은 고분 공원으로 잘 가꿔져 있었다. 저 멀리 부산 앞바다가 넘실댔다. 시야가 확 트이면서 가슴 속이 뻥 뚫린다. 바다와 함께 산책할 수 있는 곳, 복천동 고분이다.

　시선이 바다에 닿기 전까지는 아파트, 고층건물 등 익숙한 삶의 공간이 펼쳐진다. 그리 높지는 않지만, 과거의 세상에서 현재의 세상을 보는 듯한 느낌이다. 경주의 거대한 무덤처럼 흙을 높게 쌓은 봉분이 열을 지어 서 있는 곳이 아니다. 무덤은 서로 키 작은 회양목으로 경계를 만들고 구별해 놓았다. 발견 시기와 무덤 형태를 적은 표지석이 옆에 서 있을 뿐이다. 여름에 드론을 띄워 이 고분을 본다면, 잔디가 푸릇푸릇한 낮고 펑퍼짐한 언덕에 정사각형, 직사각형으로 회양목으로 된 사각 액자가 군데군데 떠 있는 섬과 같을 것이다.

　복천동 가야 지배층들의 무덤 형태는 주로 나무를 이용한 덧널무덤이나 구덩식 돌덧널무덤이다. 특히 덧널무덤은 나무로 관을 짜서 그 안에 죽은 이를 묻고 그 옆에 토기, 철기, 장신구 등 껴묻거리를 묻는 이른 시기 무덤 형식이다. 덧널무덤의 특징은 덧널의 흔적을 안타깝게도 찾아볼 수 없다는 데 있다. 나무의 특성 때문에 흔적 없이 사라지는 것이다. 껴묻거리만 있고 관의 흔적이 없을 때 고고학자는 이를 덧널무덤으로 추정한다. 덧널무덤을 볼 때면 자신을 자랑하지 않고 모든 것을 주는 '아낌없이 주는 나무'가 떠오른다.

　구릉의 가장 높은 곳에 닿으면 은색의 반구형 건물이 보인다. 저 멀

가야 땅이 피난민의 거처가 되어
지금은 공원으로 남았다

리 우주에서 날아온 듯한 비행체 같기도 하고, 저 멀리 북극에서 건너온 에스키모의 이글루 같기도 하다. 그러나 실상은 복천박물관 야외전시관이다. 이곳은 복천동 고분에서 나온 덧널무덤과 돌덧널무덤 내부 모습을 발굴 상태 그대로 모형 전시하고 있다. 토기가 차곡차곡 쌓여 있었다. 저 옛날의 물건은 천오백 년을 기다리다 세상에 다시 모습을 드러냈구나.

무덤이 혐오시설이거나 기피시설인 적이 있다. 우리 동네 앞에 들어서서는 안 된다는 님비Not In My Back Yard의 대상이기도 했다. 이곳 복천동 고분은 님비의 극복 현장이면서, 무엇보다 우리 삶 속에 죽음이 들어와 있음을 보여주는 상징적 공간이었다. 삶과 죽음의 경계는 그리 높지 않다. 죽음은 삶의 마지막이지만, 숙명적으로 받아들여야 하는 삶의 일부이다. 산책 나온 부산 사람들은 죽음을 삶 가운데 받아들이며 사는 사람들처럼 보였다.

가야 사람들은 이곳에 묻혔다. 무덤에 누워 부산 앞바다의 파도 소리를 듣고, 깜깜한 밤하늘 동래읍성 위에 뜬 초롱초롱한 별들을 세었을 것이다. 지금은 고분 공원이 되었고 오늘의 복천동 사람들이 이곳을 오르고 있다. 과거와 현재가 공존하며 천오백 년 전 가야인들과 오늘의 우리가 함께하는구나. 역사를 통해 우리는 이렇게 연결되고 있구나.

후대의 복천동 사람들은 그 오름을 어김없이 이어갈 것이다. 한 걸음 한 걸음 걸으며 과거의 가야 사람들과 대화할 것이다. 천오백 년 세월을 건너온 고분은 가야의 옛이야기를 들려줄 것이다. 그러다 가끔 가슴 아픈 사연을 지닌 사람이 있으면 그 슬픔을 위로할 것이다.

두려움 없이 진정성 있게 살라고, 복천동 고분 공원에서 가야인들이 응원하는 것만 같았다.

부산 복천동 22호분 출토 청동 칠두령

(보물, 국립김해박물관)

복천동 22호분에서 발견된 청동으로 된 칠두령이다. 7개 방울이 달린 청동방울이란 뜻이다. 청동방울은 주로 청동기시대 말기, 집단의 제사장이나 군장이 하늘에 의례를 지낼 때 사용했던 무구다. 제사장은 이 청동방울과 함께 청동거울을 사용했다. 청동거울을 가슴에 부착하고 밝은 빛의 아우라를 뿜으며 사방 천지에 신의 음성인 양 딸랑딸랑 소리를 내었다. 종교 이전의 무속적 영성의 시대였다.

고대국가의 체계가 완성되는 삼국시대에는 불교가 전래되었다. 불교는 무속적 영성에 뿌리를 내리면서 삼국에 토착화되었다. 무속이 쇠해진 시대, 청동방울은 자취를 감췄다. 그러나 이 청동방울이 발견되면서 청동기시대의 신앙과 종교행사가 가야까지 이어져 내려왔다고 상상할 수 있게 되었다. 무덤 주인공은 살아생전 이 칠두령을 흔들며 종교적 제례와 관련된 일을 한 사람이었다. 복천동의 정치체가 제정일치 사회였다면 이 무덤의 주인공은 샤먼이자 정치적 수장이었다. 제정분리 사회를 감안하면, 정치군사적 권력과는 멀지만 영적 영향력은 최고인 샤먼이었을 것이다.

칠두령 모양을 살펴보자. 둥그스름한 구 모양의 본체에 주판알 같은 방울 7개가 사방으로 달려 있다. 각 방울은 네 군데씩 길게 잘라 장식했다. 청동을 녹여 속이 빈 상태로 본체와 방울을 만들었고 안에 구슬을 넣는 방식으로 제작했다. 청동방울 자루 부분에 긴 막대를 끼운 흔적이 남아 있다. 긴 나무막대에 칠두령을 끼워 흔드는 샤먼, 그는 세상을 주재하는 전지전능한 신을 불러내었다. 칠두령의 표면이 매끈하게 처리되어 있어, 공예사적으로 우수한 물건이다.

하늘을 향해 소리를 올리는 마음, 사진, 2019
청동 칠두령, 복천동 22호분 ⓒ국립김해박물관

칠두령 방울이 내던 소리는 무엇일까. 옛날 사람들은 인간의 뜻을 하늘과 신에게 닿게 하려면 하늘이 들을 수 있는 소리가 있어야 한다고 생각했다. 소리가 있어야 하늘에 닿을 수 있다. 샤먼은 긴 막대에 칠두령 방울을 연결한 후 의식의 시작과 끝에 소리를 냈다. 소리는 애초부터 성스러웠다.

그 성스러움에서 음악이 탄생했다. 하늘과 신에게 예를 다하기 위한 소리는 가장 원초적이면서 원시적인 장르로 '음악'이 되었다. 종교음악이 성스럽듯, 칠두령이 울리는 방울 소리도 성스러웠으리라.

도기 말머리장식 뿔잔
(보물, 동아대학교석당박물관 등)

부산의 복천동 7호분에서 발견된 말머리 모양 뿔잔 도기이다. 2점이 쌍을 이루어 발견되었는데 크기는 서로 다르다. 한 점은 동아대학교석당박물관, 나머지 한 점은 국립중앙박물관에 있다. 뿔잔은 한자로는 각배角杯라 부른다.

복천동 고분에서 발견된 이 뿔잔은 일찍이 1975년에 보물로 지정될 정도로 조형성을 인정받은 걸작이다. 무엇보다 뿔잔의 앞쪽에 말머리가 명절날 정성스레 깎은 밤처럼 정교하게 조각되어 있다. 말의 길쭉한 얼굴이나 입, 코, 눈, 귀 등이 모두 사실적으로 표현되어 생동감이 느껴진다. 이 도기에서 가장 앙증맞은 부분을 꼽으라면 넘어지지 않도록 도기 뒤쪽에 붙인 발이다. 이 발이 있어 뿔잔은 평평한 바닥에 안정적으로 뿌리를 내리는 듯하다.

원래 뿔잔은 소나 양의 뿔을 잘라낸 후 그 안을 파서 잔으로 사용한 데서 기원한다. 아주 먼 옛날 인간은 실제 뿔을 잔으로 이용하여 물이나 술을 마셨던 모양이다. 인간이 토기, 도기, 철기를 만들 줄 알게 되면서 실제 동물 뿔잔은 토기나 금속으로 만든 뿔잔으로 대체되었다.

뿔잔은 초원에 사는 북방민족의 문화에서 시작되었다. 처음에는 동물의 뿔을 이용해 만들다가, 점차 뿔 모양을 모방한 토기가 사용되었다. 실제 동물의 뿔을 이용한 뿔잔은 시간이 지나면 뿔이 썩어 문제가 되었으므로 흙이나 금속을 이용해 만든 술잔으로 발전했다. 이 뿔잔 밑에는 구멍이 뚫려 있었다. 구멍에서 흘러나온 술을 다른 잔을 준비하여 따른 후 마시거나 흘러나온 술을 직접 입으로 받아서 마셨을 수도 있다. 실제는 술이나 물이 뿔잔을 통과하지만, 마치 술이 동물의 몸 안을 통과하면서 영험한 정기를 빨아들여 '영혼의 술'이 된다고 생각했다.

소녀들의 연대, 21×25cm, 종이에 아크릴 물감·사진, 2020
도기 말머리장식 뿔잔, 17×14.4cm/17×12.1cm ⓒ동아대학교석당박물관

멋지다.

세계적으로 유명한 뿔잔이 러시아의 레닌그라드 박물관의 황금 부조상에 새겨져 있다. 1830년 흑해 연안에서 기원전 4세기 인물로 보이는 스키타이인 쿨 오바^{kul'-oba} 묘에서 황금 유물들이 대거 발견되었다. 이 황금 부조상도 그중의 하나다. 번쩍번쩍 노란빛으로 빛나는 부조상에는 범상치 않은 두 인물이 뿔잔을 들고 무언가를 나누어 마시고 있다. 단순한 우정의 표시로 보기에는 둘의 표정이 사뭇 엄중하다. 헤로도토스의 《역사》에는 스키타이인들이 중요한 맹세를 맺을 때 뿔잔에 술을 담고 서로의 피를 섞어 마신다는 기록이 있다. 쿨 오바 묘의 부조상 속 인물들 역시 피를 나눠 마시며 혈맹을 다짐한 것은 아닐까.

이러한 스키타이 문화가 동쪽으로 진출하여 신라나 가야까지 내려왔다. 신라나 가야에서는 뿔잔이 유난히 많이 발견되었다. 뿔잔은 피나 과실주를 담아 마시는 실용적 목적으로 쓰였거나 지배층의 무덤에 껴묻거리로 사용되기도 했다. 가야 유물 중 유명한 국보 기마인물형 토기에도 뿔잔이 달려 있다. 뿔잔은 가야에서 특별히 유행한 듯하다. 이 또한 가야가 북방민족과 연결되어 있다는 증거일까.

여러 소국의 지배자들끼리 뿔잔에 술을 나눠 마시며 협력을 다짐하는 맹세를 한 건 아닐까. 과실이 진하게 우러난 술이 담긴 뿔잔을 보고 있으니 술기운이 몸으로 낮게 깔려 들어오는 것 같다. 더불어 알 수 없는 결연함이 온몸에 퍼지면서 몸과 마음을 가다듬게 만든다. 뿔잔에 담긴 도원결의의 무게가 무겁게 느껴진다.

3. 함안, 아라가야 명성을 되찾다

함안은 아라가야의 옛 도읍이다. 지금의 함안은 인구 7만 명의 작은 군이나, 고속도로 톨게이트부터 '아라가야의 고도'라는 자부심이 곳곳에 배어 있다. 주말이면 서울 대학로에서처럼 연극 공연이 열리고, 이름만 들어도 알 법한 유명 가수들이 보컬의 향연을 선사하고 있었다. 문화가 흐르는 군인데, 아라가야의 고도라서 가능한 일이다 생각했다. 강원도 태백에서 시작된 낙동강과 진주에서 시작된 남강이 만나 남해로 흘러가는 곳이 함안이다. 아라가야가 강성했다면 그것은 강의 힘이리라. 낙동강과 남강의 배후 습지를 이용한 농경과 강을 이용한 교역 통로 확보가 아라가야 성장의 중요한 기반이었다. 지금도 함안의 악양 둑방에 가면 낙동강으로 흐르는 남강을 굽어볼 수 있다. 6월이면 경비행기가 윙윙 소리를 내며 양귀비와 물푸레국화로 가득 찬 악양 둑방 위를 힘차게 날아오른다.

6가야의 하나인 아라가야는 변한의 안야국安邪國이 주변의 작은 나라를 병합해가는 과정에서 성장했다. 5세기 무렵 함안의 상징 말이산末伊山에 대고분을 조성할 정도로 강력해져, 김해의 금관가야, 고령의 대가야와 어깨를 겨루었다. 백제와 왜, 신라와 고구려 등 국제관계에서 중요한 역할을 했다는 기록이 있다. 아라가야가 어떻게 역사 속으로 사라졌는지 알 길은 없지만, 562년 대가야가 신라에 패망할 무렵 아라가야도 신라에 복속되었으리라 추정된다.

아라가야의 상징, 불꽃무늬 토기

함안과의 첫 만남은 겨울과 봄의 경계, 3월이었다. 군 단위 박물관임이 믿어지지 않을 정도로 잘 갖춰진 함안박물관에서 함안 여정을 시작했다. 함안박물관의 랜드마크는 마당에 우뚝 서 있는 아라가야 불꽃무늬(화염문) 토기상이다. 불꽃무늬 토기는 토기 다리에 불꽃을 형상화한 무늬를 뚫어 장식한다. 함안에서 나온 굽다리접시, 그릇받침에 모두 불꽃이 새겨져 있다. 불꽃무늬 사이로 토기는 숨을 쉬는 듯하다. 함안의 토기장이들은 새롭고 혁신적인 불꽃무늬를 토기에 아로새기며, 자신의 브랜드 상징을 만들어냈다. 함안에서는 수레바퀴 모양, 7개 등잔 모양, 집 모양, 새 모양의 상형토기를 많이 만날 수 있다. 함안박물관과의 인연은 상형토기를 빼놓고는 설명할 수 없다.

답사 중에 가야의 역사와 문화를 가꾸는 공무원을 만나기도 한다. 일요일 출근해 관람객을 맞고 있는 함안군청 공무원을 만났다. 그는 자신이 알고 있는 함안과 아라가야의 역사를 열심히 설명했다. 강의실이나 책에서 배우는 가야사보다 훨씬 생생하고 재미있었다. 함안 사람들은 고향이 아라가야 고도라는 데 자부심이 넘쳐났다.

그는 일제강점기 허술하게 진행된 함안 발굴에 대해 아쉬움을 토로하기도 했다. 일본의 역사학자들은 아라가야에 '임나일본부'가 있었다는 증거를 찾기 위해 함안을 샅샅이 뒤졌다. 1917년 일본의 역사학자 이마니시 류今西龍의 첫 발굴, 1918년 야쓰이 세이이치谷井濟一의 말이산 정상 13호분 발굴이 있었다. 이때 발굴된 유물들을 일본인들이 화차로 실어 가 남아 있지 않다며 아쉬워했다.

우리 손으로 발굴을 시작해 근대 학문적 틀로 연구를 축적했다면, 지금 우리는 아라가야의 많은 유물과 역사를 만날 수 있었을 터다. 가야 답사를 하는 곳마다 느끼는 '지난 역사에 대한 안타까움'이다.

함안박물관 전경 ⓒ함안군

아파트 건설 현장에서 나온 말 갑옷

함안박물관의 대표 유물은 '말 갑옷'이다. 기마병만 갑옷을 입은 것이 아니라 전사를 태운 말도 갑옷을 입었다는 증거가 될 수 있어 최근 보물로 지정되었다. 이 말 갑옷은 아파트 건설 현장에서 우연히 발견되었는데 5세기 아라가야 최고 지배층의 무덤이 있던 자리로 추정된다. 말 갑옷 발견은 함안 사람들에게는 잊을 수 없는 문화재 발굴 사건이다. 그 과정을 박물관 학예연구사로부터 들을 수 있었다.

"고분 앞에 아파트를 짓고 있어요. 해동아파트지요. 신문배달 청년이 근처에서 철로 된 사각 파편을 주워서 신문 배급소 소장에게 보여주었는데 이를 본 소장이 심상치 않다며 신고하자고 했답니다. 마침 소장이 창원대학교 사학과 1기생이어서, 파편을 보고 금방 안 거지요. 일반인이었으면 몰랐을 겁니다. 아파트 건설을 중단하고 발굴을 시작했는데 말 갑옷이 나온 거예요. 말 갑옷 제작기술은 당시 최첨단 기술이지예. 온전한 말 갑옷이 함안에서 나왔으니 전국이 들썩였다고 합니다."

말 갑옷은 무덤의 주인 양 옆에 길게 늘어져 흙과 뒤엉킨 상태로 발굴되었다. 어렵사리 흙과 분리해서 온전한 모습을 드러낸 일부는 국립김해박물관으로 보내졌다. 흙과 딱 달라붙어 분리되지 않은 일부는 흙과 함께 이곳 함안 전시실에 남아 있었다.

함안에서는 '미늘쇠'라 불리는 독특한 유물이 발견되기도 했다. 함안박물관에서 눈여겨보아야 할 문화재다. 미늘쇠는 55센티미터 긴 직사각형의 넓적한 철판이다. 미늘쇠라 불리는 이유는 철판 가장자리에 낚싯바늘 같은 날카로운 미늘(갈고리)이 붙어 있어서다. '가시가 돋친 날이 있는 물건'이라는 뜻에서 예전에는 한자로 유자이기有刺利器로 불렸다. 함안의 도항리 10호분에서 발견된 미늘쇠 두 점은 모두 5세기 유물로 추정된다. 함안박물관에는 모형이 전시되어 있고 실물은 국립 김해박물관에 있다.

함안의 미늘쇠 미늘은 새 모양이다(아래 사진). 좌우에 각각 5마리 새가 앉아 있다. 새의 머리는 둥글면서 크고, 부리는 재잘거리고 있고, 꼬리는 위로 치켜들고 있어 금방이라도 날아갈 듯한 품새다. 지금은 두꺼운 녹이 앉아 있지만 당시에는 매끄럽게 빛나는 매우 화려하고 아름다운 명품이었을 듯하다.

이 미늘쇠가 무엇에 쓰던 물건이었는지는 명확하지 않다. 보병이 말 탄 기마병에게 던져 쓰러뜨렸던 무기였다고도 하고, 미늘쇠 아래에 자루를 끼우는 부분이 남아 있는 것을 보아 샤먼이 장대 위에 꽂아 들었던 무속 도구였다고도 한다. 가야시대 새는 하늘과 인간을 연결해주는 메신저였으니, 신에게 제사를 지낼 때 샤먼이 긴 장대에 미늘쇠를 꽂아 흔들었을지도 모른다.

가야의 샤먼, 제사장이 초월적 힘을 과시하기 위해 자신의 관모에 이 미늘쇠를 꽂았을 가능성도 있다. 흉노 문화유적인 알타이 파지

미늘쇠, 함안 도항리 10호,
19.5×55.5×0.2cm
ⓒ국립김해박물관

릭^{Pazyryk} 고분에서 발견된 흉노 공주는 머리에 봉황새 15마리를 장식했다. 아라가야에 샤먼이 있었다면, 이 흉노 공주처럼 미늘쇠를 관모에 장식하고 다니지 않았을까?

함안의 모든 길은 말이산을 향한다

　　　　함안에 오면 말이산에 올라야 함안을 본 것이다. 함안의 모든 길은 말이산을 향한다. 말이산은 해발 40미터에서 70미터에 불과한 낮은 구릉이다. 말이산은 '우두머리'를 의미하는 '머리산'의 소리음을 빌어 한자로 쓴 것이다. 37기의 무덤들이 구릉의 정상과 가지능선에 열을 지어 서 있다.

　처음 말이산을 올랐을 때는 해질 무렵이었다. 석양이 내리는 고분에서 바라보는 세상은 평온함 자체였다. 석양이 지는 고분에서의 마음은 고즈넉함이다. 바쁜 일상에서 물러나 인간의 필연적 종말인 죽음 앞에 한층 겸허해지며 스스로를 돌아보는 시간이다. 나뭇가지 사이로 간신히 비치는 고분의 완만한 곡선과 그리 크지 않은 해동아파트의 아담한 규모가 이질적이지 않다. 그 자리에 하늘을 찌를 듯한 고층아파트가 있었다면 매우 부자연스러웠을 것이다.

　두 번째 말이산에 올랐을 때는 발굴팀을 현장에서 만나는 복을 누렸다. 운수 좋은 날이었다. 사슴형 토기와 집 모양 토기 등이 발굴되어 신문에 보도될 때다. 6월의 태양이 작열하는 날, 말이산 고분 북쪽 끝에 있는 말이산 45호분까지 20여 분을 땀 흘리며 찾아갔다. 6월 고분 위에는 토끼풀과 노란 코스모스가 지천으로 깔려 있었다. 예전에도 두 차례 발굴이 있었지만 무덤을 찾지 못했던 곳이다. 그런데 이번에 무덤을 발견하고 게다가 귀중한 상형토기까지 나왔으니 발굴에 참여한 사람들이 얼마나 기뻤을까. 그곳에서 만난 고고학자는 신이 나서 상형토기 발견 당시를 소개했다.

"무덤의 바깥은 암반이 둘러싸고 있어요. 힘들고 고된 작업이었죠. 이 무덤은 나무로 된 관에 시신을 둔 목관묘에요. 나무 관은 흔적 없이 사라졌고, 아래 깔린 돌만 남아 있었죠. 그런데 시신 북쪽에 상형토기가 묻혀 있었어요."

그의 설명에서 '보물'을 발견한 자의 희열이 느껴졌다.

세 번째는 해동아파트를 지나 함안군청까지 걷다가 함안군청 뒷길을 통해 말이산을 올랐다. 해동아파트 앞에는 빨간색, 하얀색 접시꽃이 한창이었다. 유월의 함안은 접시꽃이 흐드러지는 계절이었다. 군청에는 20대 국회 마지막에 통과된 '역사문화권 특별법'을 반기는 플래카드가 걸려 있었다. 함안군청은 말이산의 1호분, 2호분, 3호분 고분을 이고 있는 것 같았다.

군청 뒷산을 오르니 말이산 4호분이 나타났다. 이 무덤은 아라가야가 가장 강성했던 5세기에 만들어졌다. 지름 39.4미터, 높이 9.7미터다. 일제강점기 조선총독부가 졸속 발견한 4기 고분 중 유일하게 발굴상황이 알려졌다. 무덤 주인공 발아래 5명의 순장자가 누워 있던, 아라가야의 대표적 순장 묘다. 당시 순장은 가야 지역에서 광범위하게 이루어지던 장례문화였다.

6월 초 말이산 고분의 무덤 앞에는 하얀색 쑥부쟁이꽃이 한창이었다. 무덤 앞과 위에 군락을 이룬 꽃에서는 여름 향기가 물씬 풍겼다. 쑥부쟁이는 무덤을 지키는 유일한 울타리였다.

가야리, 아라가야 중심지가 있었다

여름의 답사는 일찍 시작되고 늦게 끝난다. 뙤약볕이 내리쬐는 오후엔 옴짝달싹할 수 없지만 아침을 일찍 열 수 있고 늦은 밤 8시까지 해가 지지 않는다. 조선시대 읍지였던 '함주지', 일제강점기 《고적조사보고》에 함안에 왕성지가 있다고 했다. 사람들은 아라가야의 중심지였을 그곳이 어디일까 늘 궁금해했다. 이야기와 기록으로 전해지던 왕성지를 함안의 학예사들이 우연히 발견했다. 이른 새벽 함안의 왕성지인 가야리를 찾아 나섰다.

왕성지는 함안 연꽃 테마마크 근처에 있다. 왕성지는 가야리 마을 뒤 50여 미터 되는 낮은 언덕이었다. 아주 좁은 시골 골목길을 따라 오르니 대나무숲이 나오고 갑자기 시야가 환해지더니 아침볕이 밭에 살포시 내려앉은 모습이 펼쳐졌다. 부지런한 할머니가 능수능란한 호미질로 밭을 매고 있었다. 발굴 현장 표지판이 나왔다. 드디어 아라가야 왕성지에 도착했구나. 발굴이 채 끝나지 않은 모양이었다. 화살촉, 갑옷 등 철로 된 무기가 많이 나왔다 하니, 이곳은 왕성을 방어하는 군사집단의 상시 거주지가 아니었을까. 지금으로 말하면 청와대를 경호하는 경호처 같은 곳이다.

발굴 현장은 고단함이 물씬 묻어나왔다. 이른 아침에도 햇볕이 따가웠다. 발굴은 한없이 지루하고 따분한 손동작의 연속이다. 붓으로 쓸고 호호 불어가면서 서서히 움직인다. 고고학자는 그런 시간을 묵직하게 인내로 기다리는 자다. 그 단순 동작의 끝에 모습을 드러낸 유물을 보는 희열이 무엇과도 바꿀 수 없다는 것을 아는 자다. 발굴자들이 가끔 쉬어갔을 법한 쉼터 평상이 보이고 그 위에는 뙤약볕을 막아줄 차양이 드리워져 있다. 집터, 망루, 고상가옥이 있던 자리 군데군데 파란색 비닐포대가 덮여 있다.

발굴지를 지나 왕천사 쪽으로 내려오니, 왼쪽에 독항아리가 열을 지어 서 있다. 함안에서 태어나고 자란 중년의 안혜영 선생이 된장을 만들고 있었다. 젊어서부터 손맛이 좋아 이웃의 장을 담가주다 아예 12년 전에 고향 함안으로 돌아와 본격적으로 장을 담그기 시작했다. 아라가야 왕성지를 어떻게 알아보고 왔냐 하니, 바람 적당히 불고 햇빛도 적당해 된장이 익어가는 데 좋아서 이곳에 터를 잡았다 했다. 된장 독항아리에는 10년 넘게 세월을 머금은 된장이 익어가는데, 10여 년 지나면 짠 나트륨 성분이 빠져나가 항암효과가 있다고 했다. 12년 동안 이곳 아라가야 왕성지에서 된장을 만들다 보니 혀끝으로 염도를 측정할 수 있을 정도의 고수가 되었다. 안혜영의 된장은 아라가야의 왕성과 함께 익어왔다. 안혜영 선생은 우리시대 가야를 새롭게 사는 사람이다.

안라고당회의의 현장인가, 제사의 현장인가

함안에는 색다른 가야시대 건물터가 남아 있다. 함안 읍내 충의공원에 오르면 그곳, 당산유적을 만날 수 있다. 높은 언덕이라 함안 읍내가 한눈에 들어왔다. 원래 이곳은 말이산 고분과도 연결되는 구릉이었으나 1920년대 초 일제가 함안의 물길을 바꾸면서 구릉을 잘라, 지금은 말이산 고분군과 단절되어 있다.

길이 약 40미터, 폭 15미터의 상당히 큰 건물터가 남아 있다. 목탄을 분석하니 1500년 전 아라가야시대 세워진 건물지로 추정되었다. 이곳이《일본서기》에 기록된 529년 '안라고당회의' 장소였다는 설이 있다. 안라고당회의는 당시 변화하는 국제정세를 논의하기 위해 신라, 왜, 아라가야, 백제가 함께 만난 국제회의로 알려져 있다. 그 회의를 위해 고당을 새로 지었다는 이야기다. 당시에 전쟁과 무력이 아니라 외교적으로 각국 간 문제를 해결하려 했다는 그 시도가 놀랍기도 하다. 아라가야의 국제적 위상과 대형 건물 건축이 가능할 정도의 경제력과 기술이 있었기에 가능한 일일 터이다.

이곳에서 국가의 큰 제사가 열렸을 가능성도 있다. 하늘의 노여움을 달래기 위한 고대사회의 중요한 국가적 행사였던 제사는 인간의 나약함에 대한 낮은 고백이기도 하다. 천둥이 치거나 홍수가 나거나 가뭄이 드는 모든 순간이 고대인들에게는 두려움의 대상이었다. 그 두려움을 물리치기 위해 제사가 시작되었고 제사가 반복되어 삶에 뿌리를 내리게 되면서 의례가 탄생했다. 제사와 의례를 바치는 순간은 우주만물을 주재하는 신 앞에 인간이 겸허해지는 순간이다. 제사 현장에서 우리가 거룩하고 숭고한 신의 손길을 느끼게 되는 이유다.

당산유적은 가야사람들의 놀이터

고대에는 제의가 공동체 축제의 장이었다. 농경사회에서 한 해 농사를 수확한 후 하늘에 감사를 드리는 것은 인간의 마땅한 예의였다. 제천행사가 바로 그러한 것으로,《삼국지 위서 동이전》은 5월 씨를 뿌린 후에, 10월 곡식을 수확한 후 올렸던 제천행사에 대해 기록하고 있다. 이곳 아라가야 사람들에게도 제사는 무엇보다 중요해, 543년 백제 성왕이 안라국에 회의 참석을 요청했는데 1월 제사를 이유로 참석을 거부했다는 기록이 있다. 노래하고 춤추며 술을 마시는 데 밤낮을 쉬지 않았다 했다. 춤도 홀로 추는 것이 아니라 함께 어우러져 추는 춤이니, 수십 명이 한꺼번에 일어나서 서로 뒤를 따르며 땅을 밟고 높이 뛰었다가 내려왔다. 손발로 장단을 맞추면서 신명을 돋우었다. 가야 사람들은 호모 루덴스Homo Ludens, 놀이하는 인간이었다.

놀이는 즐거움을 얻으려는 개인의 신체적, 정신적 활동이지만 이 놀이가 공동체로 확장되면 축제가 된다. 당산유적에 앉아 아라가야의 축제를 상상하니 나도 모르게 입가에 미소가 번지고 콧노래가 나왔다.

놀이가 좋은 점은 놀이 후에도 사람들은 놀이 바깥의 일상에 안정, 질서, 번영이라는 광휘를 뿌려 다음 신성한 놀이 시즌이 돌아올 때까지 공동체가 애틋해진다는 것이다. 오랜 전쟁으로 마음이 지쳤을 때

왕은 축제라는 난장을 열어 백성을 위로했다. 축제로서의 제천행사는 지위의 높낮이와 상관없이 사회 구성원이 서로 하나 됨을 확인하는 신나는 이벤트였다. 하나 되는 기억이 오래도록 공동체 속에 남아 있어 힘든 노동과 치열한 전투 속에서 서로 협력할 수 있었다. 축제는 희로애락의 감정을 쏟아내면서 카타르시스를 맛보게 했다. 술을 마시면 잠시 현실을 잠시 잊고 무아지경에 빠질 수 있었다.

우리는 언제부터인가 축제가 주는 일탈, 해방, 소속감의 유익을 누리지 못한 채 일하고 있다. 산업화 시대를 거치면서 여가와 놀이는 뒷전이었고 인간으로서 행복의 욕구는 늘 유예되어야 했다. 일탈과 놀이를 통해 삶을 파닥파닥 뛰게 하는 힘을 잃었다. 호모 루덴스, 우리의 삶은 늘 한바탕 축제여야 한다. 축제를 통해 성스럽고도 거룩한 일상을 살 수 있어야 한다.

함안 마갑총 출토 말 갑옷

(보물, 국립김해박물관)

함안박물관의 최고 아이템은 말 갑옷이다. 말 갑옷의 실물은 국립김해박물관에 있지만, 발굴 당시의 에피소드와 감동을 담은 이야기는 함안에 남아 있다. 말 갑옷은 1992년 함안의 한 아파트 건설현장에서 발견되었다. KBS와 MBC 등 우리나라 주요 방송사에서 이 소식을 톱으로 보도할 정도로 말 갑옷은 학자는 물론 일반인들에게도 큰 반향을 일으켰다.

철이 최첨단 하이테크인 시대였으니 말 갑옷은 뛰어난 철 가공기술과 막강한 경제력이 없으면 만들어낼 수 없는 그 시대의 전략물자였다. 말 갑옷은 말의 목부터 엉덩이를 완전히 감싸고 있는데, 4종류 450여 장의 철판을 가죽끈으로 엮어 만들었다. 하나의 말 갑옷이 만들어지기까지, 철 장인은 철판을 하나하나 이어 붙였다. 이 갑옷은 2009년 경주 무덤에서 740개 철 조각의 말 갑옷이 발견되기까지, 한반도에서 유일무이한 실물 말 갑옷이었다.

우리나라에 말 갑옷이 있었다는 사실은 고구려 고분벽화를 통해 알려졌다. 고구려 통구 12호분 벽화에는 철갑옷을 입은 기마병이 등장하는데 고구려를 지킨 최고 강한 군사 '개마무사鎧馬武士'다. 개마무사는 갑옷 입힌 말을 탄 기병이라는 뜻이다. 이 말 갑옷은 한반도 전역에 퍼져 있었을 것으로 추정되었다. 처음 실물로 발견된 것이 이곳 함안이다. 고구려 고분벽화 속 말 갑옷의 존재가 사실로 확인되었다.

말은 전쟁에서 승리할 수 있는 군사물자였고 권력의 상징이었다. 권력자들은 죽을 때도 무덤에 말을 함께 매장했다. 특히 말이 중요한 유목민족이나 기마민족의 매장 규모는 상상을 초월한다. 시베리아의 사얀산맥 근처 아르잔 무덤에서는 제물로 총 450마리의 말이 사용되었다. 세계 최대의 말무덤은 중국 산동성에 있는 '순마갱'인데 200여 미터에 600여 마리의 말이 일정한 간격으로 매장되었다. 춘추전국시대 제나라 군주 경공의 묘라 하니, 그가 누린 영화를 짐작할 수 있다.

전쟁 때 말에게 입혔던 갑옷도 무덤의 껴묻거리로 활용되었다. 제나라 경공에 미치지는 못할지라도, 아라가야의 권력자는 자신의 말 갑옷을 묻는 것으로 권세를 드러냈다. 말 갑옷은 권력자가 권력을 드러내는 가장 좋은 위세의 아이템이었다. 말 갑옷과 함께 그가 사용했던 고리자루 큰 칼도 나와, 함께 보물로 지정되었다.

말 갑옷, 5세기, 함안 마갑총, 길이 232cm ⓒ국립김해박물관

중장기병 말 달리다, 19×16cm, 종이에 연필, 2020

사슴모양 뿔잔

(함안박물관)

사슴이 수줍게 뒤돌아보고 있는 토기로 길이 17센티미터, 높이 19센티이다. 함안의 말이산 45호분 덧널무덤에서 2019년 집 모양 토기, 배 모양 토기, 등잔 모양 토기와 함께 출토되었다. 동그란 맑은 눈의 사슴은 살짝 머리를 돌려 뒤를 바라보고 있다. 마치 수줍게 뒤돌아선 사슴과 같다. 굽다리는 사슴을 받치고 있는데 불꽃무늬가 새겨져 있다. 사슴 몸통에는 알파벳 유ᵁ자형 원통형 뿔잔이 있다.

사슴은 초원문화에서 자주 등장하는 동물이다. 목이 길고 성스러운 짐승으로 인식되어, 초원의 고대 예술에서 중요한 예술적 모티브였다. 청동기에 사슴을 새겼고, 전사들은 몸에 사슴을 문신하였고, 암각화에 사슴을 그렸다. 주기적으로 떨어졌다 다시 솟아나는 수사슴의 뿔은 '생명의 나무'와 같았다.

고구려 무용총 벽화인 수렵도에도 사슴이 등장한다. 말을 탄 전사가 뒤돌아 파르티시안 사법으로 화살을 겨냥한 동물이 사슴이다. 사슴은 당장이라도 그림 밖으로 뛰쳐나갈 것처럼 날렵하고 빠르다. 사슴 옆으로 하늘을 향해 나 있는 뿔은 활력과 기세를 고스란히 드러낸다. 사슴은 신성한 순간을 포착해내는 동물이라 시베리아 샤머니즘은 사슴뿔을 숭상했다. 샤먼은 머리에 사슴뿔을 꽂았는데 이것이 금관으로 진화했다는 이야기도 있다.

사슴은 십장생으로 불로장생의 상징이다. 죽은 사람이 저승에 가서도 생명을 다 누리라는 뜻에서 사슴 모양 토기를 묻었을 것이다. 이 토기는 아라가야시대 조형미의 절정을 보여준다. 사슴 형상의 머리를 지탱하도록 몸체의 바닥 부분을 만든 뒤 원통형 뿔잔과 연결된 몸체 상부를 붙여 몸체를 완성하고 굽다리 받침을 연결하는 기술을 사용했다. 사슴 몸통과 원통형 뿔잔은 내부가 비어 있어 액

사슴모양 뿔잔, 5세기, 함안 말아산 45호분, 높이 20cm ⓒ함안군

체를 붓거나 따를 수 있는 용기로 사용할 수 있었다.

제작기법도 우수하지만 조형미가 보는 이를 압도한다. 가냘픈 사슴의 모가지와 맑고 깊은 눈에서 나오는 순수한 슬픈 감정은 한 차원 승화하여 성스러움을 느끼는 단계로 나아간다. 모든 불필요하고 복잡한 것들이 제거되고, 중요한 특성만이 살아남은, 미니멀리즘이 과거로 소환당한 느낌이다.

또한 이 토기에서는 순발력과 운동감으로 표현된 리듬을 알아차려야 한다. 목표를 포착하고 순간적으로 머리를 뒤로 돌리는 사슴의 찰나의 순간, 정적이면서도 동적인 정중동의 모습이 다 들어 있는 토기. 출토지가 명확한 사례라서 더더욱 국보나 보물로서 손색이 없다. 조형성의 절정을 보여주는 이 토기에서 사슴의 매서운 포착의 순간이 참으로 절묘하다.

고요하고 신비한 소가야의 바다

4. 고성, 바다를 품은 고분이 햇빛에 빛났다

그대, 고성을 아는가. 강원도의 '높은 성(高城)'이 아니라 경상남도의 '단단한 성(固城)' 말이다. 동해를 끼고 있는 고성도 아름답지만, 한려수도가 지척인 고성은 수려하다. 남해의 고성은 역사적 장소가 특히 많은 곳이다. 백악기에 살았던 공룡 발자국을 볼 수 있는 곳, 이순신 장군이 삼도수군통제사로서 거북선을 이끌고 왜선을 격파한 당항포 대첩이 있었던 곳이다. 병풍처럼 둘러선 산세와 넓은 평야, 그리고 바다가 어우러져 역사적 현장이 되었던 이곳 고성에, 가야도 있었다. 고성은 5가야五伽倻 중 하나로 기록되어 있는 소가야의 중심지였다.

서울에서 고성으로 가려면 진주까지 가는 KTX를 타면 된다. 3시간 45분을 달려 진주역에 도착했다. 진주와 고성은 하나의 권역이라 자동차로 1시간여 가면 고성 앞바다를 만날 수 있다. 새털구름 깔린 푸른 하늘 아래 배처럼 떠 있는 섬들 사이로 남해가 눈앞에 펼쳐져 있다. 소가야 중심지로의 고성의 약진은 바다 덕분이다. 고성은 가야의 대외교역 거점 역할을 했다.

소가야라는 이름의 유래에 대해서는 의견이 분분하다. 대가야에 비해 상대적으로 작았다는 의미의 '작은 가야'라는 설도 있고, 철이 많이 나는 '쇠가야'가 잘못 전해져 소가야가 되었다는 설도 있다. 소가야가 언제 멸망했는지는 정확히 알 수 없으나 대가야가 멸망하는 562년경으로 짐작되고 있다. 흥망성쇠는 이름 가진 나라들의 공통된 '운명'이다.

사막의 고독함 같은 송학동 고분

소가야의 대표적 가야 고분은 송학동 고분이다. 5세기 후반에서 6세기 전반기에 만들어진 소가야의 왕과 지배층 무덤이다. 1호분은 가장 웅장하고 높은 곳에 있으며 3기의 무덤이 서로 잇닿아 있다. 앞은 사각, 뒤는 원형인 일본의 전방후원분前方後圓墳과 닮았다 해서, 임나일본부를 둘러싼 한일 역사학자들 사이에서 논쟁이 되기도 했다.

송학동 고분은 고성 중심부에 있어 고성 어디에서나 보일 것 같았다. 고성에서 태어나고 자란 아이들은 송학동 고분을 뒷동산 삼아 뛰어놀았을 것만 같다. 해가 지고 저녁밥 짓는 연기가 피어오르면 고분으로 놀러간 아이들을 부르는 엄마의 "밥 먹어라" 외치는 목소리도 들릴 곳처럼 느껴졌다. 고성의 상징이자 랜드마크다.

　송학동은 고령의 지산동 고분이나 함안의 말이산 고분처럼 산의 긴 능선을 따라 조성된 고분이 아니다. 야트막한 언덕에 7여기 무덤이 옹기종기 모여 있을 뿐이다. 함안 말이산에서 6월이면 피어나는 쑥부쟁이나 구절초꽃도 이곳에는 없다. 고령 지산동에서 44호분을 지키는 큰 소나무처럼 하늘과 무덤을 가르는 나무도 없다. 송학동 고분은 오로지 바람과 모래 날리는 사막처럼 고독하다.

　가야의 고분들은 각각 입지와 모양이 달라 걷는 느낌도 다르다. 고령의 지산동 고분이 산의 둘레길을 걷는 느낌이라면, 함안의 말이산 고분은 아파트가 내려다보이는 뒷동산을 걷는 것 같다. 김해의 대성동 고분과 부산의 복천동 고분은 잘 꾸며진 공원을 걷는 느낌이다.

　이에 비해 고성의 송학동 고분은 막막한 사막을 고독과 함께 걷는 기분이다. 고독은 삶에서 간소함의 미덕을 가르친다. 바쁜 일상과 복잡한 인간관계에 쫓겨 나다움과 삶의 즐거움을 잊어버린 이들에게 오롯한 자신을 발견할 기회를 선사한다. 고독한 자여, 복 있어라. 송학동이 그대를 축복하리라.

　사막을 걷는 느낌을 안다는 것은 '힘을 빼고 사는 힘'의 가치를 아는 것이다. 세계적 컨설턴트 스티브 도나휴Steve Donahue의 《사막을 건너는 여섯 가지 방법》이 떠올랐다. 10년 전 읽은 이 책은 '인생은 마치 사막을 걷는 것처럼 최종의 목표 없이 힘을 빼고 터벅터벅 발을 내딛는 거다'라고 했다. 산 정상을 오르듯 목표를 정하고 매진해야 하는 것이 인생인 줄 알았는데, 색다른 방법으로 인생을 걷는 법을 알려주어서 고마운 책이었다. 특히 책 표지의 사막을 올라가는 고독한 이의

바람 부는 날에는 고분에 간다

송학동 고분을 오르는 벗, 사진, 2019

모습은 슬프게 아름다웠다.

　송학동 고분을 오르는 사람들이 있었다. 노스님과 중년의 남성도 있었고, 설레는 마음으로 함께 오르는 젊은 남녀도 있었고, 삶의 고단함을 나누며 풀어내는 40대의 두 친구도 있었다. 그들은 고독함을 즐기며 힘을 빼고 사막을 건널 줄 아는 '고독한 현자'였다.

고성박물관에서 소가야 스타일 토기를 보다

　　송학동 고분에서 내려오면 바로 고성박물관으로 이어진다. 경상남도 여행의 재미는 군 단위 소도시에 훌륭히 갖추어진 박물관에서 온다. 고성박물관 1층 전시장은 일제강점기의 가야 고적 조사에 대한 역사가 유리건판에 찍은 사진들과 함께 상세히 소개되어 있다. 〈100년 전 고성의 과거를 돌아보다〉 전시다. 당시 일본은 한반도 식민 지배를 정당화하기 위한 '임나일본부'의 고증을 위해 고성을 비롯한 고령, 함안, 창녕, 고령 등 고분을 닥치는 대로 파헤쳤다. 1914년 최초로 고성을 조사한 인류학자 도리이 류조鳥居龍藏가 송학동에서 무덤을 발견했다. 1915년 도쿄제국대학의 구로이타 가츠미黒板勝美가 고성에 들어왔고, 1918년에는 야스이 세이이치谷井濟一가 단 하루 동안 고성 기월리 고분군을 조사하고 떠났다.

　　2층으로 올라가니 본격적인 소가야시대의 유물들이 관람객을 맞았다. 이곳 고성의 과거는 화려하고 영광스러웠다. 중국의 사서《삼국지 위서 동이전》에 변한 12개국의 하나인 '변진고자미동국弁辰古資彌凍國'으로 처음 등장했다. 《삼국사기》에는 고사포국古史浦國, 고자군古自郡으로, 《일본서기》에는 고차국古嵯國 등 아주 다양한 이름으로 등장했다. 가장 익숙한 이름은 《삼국유사》의 소가야다. 이 나라는 남해안 고성반도 중심으로 터를 잡고 변한의 고자미동국에서 시작해 후기 가야 시기 소가야로서 사천, 진주를 포함한 산청까지 세력을 확장한 것으로 보인다.

　　소가야는 5가야 중 하나로 기억되고 있으나, 문헌과 고고자료의 부족으로 금관가야, 대가야, 아라가야에 비해 상대적으로 주목받지 못했다. 1990년대부터 이 지역에 대한 발굴조사가 활발해지면서 소가야에 대한 이해가 깊어지고 있으니 참 다행스러운 일이다. 가장 연구가 진척된 분야는 이곳의 특징적인 소가야 양식 토기다.

소가야 양식 토기는 소가야 최전성기인 5세기에서 6세기에 집중적으로 나오는 토기로서 삼각형 투창굽다리접시(三角透窓高杯), 수평구연항아리(水平口緣壺) 등이다. 수평구연호는 토기의 입구가 넓고 편편하고 수평을 이루는 형태의 고성식 토기다. 하나의 양식을 이루었다 볼 수 있는 이유는 토기별로 제작방식이 동일하고 고성 중심으로 남해안 지역에서 집중 발견되기 때문이다. 이러한 토기는 5세기 경남 서부를 넘어서 남원 월산리, 순천 운평리 등 호남 동부지역까지 이른다. 당시 소가야가 내륙까지 세력을 펼쳤음을 추정할 수 있다. 다만 대가야가 성장하면서 후기 가야의 맹주 역할을 하고 전라 동부지역의 가야 세력에게 영향을 주면서, 소가야의 성장은 계속되지 못한 듯하다.

생업의 바다에 전쟁이 있었다

고성을 근거지로 한 정치 세력은 남해안의 요충지에 자리잡고 해상교역 활동을 중심으로 역사적으로 성장해왔다. 변진고자미동국에서 소가야에 이르기까지 성장의 기반은 너른 한려수도 앞바다였다. 소가야 고성은 일본열도와의 교역 중심이었다고도 하고 후기 가야의 새로운 대외교역 거점이었다고도 한다. 남해안 바다를 중심으로 성장한 고성의 정치체는 내산리 고분을 만든 세력이다. 동해면에 있는 내산리 고분은 당항포 가는 길에 있으며 28여 기의 무덤이 남아 있다.

내산리 고분에서 본 고성은 북쪽과 서쪽으론 높은 산이 있어 외부로부터의 침략을 막아낼 수 있고, 동쪽과 남쪽은 남해가 있어 교역을 활발하게 할 수 있었다. 내산리에서 바라본 바다는 푸르디푸른 코발트블루의 물빛이었다. 동양의 나폴리라 불리는 통영의 바다도 지척이다. 이곳은 소가야의 해상관문이었으리라. 가야시대 고성 앞바다에는 많은 배가 드나드는 포구가 있었을 것이다. 이 바다를 통해 철과 토기를 실어냈을 것이다. 중국으로, 왜로 떠나는 사신들은 풍랑이 잦아들고 순풍이 불어오기를 기다렸을 것이다. 출항을 기다리며 짐을 맡기고 숙박하거나 먼 거리의 뱃길을 기다리며 배를 채우거나 목을 축였을 것이다. 시장이 들어서 있었을 것이다. 내산리 앞바다에는 여러 나라의 사람들이 드나들었을 것이다. 그래서 내산리 고분에서는 소가야 양식 토기뿐 아니라 대가야토기, 신라토기, 일본의 스에키 토기 등 다양한 나라의 다양한 양식 토기가 나왔다. 바다를 기반으로 여러 나라와 교류한 소가야의 국제성과 다양성을 보여주는 증거다. 고성 앞바다는 가야시대 만남의 바다였다.

고성을 방문하는 사람들이 가장 좋아하는 바다는 상족암 군립공원에서 이어지는 바닷길일 듯하다. 병풍처럼 깎아지른 병풍바위, 솔섬을 지나 이순신 장군이 해전을 치른 당항포까지 이어진다. 고성에 온 사람들은 이 바다를 걸으며, 공룡이 살았던 시대를 떠올린다.

고성 앞바다는 소가야 이전부터 고성 사람들의 생업의 터전이었다.

변진고자미동국은 고성 앞바다를 무대 삼아 소가야로 성장해갔다. 그러나 이곳이 늘 영광의 바다였던 것만은 아니다. 김해의 구야국을 중심으로 전기 가야 연맹체가 만들어질 때 남해안에 있던 가야 소국들과의 한판 결전이 벌어졌다. 포상팔국浦上八國의 전쟁이 바로 그것이다. 《삼국사기》 물계자전에는 3세기 남해안 가야 소국들이 연합해 가라국에 대응해 전쟁을 벌였고 이를 지원한 신라의 장수 물계자勿稽子 기사가 기록되어 있다. 가라국은 김해의 구야국이고, 포상팔국의 중심적 역할을 한 소국이 고성의 고사포국이다. 당시 해양소국들은 강력한 선단을 보유하고 안전한 뱃길, 좋은 포구와 선원을 확보하는 해양력 경쟁을 벌였을 것이다. 이 전쟁은 3세기 가야 세력의 재편과 관련이 있다. 전기 가야의 주도권과 남해 해상무역권을 둘러싼 한판 전쟁이었다.

3세기 초 209년의 이야기다. 당시 김해의 가야국이 김해만을 통한 해상무역을 독점하고, 인근 포상팔국을 장악하려는 시도에 대해 경남 남부 해상소국들이 강력하게 저항한 전쟁이다. 물론 이 전쟁이 일어나기 이전에도 크고 작은 충돌과 국지전들이 있었을 것이다. 8개 소국이 어디인지는 확실하지 않으나 고성의 고자국, 사천의 사물국史勿國, 마산의 골포국骨浦國을 포함하는 것으로 알려져 있다. 오래전부터 이 국가들은 김해 가야권 세력과 달리 자신만의 정치 사회 문화권을 형성하고 있지 않았을까. 이들은 김해·함안 중심의 가야권에 앞서 선진문물을 접할 정도로 발달한 국가였다. 포상팔국 전쟁은 가야국의 해상무역 독점에 대한 저항이었다. 그리스 폴리스 시대, 마치 에게해에서 해상폴리스 간 벌어진 갈등과 같다. 이 전쟁은 3년간 바다에서 벌어진 해전이었을 것이다.

전쟁은 어떻게 진행되었으며 승자는 누구였는가. 가야국은 신라 제 10대 왕 내해왕에게 구원을 요청했고, 내해왕이 원군을 보내어 가야 국이 포상팔국을 제압했다. 이 전쟁에서 가야국이 승리함으로써 가락 국 중심의 금관가야가 우위를 확보하면서 정치적 안정과 교역의 중 심지로 확실히 자리를 굳히게 되었다. 고성의 고자국이 포상팔국 전 쟁에서 승리했다면 전기 가야 연맹체는 우리가 아는 것과 다른 모습 으로 전개되었을 것이다. 이 바다는 생업의 바다이지만 포상팔국 전 쟁에서 패배한 바다이기도 했다. 이 바다를 승리의 바다로 바꾼 것은 조선시대 이순신 장군이었다. 이순신은 고성 당항포에서 일본에 맞서 조선을 지켰다. 고성 앞바다는 더 이상 패배의 바다가 아니었다.

고성에서 바다는 늘 나를 따라다녔다. 해안도로를 달리거나 청량산 자락 문수암에서 고성만을 내려다볼 때, 바다는 늘 함께였다. 바다와 산이 함께하는 곳, 그곳에 1500년 전 가야가 있었다.

고성의 소가야는 문헌자료와 고고학 자료가 충분치 않아 그 생생한 이야기를 알기가 어렵다. 아름다운 바다를 가진 고성에는 철마다 꽃 들이 햇살을 가득 머금고 반짝였다. 고성에서는 바닷가 연해 있는 학동마을 갤러리 카페에서 숙박했다. 4월 학동마을 갤러리 카페에는 벚꽃이 흐드러지게 피어 있을 것이다. 어렵게 올라간 6월 청량산 문 수암에는 바닷가 바위틈에 산다는 노란 기린초가 오지게 피어 있었 다. 노력과 기다림의 시간을 지나 피어난 이 꽃들처럼, 고성의 소가야 도 먼 훗날 충분히 피어날 것이라 믿는다. 그때는 포상팔국을 이끌던 해양소국 고자국의 영광이 찬란하게 드러나리라.

지산동 굽이굽이 능선
사람꽃이 피었네
대가야, 다시 서는 땅

굽이굽이 사람 꽃, 27×19.5cm, 종이에 연필, 2020

5. 고령, 대가야 영광의 땅

후기 가야 맹주국으로 알려진 대가야. 변한의 일국인 반로국半路國에서 시작해서 영광의 나라가 되었다. 기름진 고령 벌판의 풍요로운 농업 생산력과 미숭산 넘어 야로의 안정적인 철 공급이 힘이 되었다. 금관가야 쇠락 이후 가야 소국들의 든든한 버팀목이던 대가야의 가실왕은 우륵에게 각 지방에 맞는 가야금 12곡을 짓게 해 여러 나라를 통합하려 무던히도 애썼다. 전성기엔 지리산 넘어 남원·순천까지 포섭했다. 가야 왕 하지는 중국에서 '보국장군본국왕輔國將軍本國王'이라는 작호를 받았다 하니 국제적 위상을 널리 인정받은 듯하다.

대가야 영광의 자취를 전하는 곳이 지금의 경상북도 고령이다. 왕궁이 있었다고 전해지는 곳에는 그 역사를 기리는 '대가야국성지비大伽倻國城址碑'가 서 있고, 대가야 왕과 지배층들이 묻힌 무덤은 지산동 고분군으로 조성되어 있다. 지산동 고분에서는 특히 대규모 순장 무덤이 발견되었다. 악성 우륵을 기리는 우륵박물관도 있다. 고령 구석구석이 대가야의 숨결로 가득하다. 가야인임을 잊지 않고 사는 사람들이 있어 좋은 고령이다.

'임나대가야국성지비'의 시대를 넘어, '대가야국성지비'의 시대로

　　　　　서울에서 고령까지 가는 길에 대구를 지난다. 대구에서 고령까지는 자동차로 1시간여 달린다. 고령을 찾을 때는 대가야 궁궐터가 있었다 전해지는 '대가야국성지' 비석을 먼저 찾아보는 것이 좋겠다. 대가야읍 연조리에 있는 고령 향교를 이정표로 찾아가면 된다. 바로 고령 향교 옆 대가야 궁궐 주춧돌이나 기둥은 어디에도 보이지 않고, 오로지 '대가야국성지'라고 새겨진 비석이 서 있을 뿐이다. 이곳은 지산동 고분의 능선을 멀찍이 감상할 수 있어 좋다. 선대 왕이 떠나 그리울 때 왕족들은 이곳 궁궐에서 능선을 바라보며 그가 저승에서 평안하기를 기원했을 것이다. 권세가라고 해서 가족을 그리워하는 마음이 일반 백성과 다르겠는가.

　'대가야국성지' 비석은 대가야 국성이 있었던 곳이라는 뜻이다. 대가야의 궁궐이 있었던 자리를 기념하는 것이다. 원래 이 비석은 일제강점기 조선총독이 세웠던 '임나대가야국성지비任那大伽倻國城址碑'가 있었던 자리에 들어서 있다. 일본제국주의가 수세에 몰리던 시기, 일본은 임나일본부 소재를 찾기에 혈안이었다. 그 소재지를 두고 일본 학자들끼리 논쟁이 붙었는데, 쓰다 소키치津田左右吉는 '금관가야국 김해'를, 이마니시 류今西龍는 '대가야국 고령'을 주장했다. 조선총독부는 이마니시의 손을 들어주어, 1939년 7대 총독 미나미 지로南次郎가 고령읍 객사에 임나일본부 현판을 세워놓고 그 앞에는 자필로 쓴 '임나대가야국성지'라는 비석을 세웠다. '여기가 임나일본부가 있었던 자리'라고 널리 알리고 싶은 욕심이었다. 고령군청 직원들이 임나대가야국성지비 앞에서 찍은 사진도 있다. 그 시대 고령 사람들은 저 비석 앞에서 사진을 찍을 수밖에 없는 곤란한 시대를 살았다.

그러나 일본은 패망했고, 여러 고고학적 증거와 학자들의 반박으로 일본이 원하던 임나일본부설은 설 자리를 잃었다. 일제 잔재를 청산한다는 목적으로 1986년 이 비석은 천안에 있는 독립기념관으로 옮겨졌고, 고령 사람들은 그 자리에 '대가야국성지비'를 세웠다. 대가야 시대 왕궁이 있었던 자리로 회복되었으니 나라를 다시 찾은 해방의 순간처럼 뜻깊고 각별한 장소다.

박물관에서 만난 닭과 복숭아의 고고학

대가야 무덤에서 발견된 토기와 철기들을 구경할 수 있는 곳으로 고령의 대가야박물관이 있다. 지산동 고분 아래 아담하게 들어서 있는데, 군에서 운영하는 공립박물관이지만 컬렉션이 다양하고 대가야의 역사와 문화를 체감하기에 더없이 좋은 장소다. 대가야박물관에 들렀다 지산동 고분을 오르는 코스가 좋을 듯하다.

다시 찾은 이름, 25×20cm, 종이에 연필, 2021

대가야 성장의 요인으로 꼽히는 것이 철이다. 고령 근처 철 산지 야로가 있어 가능했다. 야로冶爐는 '대장장이(冶)의 화로(爐)'라는 이름부터 쇠와 관련이 있다. 조선시대 지리서인 《세종실록 지리지》에 야로에서 많은 철이 생산되어 '일 년에 세공으로 정철 9,500근을 바쳤다'라는 기록이 남을 정도다. 야로는 행정구역상 지금 합천군에 속해 있지만, 당시 대가야 영향권 안에서 철을 안정적으로 공급하는 기지 역할을 했으리라.

고령은 흙이 좋아 예로부터 토기가 좋았다. 대가야박물관에는 지산동 무덤에서 나온 다양한 토기가 전시되어 있었다. 대가야토기 양식으로 널리 알려진 것이 긴목 항아리와 바리 모양 그릇받침이다. 대가야 긴목 항아리는 한두 줄 띠가 있고 그 안에 촘촘하게 물결무늬가 출렁인다. 이 긴목 항아리에는 뚜껑이 있는데 단추형 꼭지가 붙어 있다. 긴목 항아리는 그릇받침과 한 세트로 주로 등장하며 그릇받침은 바리 모양이다.

대가야토기로 유명한 것이 굽다리접시다. 굽이 길어 '고배'라고 불리는 것인데, 뚜껑 있는 굽다리접시도 있다. 대가야박물관의 굽다리접시에는 닭뼈와 복숭아 등 당시 사람들이 즐겨 먹었을 법한 음식이 담겨 있다. 대가야시대의 '먹방'을 실감 나게 보여주는 유물이 바로 이 접시들이다. 먼저 지산동 고분에서 발견된 굽다리접시에는 1500년 전 고령 사람들이 먹었을 닭뼈가 담겨 있었다. 당시 육식이 이루어졌다는 흔적이다. 한국인은 삼국시대 전에도 이미 닭을 사육했다. 1970년대 경주에서는 달걀 30개가 들어 있는 토기가 발견되기도 했다 하니 닭은 당시 중요한 음식이었으리라. 지산동 고분 위를 주름잡는 '날

아라 닭'을 상상했다.

복숭아씨가 담긴 뚜껑 있는 굽다리접시도 눈에 띄었다. 과즙이 흐르는 다디단 복숭아 맛은 어느 소설가가 말했듯, 잇몸이 간지러울 정도인 여름의 대표적 맛이다. 그 복숭아를 대가야의 선조들도 맛보고 여름의 맛으로 기억했으리라 생각하니 소중한 추억을 함께 나눈 기분이다. 실제 《삼국사기》에는 1세기 신라의 파사 이사금 때, 3세기 내해왕 때 복숭아가 있었다는 기록이 있다. 봄에서 여름으로 넘어가는 과정에 모두가 복숭아를 먹었다. 한때 복숭아가 귀신을 쫓는 과일로 알려져 제사상에 올리지 않았다 하는데, 가야시대에는 이렇게 죽은 자에게 복숭아를 올렸구나. 복숭아는 하늘의 열매이자 신성한 과일이라는 믿음이 있었을까.

고대사회 마을에서는 우물을 만들 때 가장 밑바닥에 복숭아씨를 깔고 제사의식을 치렀다. 우물에 깨끗한 물이 지속해서 나오기를, 오염되거나 나쁜 기운으로부터 부정 타지 않기를 바라는 마음에서였다. 고구려, 백제, 신라시대 우물에서 제사를 지낼 때도 복숭아는 빠지지 않는 과일이었다. 복숭아씨 담긴 굽다리접시를 보며, 다시금 나는 복숭아로 행복한 여름을 기다리기로 했다.

대가야의 국력을 알 수 있는 유물로는 훌륭한 금속공예 문화재가 있다. 대표적인 것이 금관과 금동관이다. 금관은 가야 유물 중 유일하게 국보로 지정되어 있고, 금동관은 보물로 지정되었으니 그 가치는 이미 공인받은 바다. 이에 더해 고리 모양 큰 칼과 귀걸이들도 있다. 안타까운 것은 그중 금관과 금동관을 이곳 고령박물관에서 볼 수 없다는 점이다. 금관은 서울의 리움미술관에, 금동관은 국립중앙박물관에 전시되어 있다.

가야 문화는 낙동강의 선물

대가야를 후기 가야 맹주로 만든 것은 교역이었으리라. 대
가야토기와 철기는 어느 나라나 교역하고 싶은 물품이었을 것이다.
그 토기와 철기가 드나든 물길을 찾고 싶었다. 그 물길은 낙동강이 닿
는 곳이다. 고령의 낙동강을 고령 개진면에 있는 개경포에서 만날 수
있다. 고령 읍내에서 그리 멀지 않은 이곳은 낙동강가에 있어 예부터
포구로서 수로 교통의 요지였다. 1970년대 도로 교통이 발달하면서
포구의 기능을 상실하고 지금은 개경포 기념공원이 되었다.

이곳 개경포가 유명한 것은 강화도 선원사의 팔만대장경이 합천 해
인사로 옮겨질 때 그 길목이어서다. 팔만대장경은 강화도에서 서해와
남해를 거쳐, 낙동강을 타고 이곳까지 왔다. 이곳 개경포에 대기하고
있던 스님들이 팔만대장경을 들고, 미숭산을 넘어 해인사까지 수십
리를 걸었다. 개경포 공원에는 역동적인 노동의 현장이자 숭고한 종
교심의 현장이던 당시의 팔만대장경 운반 모습이 조각상으로 재현되
어 있었다.

개경포가 옮겨 나른 것은 팔만대장경만은 아니었다. 대대로 개경포
는 낙동강을 통해 내륙으로 들어오는 물산의 집산지였다. 조선시대에
는 고령의 청자와 백자, 분청사기가 이곳을 통해 한양의 임금님께 진
상되었다. 가야시대 이곳은 포구로 기능했을 것으로 보는 것이 합리

적이다.

한국학중앙연구원과 고령군이 만든 '디지털고령문화대전' 누리집에 들어가니 자세한 역사가 적혀 있다. 사람들이 개경포의 낙동강 물길을 통해 외부세계와 교통한 것은 변한의 반로국 시대부터다. 반로국은 개경포를 통해 낙동강 중하류와 해안 지역의 변한 여러 나라들과 교류했다. 대가야시대에 이르면 개경포를 통해 가야 여러 나라는 물론 바다 건너 중국과 왜와도 활발히 교역활동을 했다. 대가야의 유명한 토기와 철도 개경포를 통해 다른 지역으로 퍼져 갔다. 합천의 야로에서 만들어진 철이 미숭산을 넘어 개경포까지 왔고, 이 철은 개경포에서 중국과 왜로 넘어갔다. 그러나 5세기 말경 낙동강 유역에 신라의 영향력이 커지면서, 대가야는 다른 교통로를 모색하며 하동이나 순천을 이용하기도 했다. 그러나 대가야시대 가장 중요한 물길은 뭐니 뭐니 해도 고령에서 낙동강의 개경포, 남해안으로 이어지는 수로 교통로였다.

반로국과 대가야시대 가장 활발한 낙동강 포구 개경포. 내가 본 개경포의 모습은 해질 무렵이었다. 대가야시대 토기와 철기를 배에 한가득 싣고 떠났다 돌아온 장정들은 주막에 앉아 국밥으로 허기진 배를 채우고, 술 한 잔으로 목을 축였으리라. 그때처럼 물산이 넘쳐나고 사람이 북적대지는 않지만, 낙동강 물길만은 변함없이 흘렀다.

잔잔한 수면이 삼키는 붉은 낙조는 황홀했고, 바람 불면 물결치는 갈대숲은 운치를 더했다. 낙동강 물길을 바라보며 낙동의 뜻을 새겨보았다. 본래 낙동이란 가락의 동쪽이라는 데에서 유래한다고 하니, 가야와 낙동강의 인연은 심연이 깊다. 대가야 고령, 아라가야 함안, 금관가야 김해에서 보면, 다 낙동강이 바로 동쪽에서 흐르고 있다. 낙동강은 강원도 태백에서 발원해 고령, 합천, 함안, 김해 등 가야 전역을 휘돌아 남해로 들어간다. 가야 520년 애환과 정서가 서려 있고, 전쟁의 흔적을 고스란히 간직하고 있으며, 오랜 세월 대가야인과 그 후손들의 삶에 젖줄이 되어왔다. 이집트 문명이 나일강의 선물이라면, 가야 문화는 낙동강의 선물이다.

신의 일에 참여하는 사람이 되어보다

1500년 전, 고령은 대가야의 도읍지였고 지산리는 왕의 무덤들이었다. 그 화려한 시대도 치욕의 시간도 뒤로하고 지산리 고분은 세월의 풍파를 넘어 지금 700여 기가 발굴되어 있다. 가야 고분 중 가장 규모가 크다. 지산동 고분은 해발 310미터 주산에 있는데, 주산은 고령 사람들이 가장 아끼는 산이다. 주산 정상에서는 합천으로 이어지는 미숭산과 가야산 줄기를 볼 수 있다.

야트막한 산 입구에 작은 무덤들도 있지만 건너편 산까지 이어지는 능선을 따라 정상부로 올라갈수록 큰 무덤들이 보이는데, 무덤과 하늘이 맞닿아 있는 느낌이었다. 무덤을 길로 연결하여 둘레길을 만들어도 될 것 같았다. 석양이 지는 시간 무덤을 따라 산책하면 사람들이 팝업북처럼 내 앞길에 튀어나오며 그 시대 이야기를 재잘재잘해줄 것만 같았다.

주산을 한참 오르니 눈에 익숙한 풍경이 펼쳐진다. 새벽안개가 피어오르는 지산리의 풍경이었다. 한참을 지나 위쪽을 쳐다보니 큰 소나무 두 그루와 벤치가 보였다. 이른 봄 차갑지만 따스한 온기를 품고 있는 바람을 맞으며 고령 읍내를 내려다볼 수 있었다. 소나무 뒤에는 지금까지 보아왔던 무덤과는 비교도 할 수 없는 큰 봉분이 나타났다. 도대체 이 무덤은 어떤 사연이 있을까. 가까이 다가가 보니 40여 명의 순장자가 나왔던 바로 44호분이었다. 우륵에게 12곡을 만들어 대가야를 통합하려 했던 왕, 대가야 가실왕의 무덤이라는 설이 있다.

지산동 고분 정상에서 보는 고분들의 능선은 보는 이로 하여금 탄성을 유발하게 한다. 눈앞에 무덤이 마치 파노라마처럼 펼쳐져 있으니 장관이 아닐 수 없다. 인도 고전《우파니샤드》의 한 구절이 떠오른다.

해 지는 광경의 아름다움이나 산의 아름다움 앞에서 문득 걸음을 멈추고, '아!' 하고 감탄하는 사람은 벌써 신의 일에 참여하고 있는 사람이다.

지산동 고분 꼭대기에 선 사람이라면 바로 그 '신의 일에 참여하는 사람'이 되지 않을 수 없다. 지산동 고분에 섰을 때 우리는 존재의 경이와 아름다움을 깨달은 사람이 되고야 만다.

광활한 고분군 사이에 누군가 서 있는 모습을 멀리서 바라보았다. 대한민국에 이렇게 철학적인 장소가 있을까. 평범한 사람도 이곳 지산동에 서면 삶과 죽음을 고뇌하는 철학자가 된다. 철학적 장소는 인간 정신을 숭고하게 만든다. 인간 정신이 숭고해지면, 우리 안에 있는 새로운 힘을 발견하게 된다. 우리의 문제를 새롭게 바라보며 극적으로 해결해낼 수 있는 에너지를 얻게 되리라. 우리가 숭고한 장소를 즐겨 찾아야 하는 이유다.

낙동강 강가에 앉아 고령을 생각하며

지산동 고분에서는 고령의 넓은 벌판도 보인다. 조선 후기 실학자 이중환의 《택리지》에 따르면 고령은 '골 바깥 가야천 주변은 논이 아주 기름져서 종자 한 말을 뿌리면 소출이 120~130말이나 되며, 적더라도 80말이 넘는 곳'이었다. 물이 넉넉하여 가뭄을 모르고 또 밭에는 목화가 잘되어서 80말이 넘었다 한다. 대가야가 후기 가야의 맹주로 등장한 것은 철 생산력과 아울러 대대로 비옥한 고령의 땅이 품은 우수한 생산력 때문이라고도 한다.

풍요로워 한 시대 영광을 누린 나라지만, 그 땅에도 스러짐의 시기가 왔다. 대가야는 신라 진흥왕이 보낸 장군 이사부와 화랑 사다함에 의해 정복당했다고 《삼국사기》는 전한다. 이사부는 우산국(지금의 울릉도)을 신라 영토로 복속시킨 신라 장수다. 사다함은 당시 나이 15세였는데, 진흥왕에게 몸소 나아가 출전을 요청했다는 얘기가 전한다. 대가야 정복 이후 사다함은 포상으로 대가야 노비 300명을 받았다. 사다함이 그들을 놓아주었다고는 하나, 어쨌든 나고 자란 고향 고령을 떠나 노비가 된 대가야 사람의 비운이 눈에 밟혔다. 역사는 사다함의 노비가 된 가야인 300명을 기록하고 있지만, 수없이 많은 대가야인들이 신라의 노비가 되었음은 상상하고도 남는다. 한 나라의 멸망은 그 구성원의 삶에 영향을 미치는 대사건이다. 패망한 나라는 귀족도 노비로 전락한다. 삶의 터전인 고향을 빼앗기고 낯선 곳에 유폐된다. 악인 우륵, 문장가 강수, 서예가 김생이 모두 고령을 떠나 디아스포라로 유랑하며 살았던 대가야인이었다.

고향 예루살렘인 시온을 잊지 못해 바빌론 강가에 앉아 울었던 유대민족처럼, 대가야인들은 어느 강가에 앉아 대가야 옛땅 고령을 잊지 못했을 것이다. 새로운 시대에 맞춘 삶이라 해도, 그것이 고단하고 신산한 것은 피할 수 없는 도리다. 바빌론 유수 기간 히브리인들은 민족정신과 종교적 정체성을 버리지 않고, 안식일과 유대교 절기를 지켰고 유대교 회당을 세워 기도했다. 대가야 신앙이었던 정견모주에 대한 전승과 제사가 남몰래 이어졌고 그것이 대가야 왕족 후손인 순응과 이정에게 정견모주 신앙을 이어 해인사가 창건에 이르게 된 것은 아닐까. 대가야의 멸망과 디아스포라의 삶을 생각하며 고령의 명산 주산에 있는 지산동 고분을 내려왔다.

지산동 고분 이후에는 대가야에도 벽화 고분이 등장한다. 고령의 고아리에는 벽화 고분이 남아 있다. 고아리를 찾아 떠난 날은 2월이었다. 딸기로 유명한 고령에는 이맘때 무공해 딸기를 파는 임시판매소가 고아리 가는 길목 곳곳에 있다. 고아리 벽화 고분이라는 비석이 있는 데서 계단으로 5분여 올라가니 고아리 고분이 나타났다. 무덤 안을 소개하는 안내판에 따르면, 고아리 고분에서 벽화가 발견된 것은 1963년이었다. 가야 지역 유일한 벽화 고분으로 지금도 보수 공사가 이어지고 있었다.

고아리 벽화 고분의 가장 중요한 아이템은 무덤 방과 복도까지 이어지는 연꽃무늬다. 구덩식 돌덧널무덤이 가야 후기로 가면서 굴식 돌방무덤으로 변했다. 굴식 돌방무덤에서 돌방 내부 현실과 연결된 연도에 벽화를 그렸다. 제작기법을 보니, 먼저 천장 돌에 회칠을 엷게 하고 벽면에는 굴껍질 섞은 회를 두텁게 바른 다음, 그 위에 분홍색, 녹색, 흑색, 갈색 염료로 그림을 그렸다. 주로 연꽃이다. 현실 천장에 1개, 연도 천장에 11개의 연꽃이 있었다. 연꽃 주위에는 잎이나 줄기로 보이는 녹색 선과 갈색, 분홍색, 녹색으로 물결무늬 혹은 구름 같은 모양이 그려져 있었다.

연꽃은 불교의 상징이다. 삼국에 불교가 전래된 것이 고구려는 4세기 소수림왕, 백제는 4세기 침류왕, 신라는 6세기 법흥왕이다. 5세기에서 6세기 무렵엔 전역에 전파되었을 것으로 본다면, 대가야에도 불교가 전해졌고 그 증거로 벽화로 연꽃이 그려졌으리라. 대가야 마지막 왕자의 이름이 부처의 전생 이름인 월광인 것 등을 포함해, 그렇게 유추할 만한 증거는 무수히 많다.

가야를 살아가는 사람들

1500년이 지난 오늘도 고령 사람들은 대가야를 살고 있었다. 고령이 가장 찬란했던 시대를 그 어찌 잊을 수 있겠는가. 마침 가장 큰 전통시장의 이름도 '대가야 시장'이다. 중앙광장에는 대가야의 랜드마크처럼 가야금 시계탑이 서 있다. 안타깝게도 내가 간 날은 장날이 아니었다. 대가야 철의 명맥을 잇는 양, 3대째 대장간을 하고 있다는 '고령 대장간'의 철 두드리는 소리를 듣고 싶었는데 셔터가 내려져 있었다.

　그러나 물이 빠져나간 바닷가처럼, 조용한 대가야 시장에도 2대째 이어지는 노포 '고령 할매국숫집'은 여전히 영업 중이었다. 이 집의 대표 메뉴 '할매국수'는 지상파 텔레비전 방송프로그램에 소개되어 진국을 강타했다. 경성북도에서만 맛볼 수 있다는 수구레국밥도 유명하다. 고기가 귀하던 시절 소 잡은 뒤 남은 소껍데기로 만든 국밥은 가난했던 과거의 추억이다. 국밥에 들어 있는 소껍데기는 씹을수록 쫄깃하며 고소했다. 수구레국밥을 다 먹자 "적지 않았어예?", "커피 한 잔 드시고 가시지예" 하는 푸근한 사장님의 말이 가슴 뭉클했다. 수구레국밥은 6천 원이고 잔치국수가 4천 원이다. 부족하다 말하면 계속 더해주신다 하니 인심이 대단하다. 우리는 행복할 수 있는 일에 쓰고자 악착같이 돈을 벌지만, 행복의 순간은 그리 많지 않은 돈으로도 가능하다. 그토록 쉬운 진리를 이곳에서 다시 배웠다.

　흙이 좋은 고령은 도예가들이 끊이지 않고 모여 살았다. 쇠처럼 단단해 유명한 대가야토기를 만들었던 도예가가 있어 찾아보기로 했다. 학생이 줄어 폐교된 직동초등학교 자리에 '고령요 도예전시관'을 짓고 작업을 하는 백영규 도예가이다. 그는 백자 무형문화재이지만 가야토기 재현에 성공한 경험이 있었다. 어렵사리 만난 그의 안내로 직접 구운 가야토기 수십 점을 만날 수 있었다. 기마인물형 토기, 사슴이 장식된 토기, 원통형 그릇받침, 수레 모양 토기 등 박물관에서 봐 왔던 토기들. 전시품이 아닌 현대 도예가의 작품으로 가야토기를 만나다니, 내 인연의 복이다.

　도예가 백영규의 집안은 할아버지 때부터 고령에서 백자를 빚었다.

아버지는 일제강점기 일본 북해도에서 도자기를 만들었다. 도예가는 아버지에게서 도자기를 배웠고, 해방 후 일본에서 돌아와 대구에서 학생들을 가르치다 할아버지가 백자를 빚던 고령으로 돌아왔다. 90년대 초반 시작해, 4년에 걸쳐 노력한 끝에 결국 가야토기 재현에 성공했다.

그가 만든 기마인물형 토기를 두드려보았다. 쇠를 두들길 때 나는 소리다. 그 소리의 비결은 가마 온도에 있다.

"다른 토기는 700도에서 800도 정도에서 구우면 됩니다. 가야토기는 1000도 이상의 온도에서 구워야 합니다. 가마 온도를 올리는 데 고생을 많이 했습니다."

흙에는 그 지방의 땅, 바람, 햇빛의 냄새가 고스란히 담겨 있다. 백영규 작가가 만든 가야토기는 대가야가 자랑하는 쇠의 빛을 닮았다. 잿빛 흙의 출처를 물으니, 고령에서 합천 가는 길목, 지금은 도로가 되어버린 그곳이 예전에 논이었다고 했다. 그 논의 흙을 빚어 구우면 가야토기 색깔이 나왔다 한다. 그는 지금도 고령의 논바닥 흙으로 가야토기를 만들 수 있으리라 자신했다.

지금은 가야토기를 빚지 않는다. 그도 먹고사는 일을 등지며까지 전통을 재현할 수 없었을 것 같다. 그러나 고령에는 도예가 백영규처럼 청자, 분청사기, 백자를 만드는 사람들이 있다. 쇠처럼 단단하고, 쇠처럼 빛이 났던 대가야토기의 전통이 오늘도 도자기를 빚는 고령 도예가들의 예술적 감성의 원천이 되었으리라.

고령을 떠나며

"응애" 하는 신생아의 첫울음이 사람이 세상에 나와 처음 남기는 흔적이라면 무덤은 마지막 흔적이다. 아이의 첫울음은 녹음하지 않으면 허공과 시간 속에 흔석 없이 사라지지만, 마지막 흔적인 무덤은 당시 생활에 관한 많은 정보를 숨겨놓는다. 가야 답사의 대다수 일정은 고분, 즉 무덤 방문 일정을 동반한다. 그중 지산동 고분은 대가야 고령의 영화를 잊지 못하게 하는 곳, 《삼국유사》, 《삼국사기》가 기록하지 않는 이야기를 《천일야화》의 이야기꾼 세헤라자데처럼 들려주는 곳이다.

고령에 가면, 누구나 탄성을 일으키는 지산동 고분을 올레길처럼 한참을 걸어야 한다. 이른 아침 물안개가 피어오르는 시간도 좋겠고, 왕조의 쇠락함처럼 하루를 물러서는 낙조를 보는 시간도 좋겠다. 무덤의 잔디가 푸릇푸릇한 한여름도 좋고, 잎이 떨어지는 가을도 좋고, 흰 눈 쌓이는 겨울도 좋겠다. 고령의 지산동 고분은 한 번을 가도 좋고 여러 번 가면 더더욱 좋은 곳이다. 눈에 선하다.

가야토기 리미티드 에디션(도예가 백영규의 작업실에서), 사진, 2020

단단하게, 단아하게
쇳소리 나는
가야토기 리미티드 에디션

고령 지산동 32호분 출토 금동관

(보물, 국립대구박물관)

1978년 고령 지산동 32호분에서 발견된 대가야시대 금동관이다. 얇은 동판을 두드려 판을 만들고 그 위에 도금한 것이다. 우리가 주로 봐왔던 신라 형식의 금관들은 출(出)자 형식이 대다수인데, 가야에서 만들어진 이 금동관은 출자 형식에서 벗어나 있다. 중앙의 넓적한 판 위에 X자형의 문양을 점선으로 교차해 새긴 독특한 양식이다. 현대적 감각을 보여주는 세련된 문양이다.

대가야시대 보관으로 리움미술관의 금관이 있으니, 이 보관과 비교해서 보는 것도 좋을 듯하다. 리움미술관의 금관은 출토지가 정확히 밝혀지지는 않았으나, 고령의 대가야 왕릉급 무덤에서 나왔을 거라는 설이 유력하다. 함께 출토된 부속 장신구들도 있어서, 금관에 금실로 묶여 있는 곡옥이나 나뭇잎 모양의 작은 금장식이 바람에 진동하는 품새가 마치 한 시대를 풍미한 부와 권력을 가진 이들의 영화로움을 시각적으로 보여주는 듯하다.

그러나 32호분에서 출토된 이 금동관은 부속 장신구들이 발견되지도 않았을 뿐더러 형태 또한 넓고 얇은 금 판자를 단순하게 오려 만드는 데 공력을 다 쏟은 느낌이다. 본체의 모양과 형태를 새롭게 창조하여 장식적 요소 없이 오로지 본체의 조형미로 승부하겠다는 자신감의 표현이다. 지극히 단순하여 대가야의 선조들이 그 시대에도 미니멀리즘을 구현할 수 있었구나, 또 다른 감흥이 밀려왔다.

미니멀리즘과 아울러 이 금동관에서 느끼는 미감은 추상미이다. 있는 그대로의 물체를 사실적으로 구현한 것이 구상이라면, 사물을 사실적으로 보지 않고 그 특징적인 요소를 뽑아 재구성하며 점, 선, 면, 색채의 기본요소들로 표현하는 방식이 추상이다. 추상의 본질은 사물을 새롭게 바라보고 창의적으로 재현하며

금동관, 5세기, 고령 지산동 32호분, 높이 19.5cm ⓒ국립대구박물관

그 영역을 확장해간다는 것이다. 이 금관은 교차하는 굵은 대각선과 수평선이 중앙의 한 점에서 모인다. 3개의 굵은 두 줄은 금 판자에 투각으로 새겨져 있는데, 세상의 모든 권위가 왕 앞으로 모이는 것처럼 선들이 가운데 한 점에 수렴하고 있다. 그 안은 잔물결 무늬가 파도치듯 출렁이며 고요함을 전한다.

무엇을 표현한 것인지 알아내기 쉽지 않으나 당대의 사물과 뜻을 그 시대의 미적 감각으로 표현한 것이리라. 보는 이들은 쉽고 즐겁게, 그리고 자유롭게 이 금동관을 자기 식대로 감상할 자유가 있다. 그 자유를 만끽하며 이 고마운 금동관이 주는 색다른 미감을 느껴보시기를.

6. 합천, 대가야의 처음과 끝이 공존하는 곳

　　모든 시작은 웅장하나 그 스러짐은 처연하다. 경상남도 합천은 대가야의 웅장함과 처연함이 모두 서려 있는 곳이다. 대가야 시조 이진아시왕이 합천의 영산 가야산伽倻山에서 태어났으며, 마지막 태자 월광이 가야산 아래 월광사를 짓고 여생을 보냈다. 대가야는 합천에서 시작했고 합천에서 막을 내렸다.

　대가야의 처음과 끝이 공존하는 곳, 합천으로 떠나는 날이다. 서울역에서 동대구역까지 가는 고속열차에 몸을 실었다. 동대구역에서 내려 차량 공유 서비스로 빌린 차를 운전하여 합천으로 향했다. 가장 먼저 갈 곳은 대가야 시조 신화가 있는 가야산이다. 해발 1,433미터의 높은 산으로 경상남도 합천과 거창, 경상북도 성주에 걸쳐 있다. 《신증동국여지승람》이 전하는 바에 따르면, 천신인 이비가지가 수레를 타고 내려와서 산신인 정견모주를 만난 곳이 가야산의 상아덤이다.

상아덤은 기암괴석의 봉우리로 가야산에서 가장 아름다운 만물상 능선과 이어져 있어 최고의 전망을 감상할 수 있는 곳이라 한다. 천신이 내려오기에 가장 아름답고 신비로운 장소다.

가야산 상아덤에 오르는 대신 해인사를 가기로 했다. 해인사는 우리나라 3대 사찰로 유네스코 세계문화유산인 팔만대장경이 안치된 장경판전이 있는 곳으로 유명하다. 그러한 해인사가 대가야와 연결되어 있다는 사실을 아는 이는 많지 않을 것이다. 해인사에는 대가야 시조 신화의 주인공인 산신 정견모주를 모신 국사단局司壇이 있다. 해인사의 국사단은 절을 구성하는 단순한 전각이 아니라 대가야를 지탱했던 성소聖所이다. 대가야 때부터 이곳은 가야연맹의 성소였고, 가야연맹의 제사 행렬은 이곳에서 시작하여 고령 읍내로 이어갔을 것이다.

대가야 시조 신화의 페르소나, 정견모주

1시간여를 달려 가야산국립공원 입구에 도착했다. 입구에서 해인사까지는 4킬로미터 홍류동 계곡을 따라 걸어야 한다. 봄에는 꽃으로 가을에는 단풍으로 늘 계곡에 붉은빛이 완연해서 지어진 이름 홍류동. 산골짜기를 흘러내리는 물소리가 운치를 더했다. 계곡의 시원함에 눈 온 뒤 순백의 운치까지 더해져 호젓한 분위기를 선사하는 늦겨울의 가야산은 걷는 것만으로도 영적인 충만함을 주는 공간이었다. 이 신령스러운 기운이 있어, 성스러운 성품과 아름다운 용모, 선한 마음을 지닌 정견모주가 가야산 깊은 골에 살았을 것이다.

정견모주는 밤낮으로 정성을 다해 하늘에 소원을 빌었다. 마음이 절실하면 꽃이 피고, 지극히 정성을 들이면 하늘이 감동한다. 천신 이비가지가 오색 꽃구름 수레를 타고 상아덤에 내려앉는 기적이 일어났다. 천신과 산신은 물 맑고 공기 좋은 산속에서 감응해 아이를 낳았다. 형은 대가야의 시조 이진아시왕이 되었고, 동생은 금관가야 시조 수로왕이 되었다. 해인사를 오르는 길에 정견모주 신화를 계속 떠올렸다. 웅녀는 마늘과 쑥을 먹고 곰에서 여성으로 성화되었지만, 정견모주는 원래부터 성스럽고 아름다운 착한 여신이었다. 정견모주는 대가야 시조 신화의 주인공이자 페르소나이다. 대가야는 이렇듯 완벽한 정견모주 신앙을 중심으로 한데 뭉쳤다.

이 신화는 신라 최고의 문인 최치원의 《석순응전》, 《석이정전》을 인용한 《신증동국여지승람》에 나온다. 《석순응전》과 《석이정전》은 현존하지 않는다. 참고로 화엄종 승려인 순응과 이정은 802년 신라 애장왕 때 해인사를 창건했다. 최치원은 승려 이정의 전기 《석이정전》에 그의 조상 계보를 적으면서 대가야국 이진아시왕 신화를 소개했고, 순응의 전기 《석순응전》에 대가야 월광태자를 정견모주의 10세손으로 표현했다. 순응과 이정은 대가야 왕족의 후손일 가능성이 크다. 대가야 유민으로 신라에 살면서 대가야를 잊지 않았고, 정견모주를 위한 제사터를 확장해 해인사를 지었던 것이다.

해인사 입구에 다다를 무렵, 해인사 수행 스님들의 부도탑이 숲을 이루는 비림을 지나고, 속계와 불계를 나눈다는 일주문을 지났다. 눈을 들어 앞을 보니 눈 쌓인 가야산이 멀리 보인다. 진입로 양편에 하늘로 뻗어 있는 나무들이 빼곡하게 열을 지어 서 있었다. 불교의 경전

《화엄경》에서는 풍랑이 걷히면 고요히 바다에 우주의 중심이 비치는 삼매의 상태를 '해인삼매'라 부른다 한다. 눈 내린 후 내 앞에 펼쳐지는 가야산과 해인사 입구의 모습이 바로 '해인삼매'였다. 나무가 바람에 흔들리는 소리마저 소란스럽지 않고 귀에 순하고 청아했다.

해인사 입구의 봉황문을 지났다. 오른쪽에 정견모주를 모신 국사단이 단아하게 내려앉았다. 그 앞에는 큰 나무가 한 그루 서 있다. 사찰의 수호신처럼 있어 다른 사찰에서는 볼 수 없는 풍경이다. 대가야 왕족 후손인 순응과 이정이 해인사를 이곳에 세운 이유는 정견모주를 기리는 정견천왕사가 있었던 사정과 무관하지 않을 것이다. 정견모주는 해인사 창건의 기원이다. 훗날 그 정견천왕사가 있던 곳에 해인사가 창건된 것을 기념하기라도 할 요량으로 해인사 경내에 국사단이 들어선 것은 아닐까.

국사단은 더도 말고 덜도 말고 가로 세 칸, 세로 한 칸 아담하고 단아한 모양새다. 꾸밈이 없고 요란하지 않다. 안을 들여다보니 정견모주가 두 아들 뇌질주일과 뇌질청예와 함께 있는 모습을 그린 산신도가 있다. 대가야 왕들은 정견모주를 찾아 나라의 안녕과 평안을 기원했을 것이다. 대가야 사람들은 정견모주를 찾아 보다 풍요로운 삶을 기원하는 마음을 바쳤을 것이다. 정견모주는 대가야시대 모든 이가 바라는 것들의 실상이었다. 어디선가 짠하고 나타나는 원더우먼 같은 해결사였거나, 뒤에서 소리 없이 다가와 잘했다며 어깨를 토닥여주는 어머니 같은 존재이지 않았을까.

풍요로운 삶을 바라는 마음은 가야시대나 지금이나 변함없는 인간의 소망이다. 국사단 옆 안내소의 보살이 나를 불러 소원촛불을 밝히라 권유하며 "이곳은 예부터 신령하고 영험했대요. 소원나무에 소원을 적어 매단 후 국사단에서 간절히 기도하면 다 이루어져요"라고 한 마디 보탠다. 국사단 앞의 소원나무에는 노란색 소원 쪽지들이 주렁주렁 매달려 있다. 정견모주의 '정견'은 깨달음을 뜻하는 불교 팔정도의 첫 단계와 동일하다. 소원을 이루는 것만큼, 바르게 바라보는 것도 중요하다는 뜻이 아닐까.

장경판전에 올라 팔만대장경의 불사를 다시금 보고 해인사를 내려왔다. 해인사의 자랑 팔만대장경 또한 대가야시대부터 물산의 집산지였던 경상북도 고령 개경포에서 미숭산을 넘어왔다. 팔만대장경 역시 대가야의 물길과 무관치 않으니, 해인사와 대가야는 얽힌 사연이 참 많고 깊다. 해인사의 국사단이 우리 곁에 있어 정견모주가 음양으로 도왔던 대가야를 잊지 않게 되었다. 대가야의 악기 가야금이 지금껏 남아 우륵 12곡을 만든 음악 강국 대가야를 기억하게 하듯이. 이제 해인사를 떠올릴 때 팔만대장경의 장경판전과 함께 정견모주의 국사단을 떠올리리라.

가야의 마지막 왕자, 월광태자

해인사에서 내려오는 길에 합천군 야로면에 있는 월광사지터를 찾았다. 《신증동국여지승람》에 월광사는 대가야의 태자 월광이 창건했다고 전해진다. 월광태자는 대가야 이뇌왕이 신라 귀족 여성과 혼인하여 낳은 아들이다. 월광사지터 앞에는 해인사 계곡에서 내려온 가야천이 흐르고 있지만 옛 절의 흔적은 찾아볼 수 없다. 월광 사터에는 동서로 두 개의 3층 석탑이 함께 서 있는데, 통일신라 탑으로 알려져 있다. 경주 불국사에 나란히 서 있는 다보탑과 석가탑처럼 다정해 보인다. 이 쌍탑 앞에는 '아득한 풍경 소리 어느 시절 무너지고 태자가 놀던 달빛 쌍탑 위에 물이 들어 모듬내 맑은 물줄기 새아침을 열었다'라는 시비가 서 있어, 월광태자의 전설을 기억하고 있었다.

월광사지터를 가야겠다 마음먹은 것은 유튜브에서 역사 다큐멘터리 '대가야 최후의 왕자, 월광은 어디로 갔나?'를 보고 나서다. 다큐멘터리의 주된 내용은 대가야 마지막 왕자 월광태자가 가야사 아래 월광사를 짓고 여생을 보냈다는 것이었다. 누군가의 이름 앞에 최후, 마지막의 수식어가 붙는 이를 우리는 쉽게, 함부로 잊지 못한다. 중국 청나라 마지막 황제 푸이, 조선왕조 마지막 황녀 덕혜옹주, 통일신라 마지막 태자 마의태자, 모두 잊히지 않는 역사적 인물들 아니던가. 권력의 정점에서 부귀와 권세를 다 누리다가 예상치 못한 사건을 만나 모든 것을 잃게 되는 그들에게 우리는 측은지심을 느끼며, 그들의 슬픈 운명에 위로를 건네고 싶어 한다. 대가야 마지막 태자 월광태자에 대한 내 마음이 그러하다.

6세기 대가야는 위기의 시기를 맞는다. 백제는 중앙집권체제를 갖추면서 대가야의 지경에 진출하고 있었다. 백제의 진출에 대항하기 위해 대가야는 신라와 동맹을 맺는 방법으로 위기를 타개하려고 했다. 522년 대가야 이뇌왕은 신라의 법흥왕에게 사신을 보내 청혼을 하고, 신라는 이를 수용하여 이찬 비조부의 누이를 대가야에 보내 결혼이 성사된다. '결혼동맹'이다. 당시 혼인을 통해 동맹을 맺는 방법은 이미 백제와 신라가 고구려에 대항하기 위해 나제동맹을 맺을 때도 활용한 방식이다. 월광태자는 이뇌왕과 신라 귀족 여인의 결합으로 세상에 태어났다. 태생이 말 그대로 정략적이다.

대가야와 신라는 결혼동맹을 맺었지만 서로의 목적은 달라 '오월동주'였다. 대가야는 백제의 위협을 피하기 위해서, 신라는 가야 통합의 기회를 엿보기 위해서였다. 둘의 결합은 오래가지 못했다. 결혼동맹은 파기되었고 월광태자의 어머니는 신라로 다시 돌아갔다. 월광태자가 어머니를 따라 신라로 돌아갔는지는 명확하지 않다. 소설가 김훈의 《현의 노래》는 월광태자의 신산한 삶의 이야기를 풀어놓는다. 이 소설에서 월광태자는 어머니를 따라 신라에 귀순하고 아버지의 나라인 대가야와 싸워야 하는 비운의 왕자로 등장한다. 대가야가 신라에 멸망당한 후 월광태자는 다시 옛 대가야 지역을 다스리는 왕으로 복귀한다. 소설 속 이야기지만 역사적 사실이 배경이다. 김태식 교수의 《미완의 문명 가야사 7백년》이 월광태자를 대가야 마지막 562년 전후 짧게 재위한 왕 도설지라고 추론하는 것과 비슷한 맥락이다. 대가야가 멸망하고 나서 신라 진흥왕은 친백제 성향의 기존 왕 대신 월광태자를 보내 대가야 왕으로 즉위시켜 사태를 수습하려 했다. 월광태자는 대가야 마지막 왕 도설지일 개연성이 높다.

그의 인생은 정체성이 늘 흔들렸다. 부모는 '사랑'보다 '군사적 동맹'을 위해 혼인했고, 그 동맹은 영원하지 않았다. 오늘의 동맹이 내일의 적이 되는 혼전의 동아시아 정세 속에서 신라 귀족인 어머니는 동맹이 무너지자 다시 고국 신라로 돌아가야 했다. 월광 또한 신라로 귀순할 때, 아버지와 그 아버지의 나라 대가야와 이별해야 했다. 다시

도설지왕으로 대가야로 복귀한 월광태자. 자신을 바라보는 대가야 사람들의 눈빛이 예전처럼 정겨웠을 리 없다. 대가야에 들어선 신라의 '괴뢰'정권, 월광은 한마디로 그 괴뢰정권의 수장인 셈 아니었던가.

우리는 '나는 누구인가'에 대한 대답을 자신의 '정체성'으로 규정한다. 정체성은 '중요하고 의미 있는 것을 찾아 삶의 방향을 결정할 때 결정적 역할을 하는 삶의 뿌리'이다. '대가야 사람인가', '신라 사람인가'. 월광은 경계 안으로 들어갈 수 없는, 경계를 돌며 방황하는 존재로 살았을 터다. 정착할 곳도, 마음 둘 곳도 없는 경계인으로 살았던 그는 위태로웠다. 권력을 가졌으나 늘 고독했고 슬픔이 친구였다. 그는 탈출을 시도하여 부처님이라는 정체성을 선택하고 그 울타리 안에 머물고자 했다. 그렇게 이곳에 빈손으로 월광사를 짓고 부처께 귀의했으며, 모든 고독과 슬픔, 번뇌를 저 흐르는 가야천에 풀어냈다.

월광사지 근처 국도엔 고로쇠물이 지천이었다. 봄기운 넘치는 고로쇠물을 쌍탑 근처에 뿌렸다. 섣불리 위로의 말을 건넬 수는 없지만, 혀끝에 옅게 남는 고로쇠의 단맛에 잠시 그 영혼이 머물렀으면 했다. 대가야 혼돈의 시대를 잘 버텨낸 월광태자여, 부처님 곁에서 편히 쉬시라.

옥전고분, 다라국을 세상에 알리다

합천 쌍책면에는 이곳을 중심으로 번성했던 다라국多羅國의 옥전고분이 있다. 쌍책면 앞에는 낙동강의 지류인 황강이 흐른다.

마지막 태자 월랑이 울었다
섧은 울음,
풍경으로 남았네

풍경이 된 울음, 27.2×19.5cm, 종이에 연필, 2020

4세기에서 6세기 전반의 가야 무덤이 밀집해 있는데, 고분 아래 합천박물관이 들어서 다라국의 역사와 문화를 보여주고 있었다.

지방 박물관들은 흔히 고분을 끼고 있다. 고령의 대가야박물관, 김해의 대성동박물관, 고성의 고성박물관의 입지가 다 그러하다. 읍내에서 떨어진 외곽에 있다 보니 접근하기 어려운 불편함도 있지만, 박물관이 유물과 따로 떨어져 유리되지 않고 함께 거하는 모습이 정겹다. 햇볕도 함께 쬐며, 눈비도 함께 맞고, 바람과 함께 흐른다. '장소'가 갖는 의미를 담은 박물관. 꽤 괜찮은 입지다. 합천 사람들도 박물관을 어디에 지을까 고민 끝에, 읍내에서 떨어져 있지만 옥전고분과 연계되는 이곳 쌍책으로 정하게 되었다 한다.

다라국은 《삼국유사》와 《삼국사기》에 등장하지 않는다. 중국의 《양직공도》와 일본의 《일본서기》에 나오는 가야 소국이다. 다라국의 존재를 확인하게 된 것은 1985년 합천의 쌍책에서 옥전고분이 발견되면서다. 이곳의 유물들은 대가야와는 다른 문화적 맥락을 보여주었기 때문에 가야 소국으로서 다라국의 존재를 인정하게 된 것이다. 옥전고분의 발견은 다라국의 역사를 세상에 알렸다. 옥전고분의 무덤은 1천여 기에 이를 정도로 규모가 크다고 보지만, 지금까지 조사된 무덤은 115기 정도다.

박물관 입구의 분수대 중앙에는 옥전고분이 자랑하는 용과 봉황이 새겨진 고리 모양 큰 칼(용봉문 환두대도)상이 자랑스럽게 서 있다. 옥전고분에서 나온 유물은 역사성, 예술성을 인정받아 보물로 지정된 것이 많다는 점에서, 가야답사 머스트 고 박물관이다.

합천박물관은 관람객들이 편하게 전시를 관람할 수 있도록 설계되었다. 3층 건물로, 층마다 전시실이 있지만 계단으로 오르내리는 것이 아니라 원형 경사로로 올라가며 관람할 수 있다. 관람자의 동선을 배려하는 마음이 느껴졌다.

이곳의 지명은 옥전玉田이다. 구슬 옥, 밭 전이니 한자를 우리말로 풀면, 구슬밭이란 뜻이다. 전시장을 둘러보다 이곳이 구슬밭으로 불리게 된 연유를 알게 되었다. 바로 옥을 만들던 숫돌과 푸르스름한 유리 찌꺼기를 보았기 때문이다. 이 숫돌에서 길쭉한 대롱옥, 완두콩 모양의 곡옥이 만들어졌다. 우리를 안내한 문화해설사는 특히 이 점을 강조했다. 문화해설사의 설명에 따르면 우리나라는 옥과 유리구슬이 많이 나왔지만 원석을 채취하거나 유리옥을 만든 흔적이 발견되지 않아, 직접 유리나 옥 장신구 제작기술을 보유했는지의 여부가 풀리지 않은 의문이었다고 한다. 백제 석촌동 고분에서 나온 곡옥 제작용구(옥마지석)가 유일했다. 그런데 이곳 옥전고분에서 곡옥 제작용구와 유리구슬 찌꺼기가 나와 비로소 의문이 풀렸다. 우리도 직접 유리옥을 만들 수 있는 수준에 도달했고, 그제야 사람들은 이곳이 옥전이라 불린 깊은 뜻에 고개를 끄덕일 수 있었다는 것이다.

옥전고분 유물, 보물이 되다

옥전고분의 유물들은 대가야와는 또 다른 문화를 보여준다. 옥전고분은 4세기에서 6세기의 변화를 보여준다. 고리 모양 큰 칼이 가장 유명한데, 이 칼은 고구려에서 시작되었고 신라와 백제에서 유행했다 알려져 있다. 무엇보다 용과 봉황이 함께 새겨진 칼자루와 촘촘히 감은 가느다란 은색 실이 범상치 않았다. 옥전고분 한 무덤에서 네 점의 칼이 발견되었다 하니, 묻힌 사람의 당시 지위와 권력은 하늘을 찌른 듯하다. 특히 용과 봉황이 함께 고리에 새겨진 칼은 이곳 말고는 없다 하니, 최근 보물로 지정되었다는 소식이 반가운 일이다. 이곳에서 발견된 귀걸이 두 쌍도 함께 보물이 되었는데, 문화해설사는 가야 장신구 중 최초의 보물 지정이라며 자랑스러운 마음을 감추지 못했다.

이 옥전고분의 칼과 귀걸이를 보며 '세밀가귀細密可貴'라는 말이 떠올랐다. '세밀함이 뛰어나 가히 귀하다 할 수 있다'라는 뜻인데, 우리나라 나전을 보고 중국 송나라의 사신 서긍이 궁리한 말이다. 서긍이 가야에 온다면, 그는 세밀가귀로 이 칼과 귀걸이를 주목했으리라. 합천에는 로만글라스Romanglass 파란색 유리조각이 발견되기도 했다. 로만글라스는 로마제국에서 제작된 유리제품이다. 대롱 끝에 유리덩이를 부풀려 유리그릇을 만드는 대롱불기 기술을 지닌 시리아인들이 1세기경 로마제국으로 이주하고, 로마제국이 세계와 교류하면서 로만글라스는 매우 비싸고 귀중한 무역품이 되었다. 우리나라에서 신라의 천마총, 황남대총, 서봉총, 금관총 등 대형 고분의 껴묻거리로 발견되었다. 가야 무덤 중에서는 이곳 옥전고분이 유일하다. 최고급 껴묻거리인 로만글라스가 가야 맹주국이던 대가야의 고령이나 금관가야의 김해에서가 아니라, 가야 중심지로부터 한참 떨어져 외진 다라국 고분에서 발견된 것이 놀랍다. 출토된 유물의 수준과 미적 가치는 고령의 대가야, 김해의 금관가야 이상으로 다라국의 문화적 수준이 높았음을 말해주는 것이 아닐까.

박물관에 가면 그곳의 역사와 문화를 관람객에게 설명해주는 문화해설사를 만날 수 있다. 문화해설사를 만나 함께 박물관을 돌다 보면 보물처럼 숨겨놓은 그들만 아는 이야기를 듣는 재미가 쏠쏠하다. 나는 지방의 박물관을 가면 입구에서부터 문화해설사의 설명을 들을 수 있는지부터 살핀다. 합천박물관에서도 60대의 문화해설사를 만났다. 합천박물관을 가거든, 문화해설사님과 함께하시라. 단지 직업을 넘어서 열정과 애정을 기꺼이 바치는 분들이다.

해인사의 신령스러운 국사단, 월광사지의 정겨운 쌍탑. 짧은 하루지만 대가야의 처음과 마지막을 보았다. 정견모주의 정성으로 가야의 시작은 희망찼고, 월광태자의 부처에의 귀의가 있어 가야의 끝이 시리지만은 않았다. 다라국의 옥전고분에서는 대가야에 비해 작지만 수준은 비범한 또 다른 가야의 문화적 맥락을 볼 수 있었다.

삼라만상 태어나고 성장하고 소멸하는 것이 만물의 이치이다. 시작은 희망을 품고, 끝은 서러움을 동반한다. 희망이 있다고 들뜰 필요도, 성공했다고 우쭐할 필요도, 소멸한다고 슬퍼할 필요도 없다. 오로지 성장도 스러짐도 흐르는 대로 바라볼 수 있는 힘, 합천에서 그러한 정견의 힘을 생각했다. 합천 가야에서의 짧은 하루, 그곳에서 만난 가야는 다채로웠다.

합천 옥전 M3호분 출토 고리자루 큰 칼 일괄

(보물, 경상대학교박물관 등)

합천의 옥전고분 M3호분에서 고리자루 큰 칼이 4점 나왔다. M은 일반적으로 봉분(mound) 있는 무덤에 붙이는 이름이고, 숫자는 발굴 순서를 지칭한다. 옥전고분 M3호분은 1987년 발굴되었는데, 유물의 질과 양 그리고 규모면에서 최고 수준을 보여주는 대형 고분으로 알려져 있다. 규모가 크고 도굴되지 않아 당시 최고 수장의 무덤 양식을 잘 보여주는 것으로 꼽힌다.

이곳을 다스렸던 정치체에 대해서는 정확하지 않다. 대가야의 영향권 아래 있던 가야 소국인지, 아니면 중국과 일본 역사서에 나오는 다라국인지 가려지지는 않았다. 옥전고분의 발굴로 다라국의 위상이 입증되었다고 보는 설이 우세하다. M3호분은 다라국 최전성기의 모습이 고스란히 남아 있는 무덤이다.

고리자루 큰 칼은 예전에 환두대도環頭大刀로 불렸다. 손잡이 끝부분에 둥근 고리가 있어 그렇게 부른다. 손잡이 고리 안에는 여러 장식을 넣을 수 있는데, 이 것으로 칼을 사용한 사람의 신분을 나타낸다. 용이나 봉황, 주작 등 장식이 있는 대도는 왕족 같은 고귀한 신분의 사람들만 소유할 수 있었다. 삼국시대의 한반도는 물론이고, 고대 동아시아에서 흔히 사용되는 무기였다. 사마르칸트 아프로시압 벽화에 등장하는 고구려 사신들이 찬 것도 이 고리자루 모양 큰 칼이다. 백제 무녕왕릉에서 나온 고리자루 모양 큰 칼이 유명하다.

이 고리자루 큰 칼은 전쟁에서 실제 적을 베고 적으로부터 나를 지켜주는 무기로 사용되었다. 또한 이 큰 칼들은 위세품으로 무덤에 묻힌 자의 정치군사적 지위를 상징하기도 했다. 또한 가야 소국 간의 정치적 상징물로, 이것의 공유는 정치적 동맹을 의미하기도 하고 주종관계를 나타내기도 했다. M3호분에서 나

용봉문
ⓒ국립진주박물관

용봉문
ⓒ경상대학교박물관

봉황문
ⓒ국립진주박물관

용문
ⓒ경상대학교박물관

온 칼들이 이곳 다라국에서 직접 만들어졌는지, 아니면 대가야 또는 다른 나라와의 교류를 통해 획득한 것인지도 명확하지 않다. 다만 확실한 것은 삼국시대 것으로 알려진 고리자루 큰 칼 40여 점 중, 옥전고분에서 나온 이 칼들이 기술사적으로, 예술사적으로도 가장 뛰어난 것으로 꼽힌다는 사실이다.

또한 이 칼들은 용과 봉황 장식이 있다는 공통점을 갖고 있다. 손잡이와 칼 몸통 등을 금과 은의 화려한 용과 봉황이 자리잡고 있다. 특히 경상대학교박물관이 제공한 용봉문(용봉황 장식) 고리자루 큰 칼의 경우 가는 은선으로 손잡이 전체를 감은 후, 그 위에 매우 얇은 금박을 붙인 흔적이 있다. 은선 위에 금박을 붙인 것은 한국의 전통 공예기술인 금부 기법이다.

이 고리자루 큰 칼에서 보이는 우리 조상들의 당시 기술적 수준은 놀랍다. 전체적으로 매우 세련된 조형효과가 돋보인다. 지나치게 잔재주를 부림 없이 아주 세련된 조화와 위세품으로서의 위엄을 함께 갖추었다. 금과 은의 은은한 깊이가 신비롭고 지체 높은 아름다움을 느끼게 한다. 이 칼들을 보며 가야의 금속공예가 갖는 관록과 조형미를 느낀다.

합천 옥전고분 출토 금귀걸이

(보물, 경상대학교박물관 등)

합천에 있는 옥전고분에서 발견된 귀걸이들이다. 28호분, M4호분, M6호분 등 각기 나온 무덤은 다르다. 가야시대 금귀걸이 중 가장 화려하고 보존상태가 좋아 당시의 금속공예 수준의 우수함을 알 수 있어 보물로 지정되었다.

백제와 신라에서도 금귀걸이가 나오지만, 가야의 귀걸이들은 그것과는 다른 기술적 가치와 고유성을 보여준다. 이 귀걸이들을 보면, 가야시대 금귀걸이의 원형을 보고 있는 느낌이다.

형식을 보면 가야 금귀걸이는 가늘고 둥근(세환식) 주고리 아래에 수하식 1줄을 매다는 것이 일반적이다. 그러나 28호분에서 나온 귀걸이는 그 양식에서 진전하여 3줄을 매달고 속이 빈 둥근 공 모양의 중간식과 그 아래로 속이 빈 원뿔과 나뭇잎 모양 장식을 매달아 화려함이 업그레이드되었다.

M4호분 출토 귀걸이는 금선으로 형태를 만들거나 장식하는 누금세공기법과 금판을 두드려서 요철을 만들어 형태를 만드는 타출기법이 모두 사용된 작품이라는 점에서 미술사적 가치가 높다. 중심고리가 다른 가야의 귀걸이에 비해 굵은 편이다. 화려한 달개(영락) 중에서 유난히 하트 모양이 눈에 띈다. 산치자 열매 모양이 그 밑에 달려 있는데, 금 알갱이로 마감하고 있어 마지막 디테일까지 고려한 손마무리가 탐이 난다.

M6호분 출토 귀걸이는 규모가 큰 중형급 무덤에서 나왔다. 이곳에서도 보관, 목걸이, 귀걸이, 고리자루 큰 칼, 장식마구들이 함께 출토돼 지배자급 무덤으로 추정된다. 가늘고 둥근 고리에 2단의 중간식에 달개가 매달려 있고 격자형 원통형 금판으로 연결금구를 삼고 인⋏자형 고리에 산치자형 수하식과 금 알갱이로

합천 옥전 M6호분 출토 금귀걸이(왼쪽), 합천 옥전 28호분 출토 금귀걸이(가운데)
합천 옥전 M4호분 출토 금귀걸이(오른쪽) ⓒ경상대학교박물관

마무리했다. 상하 2단으로 반복해서 4개씩의 구슬을 단 형식은 매우 독창적이다. 이들 산치자의 아래쪽을 금 알갱이로 마무리한 세련된 감각은 옥전 M4호분 귀걸이에서도 찾아볼 수 있어 가야의 대표적 기법으로 부를 만하다. 가야 금속공예의 디테일이다.

이곳 옥전고분의 귀걸이들이 보여주는 황금빛은 황홀하다. 물론 가지각색으로 작고 큰 신라 귀걸이들은 세계에서 가장 으뜸가는 귀걸이로 정평 나 있지만, 가야 귀걸이가 보여주는 격 있는 세련미는 그 자체로 놀랍다. 두껍지 않고 가는 고리의 가야 귀걸이 양식은 가진 힘을 함부로 다 쓰지 않는 절제감을 느끼게 한다.

거침없이 가야가 온다
백두대간 지리산 넘어 가야가 온다
구름을 헤치고 가야가 온다

7. 남원, 운봉고원을 넘은 가야

　　백두대간 운봉雲峰고원, 동서로 봉우리 능선이 길게 뻗은, 전라북도 남원 운봉읍 일대이다. 구름이 지붕처럼 산봉우리 위에 걸쳐 있다 하여 이름이 운봉이다. 운봉은 지리산을 경계로 경상남도 함양으로 넘어가는 요충지여서 역사적으로 여러 세력이 각축을 벌였다. 대표적으로 고려 말 이성계가 금강까지 함선을 이끌고 쳐들어온 왜적을 격파한 곳도 운봉의 황산이었다. 19세기 실학자 정약용은 《다산시문집》에서 '남도의 관방關防은 운봉이 으뜸이고 추풍령이 다음이다, 운봉을 잃으면 적이 호남을 차지할 것이다'라며 운봉의 전략적 중요성을 평가했다.

　　가야가 고구려, 백제, 신라와 경쟁하던 시기, 운봉을 차지한 세력은 누구였던가? 이 지역은 여러 나라의 문화가 중첩된 모습을 보이는 것으로 알려졌다(곽장근). 5세기에 가야 문화, 6세기 전반 백제 문화, 6세기 중반 이후에 신라 문화적 요소가 나타났다. 한 가지 성격으로 규정하기 어렵다. 낙동강 물길을 따라 펼쳐져 있다고만 알려진 가야는 5세기 지리산을 넘어 이곳까지 진출했다.

남원 가야의 대표적 단서는 행정구역으로 지금의 아영면 월산리, 두락리 고분에서 찾을 수 있다. 높고 깊어 푸르른 가을 하늘 아래 두둥게 뭉실 구름이 피어 있을 운봉을 향해, 서울역에서 남원까지 가는 KTX에 몸을 실었다. 5세기 남원에 있었던 가야를 찾아 떠나는 여행이 시작되었다.

88 올림픽으로 드러난 호남 동부 지역의 가야

월산리 고분을 두 번 다녀왔다. 엉뚱한 야산으로 올라가 평범한 운전 실력으로는 옴짝달싹 못 할 길목에서 어찌할 줄을 모른 적도 있다. 시골 경찰서와 마을 주민들의 도움으로 간신히 제 장소를 찾을 수 있었다. 도착한 곳은 평범한 시골 마을 입구였다. 시골길이 나 있고 옆 논에는 가을 벼가 익어가는 그런 자리였다. 눈에 띄는 거대한 봉분도 보이지 않았다. 광주에서 대구를 잇는 고속도로가 지나고 있어 쌩쌩 차들이 오갈 뿐이었다. 간신히 '남원 월산리 고분군' 안내판을 찾았다.

봉분은 말쑥하게 단장되어 있지 않았다. 수풀로 뒤덮여 옛사람의 무덤인지 미처 알아차리지 못하고 스윽 지나갈 법하다. 시골길과 논과 밭과 하나 되어 자신을 드러내지 않는 무덤, 월산리 5호분과 6호분이다. 6호분은 수풀에 뒤덮여 있지만 한참을 보았더니 전체 봉분의 실루엣을 알아차릴 수 있었다. 5호분은 그조차 가늠하기 어려웠고 무덤 안으로 들어가는 쇠창살문이 있어 문틈 사이 무덤 안의 돌무지를 들여다볼 수 있었다. 신기하게도 그 틈 사이로 푸릇푸릇한 담쟁이넝쿨이 자라고 있다. 1500년 된 가야가 새롭게 깨어나는 듯한 느낌이었다.

월산리 고분군이 세상에 드러난 것은 오직 88 올림픽 덕분이었다. 1988년 대한민국에서 처음으로 올림픽이 개최되면서 나라 전체가 들썩였다. 올림픽 같은 대규모 국가 이벤트는 고고학 발굴을 부른다. 철도와 고속도로, 주택 등 국가의 건설 인프라를 전 국토에 촘촘히 까는 과정에서 땅속에서 우연히 유물이 뛰쳐나온다. 당시 전두환 군사정권은 88년 올림픽 개최를 정권의 치적으로 대대적으로 홍보하기 위해 1984년 이곳에 영호남을 잇는 고속도로를 개통하면서 88 올림픽 고속도로라 이름 붙였다. 지금은 광주대구고속도로로 바뀌었다. 월산리 고분군 위로 고속도로가 있게 된 사연이다.

당시 고고학계는 한결같이 백제계 유물을 기대하고 있었다. 그런데 예상과 달리 전체적으로 투창이 뚫려 있고 그 위에 뱀 모양의 세로띠로 장식된 원통형 그릇받침 같은 대가야 양식 토기가 나왔다. 가야계 구덩식 돌덧널무덤(수혈식 석곽묘)에 토기, 금공품, 마구 등이 발견되었다. 남원의 가야 문화가 세상의 주목을 받게 되었다. 월산리 무덤은 5세기 가야 수장의 무덤으로 알려져 있다. 가야계 문화로 보는 데는 일치하고 있으나 이곳에 있었던 정치체 성격에 대해서는 의견이 대립된다. 대가야 문화권이자 대가야 정치권의 일부로 해석하는 견해와 대가야 정치권과는 독립된 독자적인 정치체로서 '반파'와 '기문'으

오래된 땅에 푸른 잎이 돋는다

남원 월산리 고분에서, 사진, 2019

로 보는 견해이다. 전자는 유물과 유적에 나오는 대가야적 요소를 강조하고 후자는 대가야 문화권의 일부이지만 세부적으로 다른 면모를 보인다는 점을 강조한다.

월산리 5호분은 돌을 쌓아 관을 만든 흔적이 쇠창살 너머로 보였다. 가야계 양식의 무덤과 토기가 나온 곳이다. 가야계 무덤에서 보이는 일반적 유물과 달리 5호분에서 나온 독특한 유물이 있는데, 바로 쇠자루솥과 닭머리 모양 청자다. 국립전주박물관에 전시된 이 유물들은 우리 문화와는 다른 이국적인 느낌을 준다. 원래 쇠자루솥은 술, 음식, 약을 데우는 데 썼던 아주 작은 솥이다. 솥의 크기에 비해 손잡이가 아주 길고 형태가 독특해서 쇠자루솥이라는 이름이 붙었다. 이 쇠자루솥을 보면 핸드드립용 커피 주전자가 떠오른다. 맛있는 커피를 얻기 위해 물줄기를 일정하게 조절할 수 있어야 하고 손잡이를 오래 잡고 있어도 손에 열기가 가지 않아야 한다. 드립용 주전자는 이러한 기능을 충족할 수 있도록 디자인되었다. 쇠자루솥의 긴 손잡이도 뜨거운 열기가 손에 닿지 않도록 배려한 게 아닐까.

한자로는 '청자계수호靑瓷鷄首壺'로 부르는 닭 머리 모양 청자는 은은한 푸르스름한 옥색을 띤다. 가야계 양식 토기의 잿빛과 다르다. 이러한 청자 도자기는 백제 지배층 무덤에서도 발견된 적이 있는데 중국 남조에서 만든 것으로 알려져 있다. 국립전주박물관에서 본 이 청자는 닭벼슬 모양이 섬세하게 드러나 있고 활 모양의 손잡이가 인상적이었다. 월산리 5호분에서 이처럼 중국계 유물인 쇠자루솥과 청자계수호가 발견되었다는 것은 월산리 세력이 백제나 중국과 직접 교류한 흔적이다. 월산리 세력은 백제와 가야의 역학 관계에서 독자성을 갖고 있었다는 주장이 솔깃한 대목이다.

백두대간을 넘나드는 백제, 가야 사람들이 잠시 쉬어가거나 들렀던 곳이 월산리였을까. 이곳의 수장은 그들을 만나 밤새 운봉을 둘러싼 정세를 논하고 서로 돕자고 약속하지는 않았을까. 방문할 때 선물로 쇠자루솥과 청자를 들고 오는 사람들도 있었다. 무덤 주인은 살아생전 그 선물들을 너무 아꼈고 이를 기억한 가족이 장례를 치르던 날 다음 세상에서도 함께하라는 마음으로 이 물건들을 넣은 것은 아닐까.

월산리 고분에서는 유난히 갑옷, 투구, 목가리개, 화살촉 등 철로 된 무기들이 쏟아졌다. 말 다룰 때 썼던 재갈, 기마무사가 발을 걸었던 등자 등 말과 관련된 마구도 많았다. 월산리 무덤에서 많이 나오는 무기와 마구는 운봉고원을 둘러싼 치열한 군사적 충돌의 증거다. 늘 전운이 감돌았을 이곳 운봉고원. 월산리 가야 사람들은 긴장의 연속인 삶을 살아야 했을 것이다. 전략적 요충지 운봉고원이 목적이라 늘 살얼음판을 딛는 마음으로 버텨냈던 그들에게 '수고하셨어요', '애쓰셨다'라는 말 한마디 건네고 싶은 곳, 월산리였다.

호남 동부를 장악하라

원래 호남 동부는 마한의 작은 소국들이었다. 5세기에서 6세기에 이르는 시기는 동아시아 정세 급변기로 나라 간 균형에 균열이 생기면서 새로운 질서가 태동하는 때였다. 고구려, 백제, 신라는 중앙집권 국가 기틀을 닦은 후 영토 확장에 힘을 쏟았고, 가야는 느슨한 연맹체로 여러 소국을 네트워크로 이어가고 있었다. 그 틈바구니에서 5세기 가야는 호남 동부를 세력권으로 편입시키는 데 성공한다. 고구려 광개토왕의 남정으로 금관가야가 쇠락했지만, 고령의 대가야를 중심으로 가야 소국들을 통합해나갔다. 남원, 하동, 장수, 순천이 가야 세력권에 포섭되었다.

가야가 이곳까지 영역을 확장한 이유는 무엇일까. 호남 동부의 점령은 후기 가야에 어떠한 의미가 될까. 호남 동부가 갖는 교통로, 교역로상의 입지가 그 열쇠라 하겠다. 호남 동부는 백두대간의 서쪽 산악 지대에 여러 산으로 중첩되어 있으나 금강, 섬진강, 남강의 강줄기가 사방으로 뻗어나가는 독특한 지형을 형성하고 있다. 후기 가야는 낙동강 동쪽이 신라의 세력권으로 포섭되면서, 중국이나 왜와 무역하는 교통로로 낙동강 하구의 김해보다 낙동강 서쪽의 하동을 이용하는 노선을 선택한다. 가야로서는 섬진강 수계를 확보하기 위해 지리산 방면까지 진출이 불가피했다. 고령, 합천, 진주, 하동의 교통로나 고령, 거창, 함양, 남원, 하동의 교통로 확보를 위해서는 호남 동부를 장악해야 했다.

군산대학교에서 가야사를 연구한 교수 곽장근은 오래전부터 이곳의 가야는 대가야 영향권이 아니라 독자적 소국으로 기문국을 이루고 있었다고 주장해왔다. 기문은 우리나라 《삼국사기》와 함께 중국의 《양직공도》, 일본의 《일본서기》에 기록된 소국이다. 특히 《삼국사기》에 우륵이 가야의 통합을 위해 만들었다는 가야금 12곡에도 등장한다. 상기물, 하기물, 달이, 물혜 등의 이름이 나오는데 가야연맹을 구성하는 소국의 국가명이나 지명을 일컫는 것으로 본다. 상기물은 남원이고, 기물과 기문은 동의어로 보이므로 섬진강을 중심으로 펼쳐진 가야 소국을 기문으로 비정하였다.

그러나 6세기, 이곳을 둘러싼 세력 관계에 변화가 생긴다. 고구려에 패해 남쪽으로 내려온 백제는 남방경영을 서둘러 지리산 방면으로 진출하기 시작했다. 백세의 남방경영과 가야의 서방 진출이 맞부딪쳐 호남 동부를 둘러싼 일대 격전이 벌어졌다. 결국 가야는 호남 동부 상당 부분을 빼앗겼다. 《일본서기》에 512년 있었다는 '임나4현 할양 기사'는 조심스레 읽어내릴 필요가 있다. 임나4현은 상다리, 하다리, 사타, 모루인데 호남 동부를 아우른다. 백제가 왜에 조공하며 임나4현을 달라고 해서 주었다는 기록이다. 백제와 왜의 조공과 할양 부분은 왜곡되었지만, 6세기 초 호남 동부가 가야에서 백제로 넘어가는 일단의 과정을 시사한다. 백제의 말발굽에 밟혀 먼지 속으로 사라지는 마을들의 비명과 아우성이 들리는 것만 같다. 호남 동부를 빼앗기면서 후기 가야는 급격하게 쇠락해가고 562년 대가야가 신라에 복속되면서 역사의 뒤안길로 사라졌다.

두락리와 유곡리,
가장 인위적이지 않은 가야 고분

월산리에서 3킬로미터 떨어진 지점에 두락리와 유곡리 고분군이 있다. 월산리와 두락리·유곡리는 원래 하나의 권역이었던 듯하다. 아영면 사무소를 지나 작은 천이 나오는데 그 천을 건너면 바로 두락리와 유곡리로 이어진다. 40여 기 가야계 무덤이 모여 있는 두락리·유곡리 고분은 운봉고원 일대에서 최대 규모를 자랑한다. 남원시 인월면 성내마을 뒷산이다.

성내마을에서 가야 무덤으로 올라가는 길에 '홍보관'이 있으니 들러보는 것도 좋겠다. 이곳의 역사와 문화를 담은 동영상이 상영되고, 마을과 무덤이 경계 없이 무리지어 있는 두락리의 사계를 담은 멋진 사진을 구경할 수 있다. 길을 따라 오르면 낮은 고개를 사이에 두고 왼쪽과 오른쪽 구릉에 나뉜 40여 기 무덤이 펼쳐져 있다. 왼쪽은 두락리, 오른쪽은 유곡리이다. 두락리 고분 입구에 유난히 큰 고총이 눈에 띄었다. 32호분이다. 32호분은 가야계 구덩식 돌덧널무덤으로 5세기 후반에 만들어졌다고 알려져 있다. 가야계 토기, 철기와 함께 청동거울, 금동신발 조각편이 나왔다는 점이 특별하다. 국립전주박물관에 가면 그 실물을 볼 수 있다.

청동거울과 금동신발은 지배층 무덤의 위세품으로 알려진 것들이다. 특히 청동거울은 국보 제161호인 공주 무령왕릉 출토 청동거울과 유사하다. 금동 장식 신발 파편이 가야계 무덤에서 발견된 것은 이례적이다. 이 지역 가야 세력의 독특한 문화다. 아마도 접경지역에서 대가야, 백제, 신라, 중국, 왜 등 다양한 문화간 통섭이 이루어진 흔적일 것이다. 야산에는 무덤 자리는 있으나 발굴이 완료되지 않은 무덤들이 이곳저곳에 흩어져 있었다. 기존의 무덤을 이장한다는 푯말이 군데군데 박혀 있다. 나무에 둘러싸여 구릉 같기도 하고 고분 같기도 하고, 일반인은 구분하기가 어려울 듯하다. 발굴이 수월하게 진행된다면 언젠가 다시 두락리를 갔을 때 새로운 두락리와 유곡리를 보게 될지 모른다.

학자들은 남원 가야 세력의 주도권이 월산리에서 두락리로 이동했다고 해석한다. 월산리 고분에서는 소가야 스타일의 구멍 뚫린 토기가 많이 나오는데 두락리 고분에서는 대가야 스타일 토기가 주를 이룬다. 대가야는 집권 파트너를 월산리 세력에서 두락리 세력으로 교체한 것인가.

남원의 가야 고분들은 마을과 한데 어울려 있어 독특하다. 특히 두락리·유곡리 고분은 마을과 경계가 없어 하나의 세계를 구현하고 있다. 고분인지 구릉인지조차 구별하기 어려운 가장 인위적이지 않은 가야 고분의 모습이다. 무덤 앞뒤와 옆은 모두 논밭이다. 그 논과 밭을 멀리서 지리산이 지켜보고 있다.

변산의 낙조, 대가야 사신의 소명을 빛내다

5세기 고령 중심의 대가야는 대내적, 대외적으로 입지를 다지고 있었다. 후기 가야 주도권이 금관가야에서 대가야로 이동하면서 대가야는 맹주로서 세력을 규합하고 국제적 지위도 인정받아야 했다. 가실왕이 우륵에게 음악으로 나라를 통합하자며 12곡을 만들게 한 것은 대내적 입지를 강화하려던 노력이다. 479년 대가야 왕 하지가 중국의 남제로부터 '보국장군본국왕'이라는 작위를 받은 것은 대외적인 강화 노력이다.

현재의 우리가 한미동맹에 대한 확고한 지위를 확인받는 것이 중요한 것처럼, 대가야는 중국으로부터의 지지를 확보하기 위해 중국과 사신 왕래가 잦았을 것이다. 그러하니 국제적 교통로가 중요해진다. 호남 동부를 장악하고 있었으니, 대가야의 사신들은 섬진강가 하동에서 중국의 양자강으로 배를 타고 갔을 것이다.

하동에서 중국까지 가려면 서해가 평안해야 했다. 바다에서의 안전을 기원하는 제사가 이루어졌다. 주목받는 곳이 전라북도 부안 해안가에 있는 죽막동이다. 변산반도의 서쪽 끝 해안절벽 위에 아슬아슬하게 서 있는 부안군 변산면 격포리 죽막마을이다.

국제 제사의 현장을 보고 싶었다. 정읍 KTX역에서 내려 죽막마을까지 1시간여 차를 달렸다. 그 길에는 서해 바다가 펼쳐져 있고, 곰소를 지날 무렵 서해 염전이 수평선처럼 펼쳐지기도 한다. 죽막마을에 도착하면 화산암에 퇴적암 파편이 섞인 페퍼라이트가 깔린 몽돌해안 바다를 볼 수 있다. 해안 길을 따라 10분 걸어 올라갔더니 갑자기 눈앞에 노란 바다가 펼쳐졌다. 유채꽃이 바다를 배경으로 만발해 있고, 곳곳에 사람들이 카메라 셔터를 눌러대고 있었다.

소동파가 노닐던 적벽처럼 경관이 아름다워서 적벽강이 되었고, 이태백이 달그림자 잡으려다 빠져 죽었듯 사람을 환상에 빠지게 한다 해서 채석강이라 불렀다는 이곳 부안의 바다. 그러나 부안 바다는 가시 품은 장미처럼 마냥 아름답지만은 않다. 내가 기억하는 부안 앞바다는 유난히 거칠고 거셌다. 풍랑을 잠재우기 위해 공양미 3백 석에 팔려 간 심청이 뛰어든 인당수가 부안 앞바다에 있다고 전해진다. 대형 선박 전복사고가 일어나 292명이 수장된 서해 페리호 사건도 90년대 초 부안 앞바다에서 일어났다.

이곳에서 바다의 평안과 항해의 안전을 기원하는 제사가 일찍이 발달해온 이유도 그 때문일 것이다. 삼한시대부터 조선시대까지 다양한 종류의 토기들이 나왔다. 제사를 지낸 후 묻은 토기들일 것이다. 가야와 백제, 왜, 중국이 함께 바다 제사를 지낸 다양한 형태의 토기 흔적도 나왔다. 중국·일본에 이르는 동아시아 해양 교류의 중요한 길목에서 국제 제사가 이루어진 것이다.

삼한시대부터 시작되었다는 해양 제사. 부안의 바다를 지키는 신은 계양할미다. 계양할미는 딸 여덟을 낳아 한 명씩 팔도를 지키라고 파견 보내고 막내딸과 함께 이곳 변산반도를 지켜왔다는 전설이 내려온다. 19세기 초에 나라에서 계양할미를 모시는 수성당을 지었고, 지금도 죽막동 제사 유적지의 상징으로 서 있다. 수성당 앞에서 거친 파도소리에 귀 기울이며 그 시절 바다 제사 장면을 상상해보았다. 가야의 차례가 오자 사신은 가야에서 만든 가장 좋은 토기를 제사상 위에 올려놓았으리라. 고령의 송림리 가마에서 구운 굽다리접시에 닭을 올렸고, 삼각 투창과 뱀 모양 띠를 두른 원통형 그릇받침 위에 긴목 항아리를 함께 올렸다. 대가야 사신은 이곳 앞바다를 무사히 건너 중국에 도착해 대가야 왕의 뜻을 잘 전달할 수 있게 해달라고 간절히 빌었을 것이다.

이준익 감독의 영화 〈변산〉에는 부안의 아름다운 풍경이 자주 펼쳐진다. 특히 남녀 주인공이 변산의 노을을 바라보며 대화를 나누는 장면은 인상적이었다. 해질 무렵 변산반도 서쪽 끝 부안의 마을에 가면, 그들이 보았던 노을을 만날 수 있다. 5세기 중국과의 동맹을 확인하기 위해 대가야 왕의 명령을 받들고 떠났던 사신의 바닷길. 그의 공적인 소명을 확인하면서 채석강과 적벽강의 다채로운 해안지형도 본다면 이를 금상첨화라 부를 수 있으리라. 아름다운 해안길과 저물녘 낙조는 가야 사신의 간절한 소망만큼 영원히 잊지 못할 죽막동의 추억이었다.

거친 바다
평안을 바라는 마음에
국경은 없다

변산 죽막마을에서, 27×19.5cm, 종이에 연필, 2020

8. 장수, 화려한 날들이여

　　낙동강을 따라 펼쳐진 경상의 가야가 백두대간을 넘었다. 운봉고원에 오더니 더 멀리 진안고원까지 폭풍처럼 몰아쳤다. 그 역사의 기억이 남아 있는 곳, 운봉고원의 남원과 진안고원의 장수다. 경상의 가야가 이곳을 탐한 데는 이유가 있다. 영호남을 잇는 곳이고, 중국과 왜를 가기 위한 물길은 이곳을 경유해야 했다. 무엇보다 중요한 이유는 철 생산능력과 봉수 운영능력 때문일지도 모른다.

　　장수는 해발 500미터 고지에 있다. 장수라는 이름은 물이 길고 산이 높다는 수장산고水長山高에서 유래한다. 고랭지라 장수에서 나는 홍로는 당도가 높아 명품사과로 인기다. 한때 장수는 무주, 진안과 함께 '무진장'이라는 벽촌의 대명사로 불렸다. 깊은 계곡과 호남 동부 가야의 문화유산을 품은 장수. 사람이 북적북적하지 않고 자연과 함께 느릿한 여정을 즐기기에 제격이다. 느려서 행복한 슬로라이프가 가능한 곳이다.

행운을 가져다 줄 동촌리의 '말편자'

백두대간을 넘어 장수에 이른 가야, 가을 그곳을 가보았다. 최근 장수는 가야 문화유산에 많은 관심을 쏟고 있다. 최근 몇 년 동안 동촌리, 삼고리, 백화리 등지에서 5세기에서 6세기 것으로 보이는 250여 기의 가야계 중대형 고분이 나왔다. 토기, 마구, 철기도 가야 스타일이었다. 장수는 가야 문화권의 대표적 지역으로 부상하고 있다. 최근에는 이 성과를 국가적으로도 인정받아 동촌리 고분이 국가가 지정하는 사적이 되었다.

동촌리 고분은 장수의 해발 723미터 마봉산 자락에 있는 고분이다. 이곳에서 80여 기의 무덤이 발견되었는데, 5세기에서 6세기에 형성된 가야계 수장급 무덤이다. 동촌리에서 발견된 특이한 유물로는 말의 편자가 있다. 말편자는 말발굽을 보호하기 위해 발굽 바닥에 붙이는 쇠붙이다. 가야의 무덤에서 말의 재갈, 안장, 등장은 많이 발견되었는데 말편자는 이곳 동촌리 고분이 처음이다. 그 역사적 의미가 가볍지 않다. 말은 교통수단이고 군사적 전략물자였다. 고대사회에서 말은 핵심 역할을 했으며 그 활용도는 편자의 출현으로 더욱 증대되었다. 편자는 딱딱하거나 거친 바닥에 말발굽이 닳는 것을 보호했다. 장거리 운송이 가능해졌고, 기병대의 군사적 역량을 향상시켰다. 장수에서 편자가 발견된 것은 장수의 가야 세력이 우수한 제작 역량을 갖춘 강력한 집단이었음을 증명하는 것이다.

서양에서는 오래전부터 말편자가 행운을 가져온다고 믿었다. 보어의 말편자 이야기도 그중 하나다. 덴마크의 유명한 물리학자 닐스 보어Niels Bohr는 코펜하겐 북쪽에 별장을 마련했는데, 어느 날 현관에 전 주인이 놓고 간 말편자를 발견했다. 말편자가 행운을 가져온다는 것은 미신 아니냐고 누군가 묻자, 보어는 "우리가 믿든 말든 상관없이 말편자는 행운을 준다"라고 말했다 한다. 이 이야기는 보어의 말편자Bohr's Horseshoe로 전해온다. 당대 최고의 물리학자인 보어도 믿었던 편자의 행운. 보어의 말편자가 그랬던 것처럼, 장수의 말편자도 이곳 장수에 행운을 가져다 줄 것이다.

동촌리 고분을 지나, 백화산 고분과 삼고리 고분이 있다. 삼고리 고분은 백제지역으로 인식되던 1993년 장수가 가야 문화권이었음을 알린 대표적 고분이다. 인도산 채색 옥가락지가 나왔다 하니, 이곳의 가야 세력이 다른 문화와 교류했다는 증거일 것이다. 이 가락지는 마치 색동옷을 입은 것처럼 화사해 보였다. 어스름 무렵 찾아간 백화산 고분은 한창 봉분을 만드는 중이었고, 노하리 고분은 발굴팀들이 가을 햇볕 아래서 발굴 조사를 진행하고 있었다. 장수에 있었던 가야 세력을 연구한 지는 그리 오래되지 않았다. 장수가야의 이름이 있었는지, 독자세력이었는지, 대가야의 일부였는지, 세력의 규모는 어떤 정도인지, 삼국과의 관계는 어땠는지 분명치 않다. 한 걸음, 한 걸음 밝혀내야 할 게 많다. 누구도 돌이킬 수 없는 역사적 사실이 될 때까지 기다릴 수 있어야 한다. 역사 연구에는 긴 '축적의 시간'이 필요하다.

장수 지역의 가야, 화려한 세월을 기억하다

　　　　도시가 아닌 작은 군과 읍을 다닐 때 숙소 정하기는 참 어렵다. 최근에는 지방자치단체에서 직접 한옥을 숙박시설로 운영하는 곳도 많다. 호텔만큼 편리함을 주는 것은 아니지만, 한옥 스테이의 특별한 체험은 잊지 못할 추억이다. 장수군에서 운영하는 대곡 관광지에 한옥단지가 있다. 장수와 관계있는 역사적 인물을 기려 방마다 이름을 붙였다. 조선시대 정승 황희를 기리는 방촌옥에서 하룻밤 묵었다.

　기억나는 것은 청정한 장수의 밤을 강타하는 시원한 물소리였다. 알고 보니 장수는 물의 마을이었다. 금강의 발원지이자 조선 태조 이성계의 우물지인 뜬봉샘이 바로 장수에 있다. 그날 밤 내가 들은 물소리는 깊은 소나무를 뚫고 나오는 세찬 빗소리 같았다. 그 소리는 바위에 부딪혀 밤의 적막을 강타하는 계곡 물소리다. 조선 후기 실학자 박지원의 《열하일기》에 보면 '사람의 마음에 따라 물소리가 다르게 들린다'라고 했다. 세찬 빗소리와 같은 물소리는 내 정신을 죽비처럼 내리쳤다. 잡념이 사라지고 정신이 명징해졌다.

　대곡 관광지 옆에는 임진왜란 때 진주 촉석루에서 왜장 게야무라 로쿠스케毛谷村六助를 끌어안고 남강에 투신한 의암 주논개의 생가가 있는 주촌마을이 있다. 한때 논개는 진주 관아의 기생으로 알려져 있었으나, 실상은 진주성 전투를 한 경상우도 병마절도사 최경회의 부인으로 밝혀졌다. 최경회가 장수현감으로 부임했을 때 인연이 되어 혼인을 하고, 그를 따라 논개도 진주에 오게 된 것이다.

　논개는 충절의 상징이다. 적장을 죽이기 위해 연회장에 잠입할 목적으로 기생으로 위장했던 것이 잘못 알려졌다. 논개의 어릴 적 흔적이 남아 있는 곳이 장수이니 그 흔적을 따라가보는 것도 의미 있는 장수 체험이다. 주촌마을의 집들은 지붕이 독특했다. 기와로 지붕을 올린 것이 아니라 우리 산천에 있는 평평하고 납작한 돌을 기와로 얹고 있었다. 장수의 산촌이 지붕 위에 고스란히 들어앉았다.

고령, 김해, 함안, 남원, 순천. 모두 가야의 화려한 날들을 함께한 도시다. 그러나 가야사를 복원하는 데 모든 지자체의 열정이 똑같은 것은 아니다. 정책 아이디어를 결집하고 가용 자원을 총동원하는 곳도 있고, 상대적으로 다른 의제에 밀려 소홀히 여겨지는 곳도 있었다. 장수는 전자의 경우다. 연구와 유물이 궁색할 수 있으나 그 뜻과 정성이 훌륭하고 지극한 곳이다.

2019년 10월에는 전라북도 최초로 가야 전문 홍보관을 개관했다. 전라도 지역의 가야 문화를 답사하면서 가장 안타까웠던 것은 지역 박물관의 부재였다. 경상도 지역의 가야 문화 시설이 지방마다 잘 갖춰져 있는 것과 큰 차이를 보이는 게 안타까웠다. 열정적인 한두 사람만 있으면 한 지방의 역사를 만들 수 있다. 모든 일이 그러하듯, 일이 되려면 자신의 삶과 시간을 온전히 쏟는 열정가가 있어야 한다. 그는 쉼 없이 바쁘게 돌아가는 일상 속에서 조용히, 그리고 묵묵히 이 일을 기록한다.

장수군청의 이현석 학예연구사가 그러한 이였다. 군청에서 가야 문화권 복원 업무를 담당하고 있는 그는 늘 겸손했고 성실했다. 장수의 가야를 얘기할 때만큼은 목소리가 커지고 눈빛은 빛났다. 군산대학교에서 사학을 전공한 그는 호남 동부 지역의 가야를 연구하는 지도교수를 따라 공부하면서 장수 지역의 가야와 인연을 맺었다. 장수에서 천 년을 넘는 낮과 밤을 보낸 가야가 침묵 속에서 그에게 말을 걸었다. 그는 그 가야의 침묵을 일찍이 알아차렸다. 자신의 꿈을 가야사 찾기로 정하고, 대도시에서 직업을 찾는 친구들과 달리 이곳 장수에 정착했다.

그는 가족과 함께 장수에 살고 있는데, 주말이면 인근 군산이나 전주에 가서 사람들과 섞이고 대형마트에서 쇼핑하는 것이 소소한 행복이다. 그의 소원은 하나다. 장수가 중요한 가야 지역으로 인정받아 군민들의 자부심이 되는 것이다. 장수에 머문 가야의 역사를 보존하고 알리기 위해 박물관을 만들겠다는 꿈이 있다. 공립박물관을 만들려면 중앙부처의 지원도 받고 심사도 받아야 한다. 절대 녹록치 않은 일이라 낙심도 많이 했다. "장수에 독자적 가야 세력이 있었다는 근거가 뭐냐", "연구 성과도 없는데 무슨 박물관이냐", "자세한 로드맵도 없이 박물관을 짓겠다고?"라는 날선 비판도 들어야 했다. 다행스러운 것은 이곳에 가야 박물관을 짓겠다는 그의 열정이 꺾이지 않았다는 것이다. 자나 깨나 그의 머릿속엔 가야가 앉아 있다. 가야 박물관이 지어지는 그날이 오면 기뻐 춤출 것이다. 그때까지 그는 거침없이 질주할 것이다.

반파국의 봉수가 이곳에 있었을까

장수에 가야 고분을 조성한 세력들은 누구일까? 그 정치체의 성격에 대해서는 여러 주장이 있다. 남원, 임실과 하나의 세력권을 이뤄 기문국으로 존재했거나, 봉수를 운영한 반파국이 바로 장수에 독자적으로 있었다는 주장도 있다. 장수의 세력을 고령 중심의 대가야에 포섭된 세력으로 보기도 한다.

6세기 초 동아시아 최강국인 중국의 양나라에 파견된 외국인 사절을 그림으로 그려 해설한 것이 '양직공도梁職貢圖'다. 이 그림에는 고대 백제인 사신이 머리에 관을 쓰고 두루마기 바지를 입은 모습으로 등장하는데 그림 옆에 설명에 붙어 있다. 백제국 주변국으로 반파叛波, 다라多羅 등을 언급하고 있다.《일본서기》에는 반파국과 동일한 나라로 추정되는 반피국이 등장하는데, 6세기 초 기문과 대사를 두고 백제와 3년 전쟁을 치르며 봉수를 운영했다고 적혀 있다.

장수에 독자적 가야 세력이 있다고 주장하는 측에서는 장수에 집중적으로 등장하는 봉수가 바로 반피국에서 운영했다는 바로 그 봉수 시설이라고 한다. 가야 특유의 소통방식으로 주목받고 있는 봉수는 낮에는 연기, 밤에는 횃불로 변방의 급박한 소식, 특히 군사적 첩보를 중앙에 알리던 제도이다. 케이블카를 타고 남산에 오르면 아궁이가 함께 붙어 있는 조선시대 시설을 볼 수 있는데, 그것이 바로 봉수다. 서로 바라볼 수 있는 높은 꼭대기에서 횃불과 연기로 신호하여 의사를 전달하는 지혜는 꽤 일찍부터 발달했을 것이다.《삼국유사》가락국기에는 김수로왕이 유천간을 시켜 배가 나타나면 봉화로 알리라고 한 이야기가 나온다. 김수로왕은 봉화를 꽤 적극적으로 활용했다.

봉수는 전라북도 남원, 임실, 진안, 무주, 금산 지역에 널리 분포되어 있다. 특히 봉수의 방향을 주목해서 봐야 하는데, 모두 장수의 삼

156

봉리로 집결한다고 한다. 마치 조선 각지의 봉수가 남산의 봉수로 집중되듯이 말이다. 이 지역 가야의 중심지는 장수였고, 그 세력의 영향력이 전북 동부까지 뻗어갔다는 뜻이다. 장수의 영취산 정상 봉수터에서는 가야토기 조각들이 함께 나왔다. 이 지역의 봉수가 가야 세력과 관련이 있다는 추정이 가능해진다. 이러한 주장이 맞는다면, 장수는 대가야의 영향권이 아닌 독자적인 반파국으로 성장했을 수 있다.

하지만 반파국은 고령의 대가야를 부르던 이름이었다고 보는 의견이 다수다. 고령을 중심으로 한 반파국이 풍요로운 농업 생산력과 철 생산력을 기반으로 후기 가야 맹주인 대가야로 성장했고 5세기에서 6세기가 되면 이곳 장수까지 진출했다는 주장이다.

대적골, 덕유산 골짜기에 이어진 제철유적지

가야는 '철의 왕국'이었다. 전기 가야의 금관가야, 후기 가야의 대가야는 우수한 제철기술과 문화를 기반으로 성장해온 작지만 강한 나라였다. 철을 직접 만들어 중국과 왜 등 동아시아 각지에 수출하며 경제적 기반을 닦았다. 장수가 가야의 영향력 아래 있던 5세기에서 6세기까지의 시기는 특히 대가야가 야로와 쌍림의 제철시설을 기반으로 철에 대한 비교우위를 확보해가던 시기였다.

장수는 평균 해발 400미터 이상의 고원 지대다. 이러한 산악지대에 1500년 전 후기 가야에 포섭된 세력이 존재했던 이유는 무엇일까? 후기 가야는 왜 이 지역까지 세력을 확장했던 것일까. 그 답은 가야의 성장 동력인 철에 있을 것으로 본다. 장수의 철 제작과 관련해 주목받는 곳이 덕유산 골짜기에 자리 잡은 대적골이다. 철의 왕국 가야의 성장 동력인 철 생산유적을 처음 확인하는 것이다. 가야가 완전한 철의 왕국임을 입증할 수 있는 근거가 되는 매우 중요한 지점이다.

장수군 장계면 대적골을 올랐다. 장계면사무소에서 거리로 14킬로미터 떨어져 있어, 자동차로 15분 정도 소요된다. 대적골은 가팔랐지만 마침 낙엽도 밟고 가을 숲의 소리도 듣고, 가을 햇살을 느끼며 걷기 좋은 날씨였다. 도시에서 볼 수 없는 것들이 지천으로 널려 있어 우리 앞에 가을이 성큼 온 것을 장수에서야 느낄 수 있었다. 트래킹을 해도 좋은 코스다.

대적골은 깊은 산골짜기여서 산봉우리부터 제련로, 건물지 용해·주조시설 등이 배치되어 있었다. 철 생산에서 가장 필수적인 것은 원료와 연료다. 철광석 원료를 충분히 공급할 수 있고 제련로를 뜨겁게 달구는 숯을 풍부하게 대줄 수 있는 곳이어야 한다. 대적골은 나무가 울창하게 가득 차 있었다. 숯을 안정적으로 공급하는 데 장애가 없다. 숯가마의 흔적도 있었다. 원래 장수는 뜬봉샘 등 물이 풍부하고 좋은 곳이다. 제련로의 철을 식히려면 많은 물이 필요한데 장수는 이것 또한 거뜬히 충족시킬 수 있다. 장수 대적골은 철 생산에 특화된 천혜의 요지다.

동행한 연구사에 따르면, 대적골의 제철유적은 2킬로미터에 이르는데 제련로, 건물지, 주조시설이 확인되었다고 했다. 모든 제철공정이 갖춰져 있어 철을 완제품으로 생산할 수 있었다. 문제는 대적골 제철유적지가 운용된 그 시기를 특정하는 것이다. 후백제에서 조선시대의 종합제철유적임이 확인되었지만, 가야계 유물은 발견되지 않아 더 이상의 추정이 이루어지지 못했다. 추가 발굴과 연구 등 축적의 시간이 필요하다.

대적골을 흐르는 시냇물에서 슬래그를 쉽게 찾을 수 있었다. 철광석에서 철이 빠져나가고 남은 찌꺼기다. 우리 주변에서 쉽게 찾을 수 있는, 자연을 굴러다니는 유물이다. 고가의 노자기나 그림만 문화재가 아니다. 답사 여행길에 간혹 도자기나 토기 조각을 줍거나, 철 찌꺼기 파편을 주울 수도 있다. 그것도 문화재고 나는 '시대의 횡재'라 부른다. 횡재는 노력의 대가가 아니다. 대가가 아닌, 내가 그 자리에 있다는 존재의 위치만으로 누릴 수 있는 복. 그것이 횡재다. 가끔 그런 횡재를 맛보고 싶을 때 대적골에 가서, 슬래그를 주워 집안 어딘가 살포시 놓아두면 된다. 1500년 세월이 내 방에 들어온다.

장수 사람들은 '1500년 전 가야 중심지로서 영화를 누렸다'라는 자부심으로 살아가고 있었다. 과거의 영광을 그리워하고 그처럼 위대했던 시기를 살지 못하는 현재의 안타까움과 자조만은 아니다. 무진장으로 불리며 오지 취급 받던 시절의 낮은 자존감은 사라졌다. 사과와 한우에 밀려 이곳에 가야가 있었음을 잊었던 시절도 지났다.

이곳에서 발견된 봉수유적들은 당시의 정보통신 현장이고, 대적골 등 70여 개소에 이르는 제철유적들은 그 당시의 산업경제 현장이다. 깊은 산에서 쇠를 녹여 무기를 만들고, 발에 편자를 한 말을 타고 무사는 진안고원을 거침없이 달렸을 것이다. 지금 장수 사람들은 자신들의 고향이 고대시대 산업경제의 중심이었다고 믿는다.

가야사 복원에 올인하는 곳, 장수. 사람들이 장수를 '가야 문화가 꽃피운 고대 산업경제의 중심지'로 인식할 때까지 장수의 노력은 계속

될 것이다. 장수의 분투를 열렬히 응원한다. 깊어가는 가을이면, 대곡 지를 흐르던 정신의 죽비와 같은 장수의 물소리가 부쩍 그리워진다.

9. 순천, 일본의 '임나'는 없다

　　순한 내가 있는 곳이라는 뜻의 순천. 예부터 산세가 좋은 조계산이 있어 고찰 송광사와 선암사만으로 순천은 가볼 만한 곳이었다. 최근에는 여수반도와 고흥반도가 만나는 곳에 갈대와 갯벌이 끝이 보이지 않을 만큼 뻗어 있는 순천만이 한국인들이 가장 사랑하는 장소로 꼽혔다. 인도의 시인 라빈드라나트 타고르^{Rabindranath Tagore}는 '어리석은 사람은 서두르고, 영리한 사람은 기다리고, 현명한 사람은 정원으로 간다'라고 했다. 세계적 정원 디자이너 찰스 쟁스^{Charles Jenckes}가 디자인한 순천만 정원도 현자가 되어 가볼 만해, 순천은 사시사철 관광객들로 북적이는 도시가 되었다. 가을의 순천은, 순천문학관에서 순천만까지 갈대가 훌쩍 키를 넘어 자라 있었다.

　순천은 〈무진기행〉의 소설가 김승옥과 〈오세암〉의 동화작가 정채봉의 고향이다. 김승옥과 정채봉은 순천에서 자랐으니, 그들의 작가로서의 감수성은 이곳에서 성장했다. 김승옥이 1964년 〈사상계〉에 발표한 단편소설 〈무진기행〉은 새로운 시대의 '감수성 혁명'으로 극찬받았다. 그는 한국 문학사 불멸의 천재로 불렸고, 최연소 동인문학상 수상자였다. 정채봉은 '동심이 세상을 구원한다'라고 믿고, 어릴 적 어머니를 그리는 마음을 담아 〈오세암〉을 썼다. 두 사람을 기억하는 순천문학관이 순천만 근처에 있다.

좋아할 거리가 지천으로 널린 순천에 또 하나 사랑할 거리가 생겼다. 순천에 남아 있는 후기 가야의 흔적이 바로 그것이다. 5세기 후기 가야는 지리산을 넘어 순천까지 세력을 확장했다는 증거가 나오기 시작했다. 순천의 운평리 고분이 대표적이다. 가야계 무덤이 나오고, 가야 스타일 토기가 나왔다.

순천, 후기 가야의 인디언 서머

순천의 가야는 '인디언 서머Indian Summer'처럼 짧고 굵은 시간이었다. 순천의 가야는 5세기에서 6세기까지 채 100여 년이 되지 않은 시간이었다. 이 시기를 제외한 대다수 시간은 마한과 백제 문화권에 속했다. 북아메리카에서는 늦가을에서 겨울 넘어가기 직전 일주일에서 이주일 동안 여름이 되돌아온 듯 따뜻한 날씨가 잠깐 계속된다. 이 기간이 바로 인디언 서머인데, 북아메리카 사람들은 절망 가운데도 짧지만 뜻하지 않은 희망이 온다 해서 이때를 기다렸다. 대가야는 전열을 정비해 5세기에서 6세기 남원, 하동, 순천까지 영향을 확대한다. 그러나 백제가 안정기에 들어가는 6세기가 되면 이곳에서도 영향력을 잃게 되니, 가야에게는 인디언 서머와 같은 시간이다. 이 시간을 지나면서 가야는 백제와 신라의 압박을 견디지 못하고 소멸한다.

순천에서 발견된 토기, 철기 등 유물들은 순천대학교 박물관에 전시되어 있다. 호남 동부의 가야는 아직 박물관 인프라가 충분히 구비되어 있지 못하다. 남원, 장수, 순천 그 어느 곳에도 공립박물관이 없었다. 김해와 고령, 함안, 고성 등 경상도 지역의, 군 단위까지 지방자치단체가 운영하는 공립박물관이 잘 갖춰져 있는 것과 대비를 이룬다. 그 지역의 특색을 알 수 있는 박물관을 만나는 것은 여행의 또다른 즐거움인데 아직 전라도 지방은 가야 할 길이 멀다.

순천은 그나마 국립대학교가 있어 대학박물관이 공립박물관의 기능을 보완하고 있었다. 순천대 박물관은 대학 건물의 2층에 입지해 있었다. 을사보호조약에 항거해 자결한 유학자 매천 황현의 유물이 꽤 볼 만한 박물관이다. 전시실에는 순천 운평리 고분에서 발견된 가야 스타일 토기와 금속제 장신구들이 잘 전시되어 있었다. 원통형 그릇받침과 그 위에 올려진 긴목 항아리 세트는 고령의 대가야박물관에서 보았던 토기들과 비슷하다. 물론 대가야 중심인 고령에서 발견된 토기들과 변방인 순천에서 발견된 토기는 규모와 정교함 면에서 많은 차이를 보인다. 왕들의 무덤에서 나온 껴묻거리와 지방 유력자의 무덤에서 나온 껴묻거리가 그 어찌 같을 수 있겠는가. 고령에서 본 토기들은 보는 사람을 압도하지만, 순천의 토기들은 만만할 정도로 크지 않다. 그러나 아담한 크기의 투박하고 순박한 품새가 친근감을 자아낸다.

운평리, 수풀만 우거지다

　　　　순천대 박물관에서 나와 운평리 고분을 찾아 나섰다. 순천대 박물관에서 차로 20여 분 거리에 가야 무덤이 나온 운평마을이 있다. 운평마을 뒤로 해발 95미터 낮은 야산이 펼쳐져 있는데 2005년 처음 가야 무덤이 발견된 곳이다. '순천에도 가야가 있었다'라는 역사를 알게 해준 의미 있는 발굴이었다.

　　운평마을 입구에서 운평리 고분까지는 시골길이다. 그 길 끝까지 걸었더니 과수원이 나타났다. 마을 뒷산을 올라가야 하는데 수풀이 장성하게 우거져 있었다. 수풀을 헤치고 길을 내면서 무덤을 찾을 수밖에 없었다. 곳곳에 청동기 시대의 고인돌이 보이는 것을 보니, 이 지역은 예부터 무덤으로 조성되어오지 않았나 싶다. 운평리 고분은 전남 동부에서 유일하게 고총이 있는 가야계 고분이다. 5세기 말에서

대나무숲을 흔드는 옛 목소리

6세기 전반의 어느 시기로 추정된다.

　운평리 고분의 흔적은 찾기가 어려웠다. 야산 이곳저곳을 두리번거리며 봉분을 찾았지만 내가 생각하는 통상의 봉분은 그 어디에도 없었다. 운평리 고분을 안내하는 그 흔한 표지판 하나 보이지 않았다. 명백한 홀대다. 다행히 가야사를 전공하는 학예연구사와 동행한지라 그의 덕분으로 무덤이 있던 곳을 지목할 수 있었다.

　무덤 자리에 대나무가 무성했다. 헛걸음하지 않아 다행이다. 공원처럼 봉분이 조성되고 표지판이나 이정표가 있었으면 얼마나 좋을까. 가야계 고분을 무심히 방치한 자치단체의 무관심에 은근히 화가 났다. 관광객이 넘쳐나는 도시이니, 굳이 품 많이 드는 가야 고분 조성에 에너지를 쏟을 이유가 없다는 것인가.

　지방자치단체가 관심을 갖지 않아도 이곳 운평리는 가야와 왜의 관계를 밝힐 수 있는 중요한 유적이다. 순천은 6세기 백제가 조공을 바쳐 임나4현을 요청하니 왜가 이를 허락했다는 문제의 '임나4현'으로 거론되는 곳이다. 《일본서기》의 기록이 맞다면 상다리, 하다리, 사타, 모루의 4현이 왜의 땅이었다는 얘기다. 상다리와 하다리는 여수, 모루는 광양으로 비정되고 사타가 바로 순천이었을 것이라고 많은 학자들이 추정하고 있다. 임나4현은 왜의 한반도 남부 경영설을 뒷받침하는 소재이자 임나일본부설의 근거로 내세우는 지역들이다. 만약 지금의 순천을 포함한 임나4현 지역이 왜에 속해 있었다면, 운평리 고분에서는 왜계 유물이 발견되어야 한다. 학예연구사는 운평리 고분이 갖는 의미를 신이 나서 설명했다.

"운평리 고분에서는 왜계 유물이 나오지 않았어요. 이곳 운평리 유적은 일본의 임나일본부를 반박할 수 있는 중요 자료예요."

실제 운평리 고분에서는 백제계, 왜계 유물 대신 대가야계 유물만 나왔다. 원래 일본 땅이었는데 백제에게 할양했다는 《일본서기》의 기록이 거짓이라는 증거다. 그런 측면에서 순천은 당시 가야와 왜의 관계를 설명할 수 있는 중요한 시금석이다.

뿌리 깊은 나무 박물관, 가야 문화의 뿌리가 되다

순천의 명소에는 조선시대의 읍성이 고스란히 보존되어 있는 낙안읍성도 빠지지 않는다. 가을 낙안읍성은 고요했다. 해가 저물어 노을이 지고 있었다. 청록파 시인 박목월의 '나그네'라는 시가 떠올랐다. '술 익는 마을마다 타는 저녁놀'이란 구절인데 내가 바라보는 낙안읍성의 풍경에 딱 들어맞아 보였다. 어디선가 술이 익어가고 낙안읍성 어느 곳에 구름에 달 가듯이 가는 나그네가 있을 것 같았다. 2002년 공무원이 되어 동료들과 방문한 게 마지막이었으니, 어언 17년이라는 긴 시간이 흘렀다. 변한 게 있다면 낙안읍성 입구에 '뿌리 깊은 나무 박물관'이라는 작은 박물관이 생겼다는 것이다. 뜻밖의 횡재 느낌이었다.

이 박물관은 〈뿌리 깊은 나무〉의 출판인 고 한창기가 소유한 소장품들로 만들어졌다. 한창기는 〈뿌리 깊은 나무〉, 〈샘이 깊은 물〉 등 우리의 전통문화를 옹호하고 한글쓰기 등 잡지의 변신을 추구했던 출판인이다. 순천중학교 시절부터 단파라디오로 영어를 배워 실력을 쌓은 그는 대학 시절 대통령배 영어 웅변대회에 나가 일등상을 받았다. 박물관에서 대학생 한창기가 이승만 전 대통령을 만나는 사진을 보았는데, 아마 영어 웅변대회에서 일등상 받고 경무대에 초청받았던 듯하다. 동시대 한국인 중 영어회화를 가장 잘하면서 한글 사랑이 깊었던 그가 한창기다. 그는 한때 브리태니커 백과사전의 한국지사를 설립해 현대적 세일즈 기법을 동원하고 마케팅을 시도한 전설적 세일즈맨으로 불렸다. 여기서 번 돈을 〈뿌리 깊은 나무〉 등 전통문화를 지키는 잡지를 만드는 데 아끼지 않았다.

한창기의 우리 문화에 대한 애정이 문화재 수집으로도 이어졌다는 것은 이곳 박물관에서 처음 알았다. 그가 모은 우리 문화재가 무려 6500점이다. 박물관에서 만난 순천시 공무원에게 이곳 낙안읍성 옆에 박물관이 들어선 이유를 물었다. 박물관 준비 때부터 이 일을 했다는 그녀는 "한창기 선생이 낙안읍성을 좋아했다고 해요. 평소 낙안읍장이 소원이라는 이야기를 많이 하셨대요. 순천중학교 시절 이곳은 소풍 다니며 뛰어놀던 곳이었어요"라며 선생이 좋아했던 곳이 이곳 낙안이라 여기에 박물관을 짓게 되었다고 설명했다.

박물관 앞에는 한옥 한 채가 자리하고 있다. 영화 〈서편제〉에서 흰 두루마기를 걸친 노인이 거문고를 탔던 집이 나오는데, 바로 그 집이다. 원래 구례의 단소 명인 백경 김무규의 고택 수오당인데, 옛것을 좋아한 한창기 선생의 뜻을 기려 이곳에 오게 되었다. 수오당 옆에는 한창기 선생이 모은 동자석, 문인석, 무인석 등 돌 문화재가 열을 지어

서 있는 석물공원이 있다. 마침 부슬부슬 비 내리는 아침이라 돌들이 물기를 촉촉이 머금고 있어 운치 있었다. 그의 '순박하면서 고급진' 뜻을 기억하는 박물관은 소박하고 아담했다. 박물관에는 도자기, 토기, 칠기 목가구, 민화 등 우리 공예품들이 많았다. 출판인답게 《춘향전》, 《심청전》 등 한글소설들 자료 또한 탐낼 만했다. 우리 것의 낡음과 투박한 것에서 새로운 문화적 가치를 발견하려 했던 고인의 뜻이 고스란히 남아 있었다. 보잘것없고 천대받던 것들이 문화적 가치를 인정받고 조상의 뜻을 새기는 계기가 되기를, 진정으로 원했던 그다.

그 사이에 가야의 문화재들도 있었다. 가야 양식의 오리 모양 토기와 굽다리접시를 보았다. 두 귀 달린 짧은목 항아리, 삼각형 투창이 표현된 6단의 그릇받침도 보았다. 어디에서 출토되었는지 알 수 없는 것들이다. 다른 지역에서 보았던 토기들과 유사했다. 그런 가운데 처음 본 토기가 단박에 시선을 끌었다. 새 모양의 토기 뚜껑이다.

우리의 근대에 간송 전형필이 있다면, 우리의 현대에는 한창기가 있다. 전시실의 카피가 말하듯, 한창기는 '흉내 낼 수 없는 사람'이다. 뿌리 깊은 나무 박물관이 있어서 순천은 더욱 그리운 곳이 될 것 같다.

운평리의 가야 사람들

순천에 가야가 머문 시간은 오래지 않았다. 가야는 인디언 서머와 같은 시간을 보내며 앞날을 대비해야 했다. 오늘의 적이 내일의 아군이 되고, 오늘의 아군이 내일의 적이 되는 변화무쌍한 시대였다. 중앙집권체제를 정비하고 성장해가는 고구려, 백제, 신라 강대국과 겨누기에 느슨한 연맹체의 가야는 역부족이었다. 대변동의 시기, 신속하면서 유연하게 대응할 수 있는 강력한 리더십과 위기관리 능력이 가야에는 없었다. 강대국 틈에 끼여 생존을 위해 몸부림쳤을 6세기 가야. 백성들은 동원되어 고단한 시간을 보냈다. 이곳 순천에서, 시대와 역사에 흔들렸을 운평리의 가야 사람들을 추모했다.

가볼 만한 곳이 지천에 깔린 순천. 순천대 박물관, 운평마을, 낙안읍성의 뿌리 깊은 나무 박물관까지 가야의 문화유산들도 늘어나고 있다. 게다가 얇게 두드려서 부드럽기가 서울의 유명 돈가스집과 비교할 수 없는 송치재의 송치마을 돈가스도 빼놓을 수 없다. 순천을 좋아하지 않고는 배겨날 수가 없는 이유다. 순천을 제법 가보았지만 가야가 머물렀던 풍경이 여전히 삼삼하다.

2부

가야 박물관을 찾아서

국립중앙박물관 열린마당, 사진, 2019

유물아, 유물아
꼭꼭 숨어라
...
찾았다.

1. 국립중앙박물관
28년 만에 만난 가야 특별전

과거와 현재가 소통하고 역사와 문화가 깃든 특별한 공간 박물관. 서울에서 가야를 떠올릴 때 쉽게 가볼 수 있는 곳으로 용산 국립중앙박물관이 있다. 인터넷으로 무엇이든지 알아낼 수 있는 시대에, 박물관까지 직접 가서 유물을 본다는 것은 불편하고 비효율적인 일처럼 느껴질 수 있다. 그러나 어떤 이유를 만들어서라도 우리는 박물관에 가야 한다. 유물의 기운과 아우라를 직접 보고 느끼는 기쁨을 결코 포기할 수 없어서다.

국립중앙박물관은 4호선 이촌역에서 내려 지하도를 통해 쉽게 진입할 수 있다. 풍경이 거울처럼 비친다는 연못 '거울못'을 지나 중앙박물관의 자랑, 광활한 광장에 다다른다. 이곳은 유난히 넓어 아이들이 마구 뛰어놀아도 되는 여유를 제공할 뿐 아니라, 네모로 뻥 뚫려 있는 보이드^{Void} 공간 사이로 남산타워가 우뚝 서 있는 모습이 압권이다. 이곳에서 사진을 찍으면 드넓은 광장, 남산, 뛰노는 아이들이 보이드와 어우러져 한 폭의 풍경화와 같은 사진액자가 완성된다.

우리나라 최초의 박물관은 조선시대 창경궁에 있었던 황실이 주도한 제실^{帝室}박물관이었다. 강제병합 이후에는 이왕가 박물관으로 격하되었다. 1912년 일본 고미술상에게 2,600원이라는 거금을 지불하고 사들여 우리 차지가 된 국보 금동반가사유상은 이왕가 박물관의 공이다. 일제강점기 경복궁 내에 조선총독부 박물관이 있었으나 해방 이후 그 자리에 국립중앙박물관이 개관했다. 한국전쟁 이후 여러 곳을 전전하다 1986년 옛 조선총독부 건물이던 광화문 중앙청 자리로 이전했다. 그러나 식민지 시대를 상징하는 건물에 우리 문화재를 전시한다는 것이 마땅치 않다는 비판은 늘 있었다. 그러다 김영삼 대통령 시절 친일잔재를 청산한다는 뜻으로 조선총독부가 있었던 중앙청을 폭파했다. 8년 더부살이를 하다 마침 2005년 용산 미군 헬기장이 철수한 자리에 지금의 국립중앙박물관이 들어서면서 용산박물관 시대를 열었다. 유물을 품고 근 100여 년 이리저리 옮겨다닌 끝에 비로소 둥지를 틀었다. 국가를 대표하는 박물관으로서의 위용과 품격을 갖춘 후 이제 기껏 15년이 지났다. 국립박물관의 역사도 우리의 현대사만큼 감개무량하다.

박물관은 공부하는 곳이 아니라 놀이터

국립중앙박물관은 공간과 전시유물 규모에서 한국 최대의 박물관이다. 우리 역사의 전반을 보고 싶으면 박물관 광장 오른편의 상설전시관에 가면 된다. 1층 오른쪽에 신사시대, 고조선시대, 삼한시대, 고구려·백제·신라·가야시대가 펼쳐진다. 가야는 107실이다. 107실에는 구지봉 신화에서 시작된 가야의 역사를 철기, 토기, 금속공예 등으로 잘 보여주고 있다. 이곳의 강점은 당시의 고구려, 백제, 신라의 유물과 비교해서 가야를 이해할 수 있다는 것이다. 깜짝 놀랐다. 가야의 덩이쇠가 그리 큰지를 이곳에 와서 알았다. 신라, 백제에서도 덩이쇠가 나왔는데 그 크기는 가야의 덩이쇠 절반에도 미치지 않았다.

세계 어느 박물관도 이곳처럼 자국의 역사를 시대순으로 잘 보여주는 곳이 없다. 독보적이다. 시대사적으로도 훌륭한 전시지만, 2층의 서화관, 3층의 조각관과 공예관 등 분야별 전시를 1층의 시대사와 연계해서 본다면, 이 땅의 역사와 문화를 다양한 차원에서 즐길 수 있다.

그러나 가끔 목적을 가진 탐사는 팽팽한 긴장감을 수반해 엄청난 피곤이 남는데, 오죽하면 박물관 헤데이크Headache란 용어가 있을 정도다. 뭔가 놓치면 안 된다는 강박관념과 스트레스에서 오는 두통이다. 그럴 때일랑 이곳 박물관 로비로 달려가자. 바람에 마모되지 않고 시간을 견디는 국보 고려경천사지 10층 석탑이 우뚝 서 있다. 전시를 둘러보다 지쳤을 때 나와서 보는 탑은 선물과도 같아서 1시간을 천천히 봐도 지겹지 않을 것이다. 탑의 층마다 색다른 이야기가 펼쳐진다. 유물이 뿜어내는 시간의 향기에 이끌려 박물관을 찾은 이들에게 이 탑은 행복한 놀이터다.

1500년 만의 가야 전성기, 〈가야본성전-칼과 현〉을 말하다

이런 상설 전시 말고도 국립중앙박물관에서는 특별전시가 열린다. 지금껏 국립중앙박물관이 가야를 다룬 특별전을 개최한 것은 단 두 번이다. 1991년 〈신비의 고대왕국 가야 특별전〉과 2019년 〈가야본성-칼과 현〉이다. 1991년 전시는 김해 대성동 고분의 성과가 채 정리되기 전이고, 남원의 월산리 고분 등 전라도 지방의 가야가 덜 알려졌던 때다. 2019년 〈가야본성-칼과 현〉 전시는 1991년 이후 보고된 가야사의 성과가 총정리된다는 점에서 아주 중요한 전시였다. 김해, 고령, 함안, 고성, 전주 등 전국 각지에 있는 가야 유물이 총출동하여 서울 나들이를 나왔다. 이처럼 가야 유물을 한 장소에서 볼 수 있는 축복이 다시 올 수 있을까. 어쩌면 내게 마지막 가야 특별전일지도 모른다는 생각이 들었기에 각별했다.

전시장 입구 암막 커튼을 헤치고 들어가니 어두운 복도가 펼쳐져 있다. 과거로 들어가는 터널 같았다. 그 복도를 걸어 들어가면 왼쪽 벽에서 누군가 타자라도 치는 것처럼 구지가 텍스트가 흘러나온다. 복도 끝에 닿으면, 고령의 지산동 고분에서 나온 토제방울 1점이 스포트라이트를 받고 있다. 어린이 무덤에서 나온 지름 5센티미터짜리 흙으로 구운 방울, 문제적 물건이다. 문제적이라 하는 이유는 현미경으로 보아야 간신히 알아볼 정도의 그림을 두고 여러 논란이 있기 때문이다. 이 방울은 아주 최근에 발견되었는데, 연구자는 '이 작은 방울 안에 구지봉, 거북, 관을 쓴 남자, 춤을 추는 여자, 하늘을 우러러보는 사람, 하늘에서 내려오는 금합 등 구지가의 이야기가 그려져 있다'며 내가야에도 구지봉 신화에 대한 믿음이 있었다고 주장했다. 대가야가 후기 가야 맹주가 되었을 때서야 정견모주 신화가 등장했고, 그 이전에는 이곳까지 금관가야 영향이 미쳐서 구지봉 신화를 신봉하고 있었다는 것이다. 김해의 금관가야 지역 중심으로만 구지봉 신화에 대한 믿음이 있었다는 지금까지의 가야사 설명과는 너무 다른 이야기였으니, 여기저기 반대되는 주장이 나와 이 방울은 논란거리가 되었다.

특히 국립중앙박물관의 가야 특별전에 이 유물이 등장한 데 대해, 학계는 물론 주요 일간지들도 봇물처럼 비판을 쏟아냈다. 대통령의 가야사에 대한 관심 때문에 박물관이 무리수를 두어 설익은 주장의 유물을 전시했다는 취지였다. 역사를 정치 영역으로 불러낸 게 문제라는 취지였다. 다시 전시장을 찾았을 때 그

방울에 그려진 6개의 그림의 세부모양,
고령 지산동 고분 ⓒ대동문화재연구원

©국립중앙박물관

방울은 사라지고 없었다. 전시 중 유물이 교체된, 국립중앙박물관 역사에서 흔치 않은 사건이었다.

　장난감 방울을 지나 전시실로 들어가려는데 생각지도 못한 장면이 펼쳐져 깜짝 놀랐다. 운동장처럼 넓은 전시실 한가운데에 실제 탑이 들어앉아 있었다. 수로왕비릉 전각 안에 있었던 파사석탑이 공간이동을 해왔다. 이 파사석탑은 허황옥이 바다를 건너올 때 싣고 왔다는 그 탑 아닌가. 박물관은 28년 만의 가야 특별전을 위해 석탑을 아예 들고 온 것이다! 석탑 뒤로는 수로왕과 허황옥의 만남을 담은 영상이 흐르고 있었다. 수로왕과 허황옥이 석탑을 사이에 두고 서로를 바라보는 모습은 관람객의 감성을 촉촉하게 적셨다. 석탑을 배에 싣고 먼바다를 건너온 허황옥의 마음이 읽히는 것 같았다. 그녀는 운명의 사랑을 감지하고 바다를 건너기로 결심했다. 파사석탑의 돌에 햇빛이 비칠 때 햇빛 맑은 돌에 묻고 물었을 것이다. 내가 가는 이 길이 맞느냐고.

'생은 선택이 아닌 사명이고 수로는 운명의 내 사람이다'라고 영상 속
허황옥이 외치는 것만 같았다.

가야 특별전의 메시지, 다양성과 공존

　　　　　전시는 분명한 메시지를 가지고 있어야 한다. 이번 가야
특별전의 메시지는 '다양성과 공존'이었다. 단일민족으로 살아온 우리
는 유난히 하나 됨에 대한 욕구가 높다. 흑백논리와 진영논리가 강하
게 작동하는 것도 그러한 욕구가 왜곡되게 표현되어서다. 그러나 어
느 경제학자의 말처럼 "다양성이 능력보다 중요하다Diversity trumps ability"
는 시대다. 다양성이 공존하는 사회일수록 부와 창의성이 증가한다.

우리 역사 중 다양성과 공존을 가장 잘 보여주는 나라가 바로 가야
다. 520년 역사에 존재한 가야는 현대를 사는 우리에게 '다양성과 공
존의 미덕'을 말한다. 그게 바로 가야의 메시지다. 고대 그리스 도시
국가가 아테네, 스파르타, 테베 등으로 전성기를 구가했듯, 가라국, 다
라국, 비사벌국, 가락국, 아라국, 고자국, 대사, 기문 등 우리가 알고 있
는 가야 소국들도 서로 존중하며 한 시대를 날았다.

공존과 다양성의 모습을 잘 드러내는 유물이 가야토기이다. 가야토
기는 특정 유형이 전 지역을 휩쓰는 유행이 아니라, 각 지역의 특성에
맞는 다품종이 존재하는 백가쟁명의 시대를 구가했다. 전시장 전체를
각양각색의 토기가 가득 채우고 있었다.

'구슬이 서 말이라도 꿰어야 보배'라는 말처럼, 같은 유물이라도 전
시기획과 콘셉트에 따라 다양한 콘텐츠로 만들어진다. 이번 가야 특

별전은 수로왕과 허황옥의 혼인을 북방문화와 해양문화의 결합으로 해석하며 유물을 배치하고 있었다. 가락국의 김해만 아래쪽 바닷가, 평민 거주지 유적인 김해 예안리에서 발견된 인골들을 북방문화와 해양문화를 함께 보여주는 것으로 해석했다.

당시의 독특한 풍습이던 편두와 발치의 흔적이 남은 인골이 인상적이었다. 편두는 뼈가 자라고 있는 유아기에 나무, 돌, 천 등을 머리에 둘러서 두개골을 인위적으로 납작하게 누르는 두개골 성형 풍습이다. 발치는 살아 있는 송곳니, 앞니, 어금니 등을 마취도 없이 뽑아내는 행위이다. 성인식과 같은 통과의례거나, 죽은 자를 기리기 위한 복상발치였을 수 있다. 신체의 변형은 극심한 고통을 수반하지만, 이 고통을 견디어냄으로써 사회 구성원이나 성인으로 인정받는 서브컬처_{subculture}다. 독특한 문화 코드와 취향으로, 타인과 다른 자신만의 구별 짓기라는 의견도 있다.

대표적 남방문화적 요소를 갖는 유물로는 고상가옥 상형토기가 꼽혔다. 김해와 창원, 함안 등 가야의 여러 지역에서 나왔던 고상가옥 상형토기는 이 전시에서 남방문화적 요소로 해석되었다. 습한 기운이 올라오는 것을 막기 위해 땅에 나무 기둥을 세우고 그 위에 집을 짓는 것은 동남아시아 등 남방의 더운 지역에서 주로 보이는 가옥구조라는 해석이었다. 가야의 지리적 환경도 고상가옥의 유행에 한몫했다. 낙동강과 바다를 중심으로 촌락이 형성된 가야는 집과 생업의 현장이 멀지 않았다. 이탈리아 베니스 사람들이 곤돌라를 타고 이웃과 왕래했듯이, 가야 사람들은 해안 곳곳에 고상가옥을 세우고 배를 타고 다녔을지도 모른다는 상상을 해본다. 그러한 상상을 가능케 하는 곳이 박물관이다.

철의 제국의 위엄을 보여준 철갑옷의 도열

동아시아 최고의 철기 문화를 자랑하는 가야의 철기 유물을 어떻게 전시했을까, 보기 전부터 궁금했다. 다라국이 있었던 합천의 옥전고분에서 나온 봉황 무늬 고리 모양 큰 칼도 있었다. 철기 장인의 무덤인 김해 퇴래리에서 나온 유물도 보였다.

압권은 철로 만든 갑옷이 전시장 복도 양쪽에 전사가 마치 도열하듯 열 지어 서 있는 모습이었다. 전쟁의 흔적인데 오히려 평화를 향한 염원의 메시지가 읽혔다. 강한 무력으로 만들고자 했던 것은 결국 평화이기 때문이다. 존 레넌의 평화의 노래 〈이매진imagine〉의 한 소절 '죽일 필요도, 죽을 이유도 없고, 종교도 없다고 생각해봐요. 모든 사람이 평화롭게 삶을 살아가는 것을 상상해봐요'를 떠올렸다.

전시는 역사에 대한 무수한 정보가 들어 있는 유물을 통해 가상의 세계를 구축하는 것이다. 그것은 유물끼리 서로 비추고 공명하고 접속하며 새로운 이야기를 만들어내는 행복한 놀이이기도 하다. 가야의 대표적 장례 풍습인 순장의 세계를 구현하고 있는 전시공간도 색달랐다. 무려 고령 지산동 44호분을 옮겨왔다. 죽은 이 옆에 같이 누웠던 순장자들의 방이 재현되었다. 대가야 왕릉전시관이 축소되어 옮겨온 듯한 느낌이었다.

고령 지산동 44호분의 순장곽은 32개에 이른다. 이 순장곽 중 일부를 실제처럼 구현하고 있었다. 각 방에 누워 있던 사람들의 출신은 다양했다. 6호방에는 귀걸이를 한 20에서 30대쯤 보이는 건장한 남성 2명이 묻혀 있었다. 한 남자는 금귀걸이를, 한 사람은 금동귀걸이를 하고 있었다. 금귀걸이 한 사람의 머리맡에 '특별한 물건'이 있었으니, 바로 가운데가 뚫려 있어 막대를 넣고 실을 감아 옷을 만들던 가락바퀴이다. 이 방의 주인공은 가락바퀴와 연관 있는 사람으로 왕의 곁에서 왕의 옷을 짓고 관리하던 코디네이터가 아니었을까. 시종의 방, 마부의 방 등 가상의 세계로 구현되고 있어, 관람객들은 순장묘에 다녀온 듯한 느낌을 받는다.

전시를 둘러싼 논란들

      28년 만에 이루어진 가야 특별전. 가야 문화의 진실과 위상을 알리고 가야사의 복원에 힘을 실어주는 기회가 되었다. 아쉬운 것은 전시를 둘러싼 논쟁이 있었다는 점이다. 가장 뜨거운 논란은《일본서기》의 기록을 인용한 것에 대한 재야사학을 위시한 비판이었다. 전시장 연대표에는 '366년 가야 탁순 백제와 왜의 교류중개', '369년 야마토 왜가 가야를 정벌, 임나일본부 설치', '512년 가라국, 임나4현 백제에 상실', '522년 임나10국 멸망' 등《일본서기》의 기록들도 빼곡

히 적혀 있었다. 이덕일 등의 재야 사학자들은 '국민의 세금으로 만든 전시에 일본 극우파들이 주장하고 있는《일본서기》의 주장을 무방비로 노출하고 있다'라고 비판에 나섰다. 임나일본부설의 전시장이 되었다는 말이다. 369년 야마토 왜가 가야를 정벌, 임나일본부를 설치했다는 것을 무비판적으로 전시에 기록한 것은 매우 안타깝다.

결국 순회 전시로 열린 부산시립박물관 〈가야본성〉 특별전에서는 임나일본부설이 들어 있는 연대표가 삭제되었고《일본서기》에 나오는 지명들인 기문, 대사, 임나4현(상다리·하다리·대사·사타)이 삭제되었다. 강단사학과 재야사학 사이, 가야는 여전히 논쟁 중인 시대임을 알게 하는 사건이었다.

그럼에도 〈가야본성-칼과 현〉전은 1991년 전시와는 격세지감을 느끼게 하기에 충분했다. 우리의 연구와 전시역량이 훌쩍 성장했다. 다양한 전시기법을 사용하여 마치 연극의 한 장면처럼 드라마틱하게 보여주고 있었다. 구지가가 흘러나오는 복도, 수로왕과 허황옥의 만남 사이로 서 있는 파사석탑, 지산동 고분 44호분의 순장묘 구현, 가야 대표적 유물인 갑옷이 양쪽에 도열해 있는 복도의 풍경은 탄성을 불렀다. 잊히지 않는 명장면으로 남을 것 같다. 내게 박물관은 공부하는 곳이 아니라 감동하는 곳이다.

말 탄 무사 모양 뿔잔
(국보, 국립경주박물관)

가야 최고의 토기로 많은 사람이 국보 '말 탄 무사 모양 뿔잔(기마인물형토기)'을 꼽는다. 원래 국립경주박물관에 소장된 이 토기가 28년 만의 가야 특별전을 위해 서울까지 외출을 나왔다. 그 덕에 기마인물형토기를 보게 되는 호사를 누렸다.

말에 올라탄 기마병의 모습을 한 상형토기이다. 나팔 모양의 받침 위에 직사각형의 판을 설치하고, 그 위에 말을 탄 무사를 올려놓았다. 높이는 23.2센티미터, 아담하고 나지막한 이 토기의 출처는 알려지지 않았다. 나팔 모양으로 벌어지는 그릇 받침이 가야의 굽다리접시와 유사해 가야토기로 알려져 있다.

도자기처럼 윤기가 흐르는 것을 보니 솜씨 좋은 장인의 손에서 탄생했음이 틀림없다. 전사, 말, 뿔잔, 그릇받침 등 요소요소가 오밀조밀하게 빚어져 있다. 말 위의 전사는 갑옷을 입고 방패를 들고 있다. 전사의 모자는 고깔처럼 생겼다. 《삼국지 위서 동이전》에서 변한 또는 변진으로 칭한 까닭을 18세기 실학자 정약용은 가야 사람들이 끝이 뾰족한 고깔을 쓰고 다닌 데서 유래한다고 보았다. 가야의 투구 또한 고깔 모양을 닮았다. 칼을 막는 방패가 있었을 터인데 그동안 방패가 유물로 나온 적은 없었다. 실물을 보지 않았어도, 이 토기에 등장하는 방패가 있어 당시 방패의 존재를 알려준 것도 이 토기가 갖는 고고학적 성과다.

가야 사람들에게 말은 중요해 재갈, 발걸이, 안장, 말띠꾸미개, 말방울 등 말갖춤새가 발달했다. 기마인물형토기에는 다양한 말갖춤이 모두 등장한다. 말은 투구를 쓰고 함안의 아라가야에서 발견된 것과 같은 말 갑옷을 입고 있다. 말을 탄 전사가 오른쪽, 왼쪽 양발에 걸치고 있는 등자도 눈에 확 띈다. 가야시대 말갖춤

초원을 달리는 토기, 19.5×27cm, 종이에 연필·사진, 2020
말 탄 무사 모양 뿔잔, 5~6세기, 전 김해 덕산리, 9.2×14.7×23.2cm ⓒ국립경주박물관

과 무기를 연구하는 데 귀중한 자료다.

말 엉덩이에 놓인 뿔잔도 시선을 사로잡는다. 한 쌍의 뿔잔을 좌우대칭의 알파벳 U자로 세워놓았다. 복천동 고분에서 나온 말 모양 뿔잔이 연상되기도 한다. 가야에서 뿔잔은 유행일 정도로 시대를 풍미하고 있었다. 마구로 잔뜩 무장한 말을 탄 무사가 뒤에 뿔잔을 달고 있다. 전쟁터에서의 고단한 시간을 뿔잔에 담긴 술 한 잔에 흘려보냈을지도 모르겠다.

기마인물형토기는 신라에서도 만들어졌다. 신라의 기마인물형토기도 국보로 지정되어 있다. 1924년 신라 금령총에서 발견된 신라의 국보 기마인물형토기는 국립중앙박물관이 소장하고 있다. 이 토기는 주인과 하인으로 보이는 인물이 각각 말을 타고 있다. 나팔처럼 퍼지는 그릇받침은 없지만 말 탄 사람의 옷과 말갖춤이 사실적으로 표현되어 있다.

가야토기의 인물이 전장을 달리는 날렵하고 늠름한 기마병의 모습이라면, 신라토기의 인물은 마치 노새를 타고 돌아가는 돈키호테 같다. 전장의 치열함보다 삶의 희로애락이 묻어나온다. 말은 작고 갑옷을 입지는 않았지만, 안장과 재갈, 등자, 말방울 등 말갖춤새는 다 구비했다. 주인은 고깔 모양 모자를 쓰고 집으로 돌아가고, 그 앞에 방울을 손에 쥐고 있는 하인은 마치 주인의 하늘길을 안내하고 있는 것 같다. 말 등에는 깔때기처럼 생긴 구멍이 있어 액체를 넣고, 말 가슴에는 대롱이 있어 액체를 따를 수 있다. 가야토기와 신라토기는 그 나름의 특색이 있고 맛이 있다.

국보인 가야의 말 탄 무사 모양 뿔잔은 의사이자 문화재 수집가였던 고 이양선 박사가 경주박물관에 기증한 것이다. 그는 '문화재는 개인의 것이 아니고 민족의 문화유산'이라는 소신을 지녔다. 이 토기를 보면, 한 인간의 선한 영향력이 후세에게 얼마나 많은 정신적 풍요를 선물하는지 알 수 있다. 고마움이 절로 나온다.

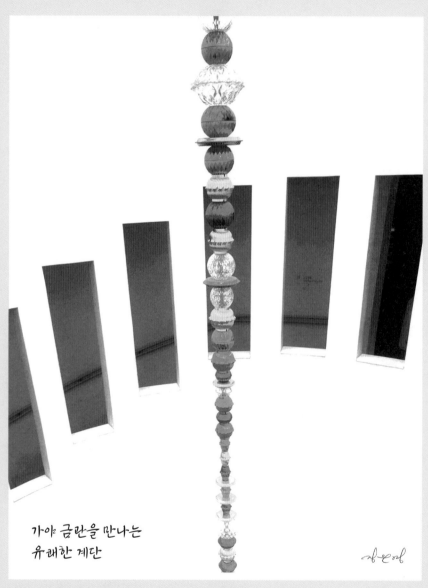

가야 금관을 만나는
유래한 계단

리움미술관 원형 계단, 사진, 2019

2. 리움미술관
이건희 컬렉션의 산실에서
가야 최고의 금관을 만나다

우리나라는 금관의 나라다. 전 세계 남아 있는 금관이 100
여 개인데 그중 우리나라에 10개가 있다. 신라가 7개나 갖고 있고 가
야 것이 두 점이다. 1500년이 지나도 바래지 않고 영롱한 황금빛 가야
금관을 보고 싶다면 어디로 가야 할까. 삼성문화재단이 운영하는 서
울 한남동의 '리움미술관'을 찾을 일이다. 창업주 호암 이병철이 수집
한 미술품, 국보 가야 금관이 리움미술관에 전시돼 있기 때문이다.

나머지 한 점은 어디에 있을까. 안타깝지만 우리나라에선 볼 수 없
다. 창녕에서 나온 금관인데 대구에 있던 일본인 수집가 오쿠라 다케
노스케가 일본에 가져가 국립도쿄박물관에 소장돼 있다. 리움미술관
의 가야 금관이 더욱 애틋한 이유다.

리움의 소장품은 한국미술만 해도 국보와 보물로 지정된 백자와 청

자, 김홍도의 그림 등 보아야 할 작품이 지천이다. 어디 그뿐이랴. 세계적 작가의 작품도 많다. 그러나 우리가 볼 것은 오늘 정선의 〈인왕제색도〉도 아니고, 청사진사연화문표형주자도 아니고, 미국의 추상표현주의 작가 마크 로스코Mark Rothko와 극한의 조각가 알베르토 자코메티Alberto Giacometti의 서양미술 컬렉션도 아니다. 오로지 가야 최고의 화려함을 뽐내는 가야 금관, 그것을 보는 것으로 족하다.

이 가야 금관이 세상에 첫선을 보이던 날은 사연이 있다. 1971년 4월 당시 덕수궁에 있었던 국립중앙박물관은 〈호암 수집 한국미술 특별전〉을 2개월 동안 열었다. 당시 수집가로서의 간송 전형필은 유명했지만, 호암 이병철은 알려지지 않았을 때다. 그런데 이 전시가 열리면서 호암 이병철의 엄청난 소장력이 세상에 드러났다. 예사롭지 않은 보물들의 향연이었다. 그 가운데서 호암이 가장 아끼는 작품으로 알려진 것이 이 가야 금관이다. 우연한 기회에 국립중앙박물관 도서관에서 그 전시 도록을 보게 되었는데 놀랍게도 가야 금관이 도록의 표지를 장식하고 있었다. 가야 금관의 데뷔전은 그토록 화려했다. 이 금관을 보는 것만으로도 리움미술관을 방문할 이유는 충분하다.

호암 이병철의 수집품은 내 청춘을 물들였다. 서울에 리움미술관이 생기기 전, 용인 호암미술관 시절이 있었다. 90년대 한국미술 전시가 많지 않던 시대, 호암미술관은 그 문화에 대한 갈증을 풀어주는 좋은 통로였다. 한국회화전, 한국도자전 등 우리 문화에 대한 우수한 전시가 종종 열렸다. 일찍이 이병철 회장이 수집한 한국 미술품들로 호암미술관의 소장품이 화려했던 덕이다. 용인의 호암미술관을 가는 날이면 기대와 설렘으로 마음이 부풀었지만, 왕복 4시간 버스를 타야 하는

장거리 여행을 다녀와 기진맥진
했던 기억이 또렷하다. 지금은 서
울 시내 한복판에 리움미술관이
생겨, 그곳의 빛나는 소장품들을
천천히, 자주 보는 것이 가능해졌
으니 얼마나 세상이 좋아졌는가.
로이 리히텐슈타인^{Roy Lichtenstein}의
〈행복한 눈물〉을 삼성의 비자금
으로 사들인 등등이 밝혀지면서
리움 시대에도 명암은 있었지만.

호암컬렉션 최초 공개 도록(1971)의
표지를 장식한 가야 금관

그곳에 가면 국보를 만난다

리움미술관은 이태원 골목을 걷다가 만날 수 있다. 한국
의 고미술을 전시하는 뮤지엄1관과 현대미술을 소개하는 뮤지엄2관
으로 구성되어 있다. 마리오 보타^{Mario Botta}, 장 누벨^{Jean Nouvel}, 렘 쿨하스
^{Remment Koolhaas} 세 명의 세계적 건축가가 건물을 설계한 것으로 유명하
다. 우리나라 최고 기업의 문화적, 정신적 수준을 가늠하는 최고의 품
격과 예술성을 표현하려는 노력이다. 리움미술관의 장점은 뛰어난 고
미술관과 이름난 해외미술관이 함께하는 곳이라는 데 있다.

로비에 도착하면 뮤지엄1관과 뮤지엄2관으로 입장하는 통로가 양
쪽에 있다. 가야 금관을 보기 위해서는 뮤지엄1관으로 올라가야 한다.

전시장 티켓과 함께 오디오 가이드를 대여하여 활용하는 것도 리움미술관을 슬기롭게 이용하는 방법이다. 미술관은 '보는 곳'이자 '듣는 곳'이기도 하다. 이 오디오 가이드는 작품 앞에 서면 설명이 자동으로 흘러나오는 방식이다. 설명을 따라 듣다 보면 작품에 대한 이해도 높일뿐더러, 지루하지 않게 3시간을 후딱 보낼 수 있다. 작품 뒷면과 바닥까지 입체로 볼 수 있는 화면을 제공한다는 것도 유용하다. 우리는 늘 작품의 앞모습만 보아오지 않았던가. 오디오 가이드는 완소아이템이 될 것이다. 어떤 사람이 내 귀에 대고 그렇게 상세히 설명해준다면 그 어찌 고맙지 않겠는가.

교과서나 도록에서만 보아왔던, 많은 국보급 소장품을 사진 찍어 간직할 수 있다. 우리나라 국보로 지정된 유물의 10퍼센트가 리움미술관 소장이다. 고미술은 4층 청자, 3층 분청사기, 2층 고서화, 1층 불교미술과 금속공예 전시실로 구성되어 있고, 4층에서부터 한 층씩 계단을 내려오면서 관람하는 동선으로 구성되어 있다. 모든 층을 다 보는 것도 좋지만, 관심이 있는 층을 집중적으로 보는 것도 괜찮다. 한 번이 아니라 여러 번에 거쳐 나눠보기 방식이다. 4층은 국보와 보물 천지다. 3층에는 호랑이의 눈빛과 털이 생생한 김홍도의 〈송하맹호도〉가 있다.

뮤지엄1관에서 가야 금관을 보려면 불교미술과 금속공예 전시실에 가야 한다. 리움미술관에서 가장 즐거운 공간이 4층에서부터 각 층의 전시실을 내려올 때 만나는 하얀색 원형계단이다. 천장 유리를 통해 미술관 안으로 빛이 쏟아져 들어오는데, 마치 바닷물이 밀물에 갯벌까지 차오르듯, 원형계단을 비추는 빛은 바닥까지 철렁철렁 차오르고 있다. 이 원형계단의 빛과 함께 태양계와 각 행성들을 형상화한 공중에 매달린 작가 최정화의 작품 '연금술'도 인상적이었다. 현대에서 조선시대로 갔다 고려시대를 지나 가야가 있었던 고대의 어느 시간대로 시간여행을 하는 느낌이었다. 이 원형계단에 서서 인증샷을 남길 때면, 미술관이 단지 '교육'의 공간이 아니라 '놀이터'이자 '유희의 공간'임을 체험하게 된다. 그렇게 원형계단을 뚜벅뚜벅 내려오다 보면, 1층 가야시대의 금관과 토기에 다다른다.

춤추는 황금빛 가야 금관

　　　　리움미술관 고미술관 1층 금속공예관에서 처음 만난 가야 금관. 호암이 출근해서 안부를 물을 정도로 애지중지한 유물이다. 도난을 염려해 오랫동안 일반인들에게 복제품을 전시했다고 한다. 가야 최고의 금관이지만 출토지가 확인되지 않았고 도굴되어 시중에 흘러다닌 것을 소장하게 되었다는 등의 소문만 무성했다. 처음으로 대중에게 선보인 후 바로 국보로 지정된 '전설적인' 가야 금관 앞에 왔다. 자세히 보아야 한다.

　위엄을 보여주듯, 금관을 비추는 조명은 쉽게 다가가기 어려울 정도로 존귀했다. 금관은 왕의 것, 그들의 세상에서 왕은 세상에 유일하게 존재하는 자다. 왕은 빛을 뿜어내는 태양을 숭배했다. 황금은 태양의 빛을 닮았고 왕은 예부터 불멸과 영원함을 상징하는 황금을 좋아했다. 그 흔적이 우리의 금관이며, 이집트의 투탕카멘 황금가면이며,

그리스의 아가멤논 황금마스크이다. 황금을 숭상하는 문화는 이집트에서 한반도까지 동일했다. 기다렸다 들여다보니 형태가 다가왔다. 금관은 머리에 두를 법한 넓은 띠 위에 4개의 풀꽃 장식이 꽂혀 있다. 수없이 많은 이파리가 작은 소리에도 흔들리니, 그 섬세함이 보는 사람의 마음도 설레게 할 정도였다. 한동안 그 앞에서 숨을 죽이며 바라보기만 했다.

45호분에 묻혀 있는 금관일 가능성이 높다. 문헌자료가 없으므로 45호분의 주인공이 누구인지 밝혀지지 않았다. 이 화려한 금관을 쓴이는 알려지지 않았는데 금관은 남아 있다. 권력은 유한하되 예술은 영원한 것인가.

리움미술관에서 가야 금관 말고 눈길을 끄는 가야 유물은 토기다. 배, 신발, 말 장식 뿔잔 등 상형토기를 볼 수 있다. 국립김해박물관, 국립중앙박물관이나 다른 함안박물관에서 익숙히 보아왔던 모양이다. 배 모양 토기는 뱃사공이 낙동강을 건넜을 법한 나룻배였다. 뱃머리 이물은 물살을 잘 거스를 수 있도록 날렵한 날카로운 곡선을 이룬다. 배 내부를 들여다보니 노를 걸칠 수 있는 나무가 세 개 놓여 있는데 '가룡목'이다. 가룡목은 우리나라 전통 배에서 배의 모습이 변형되지 않도록 좌우를 연결한다. 그러한 구조물까지 토기에서 표현해냈으니 그 정교함이란! 무덤에 껴묻거리로 들어갈 것인데도, 마치 한 척의 배를 만드는 양 실물에 가깝게 묘사한 장인의 노력이 감탄할 만하다.

말 장식 뿔잔 토기는 가야토기 특유의 굽다리가 보이고 그 위에는 좌우대칭의 뿔잔을 등에 싣고 있는 말이 등장했다. 이 토기를 만든 장인은 말을 아주 세심하게 관찰하고 토기를 빚었다. 긴 말의 얼굴에 눈은 아주 동그랗고 콧구멍은 벌어져 있다. 그 당시 말을 장식하던 말갖춤도 아주 상세히 표현되어 있다. 입에는 재갈이 물려 있고, 양 볼과 콧등에서 굴레가 씌어 있다. 말의 배에는 진흙이나 물이 튀지 않도록 안장에 달았던 다래가 늘어져 있다. 상형토기를 만든 장인의 디테일에 정성이 배어난다.

신발 모양 토기도 보이는데, 다른 가야토기와 달리 굽이 없다. 장날 시골 장터에서 볼 수 있는 고무신이 연상됐다. 신발의 앞부분 코가 둥그스름하고 두툼하다. 찬찬히 들여다보니 신발 등과 옆에 뚫려 있는 작은 구멍이 눈에 들어왔다. 지금의 운동화 끈과 같이 신발을 자신의 몸에 맞출 수 있게 가죽끈을 연결한 듯하다. 신발 뒤축에는 가죽을 덧대었는데 신발을 신고 벗기 편하게 만드는 장치였으리라.

가야 금관뿐 아니라 리움의 가야토기 컬렉션도 눈이 즐거웠다. 그러나 신기한 가야토기를 본 기억은, 서울 신림동 한적한 골목길에 자리 잡은 호림미술관에서였다. 다양한 유형의 가야토기가 전시돼 있으니, 호림의 토기들을 만나는 기쁨도 누렸으면 좋겠다.

호림미술관은 성보실업의 회장 윤장섭의 수집 유물을 기반으로 운영된다. 리움미술관, 간송미술관과 함께 우리나라 3대 사립미술관으로 불린다. 호림 윤장섭은 1970년대부터 우리 문화재 유출을 막기 위해 당시 백자청와매죽문호를 4천만 원에 사게 되면서 문화재와 인연을 맺은 인물이다. 당시 집 한 채 값이 1백만 원이었으니, 그가 집 40채 값을 들여 산 그 문화재는 지금 국보가 되었다. 그를 한마디로 말하자면 '문화재를 사랑한 개성상인'이다. 그가 문화재에 관심을 두게 된 것은 같은 개성 출신으로《무량수전 배흘림 기둥에 서다》의 저자

혜곡 최순우, 《한국의 불상》의 저자이자 미술사 연구자 진홍섭과 교우하면서였다. "세상 떠나는데 혼자 보자고 욕심낼 수는 없다"라며 배운 대로 실천하며 우리에게 문화재를 남기고 떠났다.

신림동의 호림미술관은 주말에는 전시실을 개관하지 않아서 나 같은 직장인은 주중에 휴가를 내서 보러 가지 않으면 안 된다. 소중한 문화재를 감상하는 것은 엄청난 축복이니, 이에 따르는 대가는 불가피하다. 호림미술관의 컬렉션 중에는 국보가 8점이 있고 보물만 해도 53점이다. 특히 볼 만한 가야토기가 많다. 5세기 가야토기로 추정되는 방패형 토기는 나선화 전 문화재청장이 뽑은 최고의 명품이었다. 그는 "장식성이 절제되고 방형의 단순한 직선의 조화가 현대적 면 분할을 떠오르게 한다"라며 현대적 미감이 뛰어난 작품으로 성찬했다. 또한 큰 항아리에 두 마리 새가 고요하게 앉아 있는 토기가 주는 평화는 사랑하지 않고는 배겨날 수가 없다. 다른 그 어떤 박물관에서도 볼 수 없는 토기 컬렉션을 1층 고고실에서 볼 수 있다.

미술관은 한 번이 아니라, 자주 가는 곳이어야 한다

뮤지엄1관을 집중해서 보고 나오면 '박물관 피로'가 밀려오기에 십상이다. 작품 하나하나를 볼 때마다 머리끝이 쭈뼛 서는 집중을 하면 더 이상 채울 수 없는 멍한 정신 상태가 된다. 그럴 때면 세계적인 조각가 아니시 카푸어Anish Kapoor의 〈큰 나무와 눈〉이 우뚝 서 있는 마당으로 달려가라. 스테인리스 공이 커다란 나무처럼 세상을 비추며 우리를 마주하고 있다.

리움미술관에 있는 가야 금관은 대가야가 가장 강국이었을 때 문화적 영향력이 만든 것이다. 과거의 유물이지만 그것은 마치 은하수에서 반짝이는 별이 몇십만 년 거리의 어둠을 뚫고 보내온 빛과 같다. 매우 가늘기는 하지만 한없이 맑아진 빛을 지금의 우리는 마주한다.

도서관에 있는 책을 하루에 다 읽겠다고 덤비는 사람은 없을 것이다. 그러나 가끔 우리는 미술관에 있는 작품을 한 번에 다 보거나, 단박에 다 이해하려는 헛된 욕심을 부릴 때가 있다. 박물관을 모두 다 보겠다는 욕심을 내려놓고, 수시로 찾아보겠다 마음먹고 실행할 수 있다면 우리의 삶은 문화와 예술로 풍요로워질 것이다.

최근 삼성가가 2대에 걸쳐 수집한 작품 2만 3천 점을 국가에 기증했다. 저명한 전문가는 "우리 문화예술사에 기록될 역사적 사건"이라 평하기도 한다. 대중의 관심도 뜨거워 컬렉션 기증품 특별전의 관람 예약조차 '하늘의 별 따기'라 불릴 정도다. 미술에 대한 사회적 관심을 한 차원 높인 것 같아 가슴이 뜨거워진다. 그러나 이번 기증품만큼 빼어난, 어쩌면 더 좋은 컬렉션이 리움미술관에는 많다. 이제 리움에 가기 위해 더욱 부지런해졌으면 좋겠다.

리움미술관에 있는 가야 금관은 우리가 볼 수 있는 520년 가야 문화의 절정이자 정수다. 부디 한 번 간 것으로 만족하지 말고 자주 갔으면 좋겠다. 갈 때마다 다른 가야가 다가올 것이다. 게다가 그곳은 고미술과 세계미술이 동시대에서 함께하는 최고의 미술관, 리움이지 않은가.

고령 출토 금관
(국보, 리움미술관)

색을 살피니, 노란 황금빛이 아침 풀꽃에 맺힌 이슬처럼 영롱하다. 형태를 보니, 머리에 두르는 넓은 띠 위에 4개의 풀꽃 모양 장식이 꽂혀 있다. 금관에 나부끼는 듯한 이파리 모양의 부속금구가 살랑살랑 흔들리는 모습에 마음이 설렌다. 금관 테에는 곡옥 8개가 달려 있는데 연둣빛 색감이 초원의 빛깔을 닮았다. 이 금관에 붙어 있던 부속금구들도 참으로 화려하다. 부속금구가 모두 금관에 붙어 있었다면 지금 우리 눈에 보이는 것보다 훨씬 화려한 형태였으리라.

이 금관은 후기 가야의 세력자였던 대가야가 가장 강성했을 때 제작된 것이리라. 최근 이 금관이 고령 지산동 고분 45호분에서 나왔다는 주장이 한 방송사 인터뷰에서 나왔다. 45호분은 가야 고분 중 두 번째로 많은 12명의 순장자가 묻힌 왕이나 왕비급 무덤이다. 도굴꾼이 흘리고 간 듯한 금장식 2점이 남아 있는데, 이것들이 이 리움미술관에서 나온 금관의 부속금구와 같다는 주장이다. 그럴싸한 이야기다.

황금은 모든 시대 모든 나라를 막론하고 가장 보편적인 귀중품이었다. 희소하기도 하지만 무엇보다 구리, 철 등 다른 금속과 달리 부식되지 않는다. 금은 동서고금을 막론하고 불멸을 상징했다. 인간은 영원한 권력을 바라는 자리에서 늘 금을 동원했다. 금은 태양의 빛깔을 닮았다. 그래서인지 왕들은 태양을 숭배했다.

우리나라는 '금관의 나라'였다. 특히 신라 금관총이나 서봉총에서 나온 화려한 금관은 그 기술적, 장식적 아름다움에 압도당한다. 가야 금동관은 신라 금관과 비교하면 화려함이 덜하지만, 신비롭고 지체 높은 아름다움은 매한가지다. 금관은 가볍고 약해 보인다. 역사학자 김병모는 《신라 금관 읽기》에서 금관은

고령 출토 금관, 높이 11.5cm ⓒ리움미술관

머리에 직접 쓰기보다 무덤에서 죽은 자를 장식하는 위세품일 가능성에 무게를 두고 있다.

가야의 이 금관은 불멸을 향한 가야인들의 고민과 염원의 결과물이다. 유한적 인간으로 태어난 왕이 그 한계를 넘으려는 노력 끝에 금관을 만들었다. 금관이 애틋하게 느껴지는 이유다.

가야의 색
애쉬 그레이를
만났다

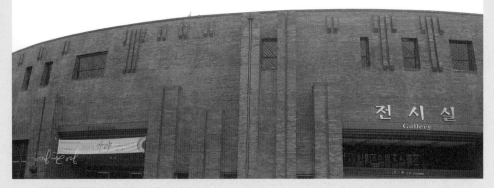

국립김해박물관의 검은벽돌 외관, 사진, 2019

3. 국립김해박물관
가야 문화의 종합선물세트

어렸을 때 어린이날이 좋았던 이유는 오로지 단맛, 달콤한 맛, 새콤달콤한 맛 다 들어 있는 '과자 종합선물세트' 때문이었다. 선물세트 안에 들어 있는 모든 맛의 과자가 다 좋았던 건 아니지만, 그 선물을 받을 때면 세상을 다 가진 듯 행복했다. 왜 그랬을까. 아직 세상을 몰랐던 내게 모든 궁극의 맛을 다 넣어준 어른들의 친절함과 상냥함 때문 아니었을까.

가야 문화유산에 대해 지금껏 밝혀진 세계, 그 알아야 할 세계의 극한을 보여주는 곳이라면 단연 국립김해박물관을 꼽을 수밖에 없다. 어렸을 적 내 과자 세상의 전부를 구현했던 것이 '과자 종합선물세트'라면, 가야에 관한 세상의 처음과 끝을 다 보여주는 가야 선물세트는 '국립김해박물관'이다. 김해가 성지라면 구지봉은 성소이며 국립김해박물관은 판테온이다.

국립김해박물관은 가야와 관련된 모든 것을 수집하고 보존하고 전시하는 것을 목적으로 탄생한 박물관이다. 가야가 생경했던 1998년 개관했으니 어느덧 20년이 지났다. 가야인의 삶과 생업, 전쟁과 사랑, 철의 제국과 해상강국 등의 모든 이야기를 다 담아놓았다. 김해, 함안, 부산, 창녕 발굴 가야 유물들을 전부 포함하고 있다. 금관가야, 아라가야, 비화가야 등 가야 소국들의 유물을 함께 관람하며 서로의 양식과 특징을 비교해볼 수 있어 가야 문화 전반에 대한 조망이 가능하다. 가야의 모든 맛과 궁극의 멋을 다 알려주는 박물관. 국립김해박물관을 가야 문화의 종합선물세트라 감히 부를 수 있는 이유다.

가야의 색은 잿빛

김해에 왔다면 국립김해박물관은 금방 찾을 수 있다. 국립김해박물관이 있는 곳이 바로 가야의 성소 구지봉 아래이기 때문이다. 구지봉 내려오는 길에 박물관에 들르거나 박물관을 관람한 후 구지봉을 오르거나, 다 좋다.

구지봉에서 내려오는 길에 박물관을 들렀다. 구지봉에서 내려오는 길은 산책길로 가꿔져 있는데, 곳곳이 포토존이다. 가을이면 환상적인 아침햇살에 비치는 단풍잎이 매력적이고, 봄에는 왕벚나무가 피어 쉬어갈 수 있을 것이다. 한여름에는 보랏빛 맥문동꽃이 한창일 것이다.

박물관 주 건물은 빨간 벽돌로 쌓여 있고, 검정 벽돌이 울타리처럼 이를 감싸고 있는데 이 웅장한 모습이 흡사 굳건한 성의 요새와 같다. 사각 건물을 빙 둘러싼 원형 울타리가 있다. 마치 로마의 콜로세움을 보는 것 같다. 유명 건축가가 유작으로 남긴 설계이니, 건축가의 경험과 전문성이 최고조로 달했을 때 만든 건축이리라.

국립김해박물관은 가야 중심으로 전시를 구성하고 있었다. 고등학교 역사 교과서의 '가야사' 부분이 좌악 펼쳐진 느낌이다. 1층 전시실은 '가야로 가는 길'이라는 주제로, 선사시대부터 가야가 나라로 성립되기까지의 모습을 담고 있다. 가야는 영남의 젓줄인 낙동강의 나라다. 낙동강 하류의 선사 문화부터 변한 12국 문화, 가야까지 낙동강을 둘러싼 시간의 순서로 전시가 이루어진다. 2층은 가야와 가야를 살았던 사람들의 이야기다. 가야 사람들의 삶은 어떠했는지, 가야토기의 등장과 발전은 어떻게 전개되는지, 철의 제국 가야와 해상제국 가야는 어떠했는지 들려준다. 전시실 전체를 관람하고 나오면, 가야라는 동일한 테마를 두고 여러 관점에서 이야깃거리를 전개하는 옴니버스 소설을 읽은 듯하다.

고대의 스와로브스키, 수정 목걸이

전시장을 사뿐사뿐 걸었다. 순간 무언가가 스쳐 지났는데 남다른 아우라에 다시 발길을 돌렸다. 그 아우라의 정체는 밤하늘의 별처럼 빛나는 수정 목걸이였다. 수정알의 크기도 조약돌처럼 큰 것부터 콩알처럼 아주 작은 것까지 각양각색이었다. 참 예쁘게 깎여 있

수정목걸이, 3세기, 김해 양동리 270호분
ⓒ국립김해박물관

었다. 원석을 오랜 기간 깎아 보석으로 만든 장인 솜씨에 감탄이 나왔다. 장소를 이동해 스와로브스키 매장에 와 있는 것처럼 느껴졌다. 현대의 보석과 비교해도 디자인과 가공기술에서 뒤지지 않는 이 물건은 김해 양동리 무덤에서 나온 걸작 장신구였다.

박물관에서 유심히 들여다보는 부류로 장신구가 있다. 장신구에는 아름다움과 화려함에 대한 갈구가 들어 있기 때문이다. 태고부터 인간은 장신구로 자신을 치장해왔다. 인간을 인간답게 하는 속성이다. 클레어 필립스Clare Philips가 고대에서부터 현대까지 보석의 역사를 쓴《장신구의 역사》에 따르면 장신구가 다양해진 결정적 계기는 돌에 구멍을 뚫거나 돌을 깎는 기술이 발달하면서다. 물론 그 이전에도 인간은 씨앗, 곡식 낟알, 조개껍질로 단순하게라도 자신을 치장했다. 장신구는 단순히 아름다움의 표상이기도 하지만, 그것을 착용한 이의 정치적, 사회적 지위를 나타내주는 수단이기도 하다. 고대사회에서 힘을 과시하는 방법 중 으뜸은 타인이 가질 수 없는 물건을 소유하고 있을 때 아니겠는가.

가야 사람들도 오랜 세월 장인이 심혈을 기울여 원석에서 보석으로 탄생시킨 수정 목걸이를 부와 권력을 과시하려는 목적으로 몸을 장식했다. 혹은 무덤의 껴묻거리로 함께 묻어주어 죽은 이의 사회적 신분을 드러내거나 다른 세상에서 부귀와 영화를 다시 누리기를 바라는 마음이었을 것이다. 권력은 짧고 예술은 길다.

가야 사람들이 최고로 치는 장신구의 소재는 금이 아니다. 백옥, 수정, 마노 등 비금속 장신구들이 유독 많다. 옥은 고대부터 가장 사랑받아온 보석으로 손꼽힌다. 보석 가공 기술이 빌달하면서 여러 재료를 섞어 화려한 빛깔과 다양한 모양의 옥이 만들어졌다.《삼국지 위서 동이전》에 보면 한은 '구슬을 보배로 삼아 장식했지만, 금·은·비단은 진귀하게 여기지 않았다'라고 했다. 옥같이 아름다운 돌과 진주를 보배로 여겨 옷에 달아 장식하기도 하고, 또는 경병 같은 것을 목이나 귀에 걸어 늘어뜨리기도 했다. 이처럼 가야 전반기인 4세기까지는 유리나 옥으로 만든 구슬류가 보석의 중심이다.

후기 가야 5세기 후반에 이르러서야 금으로 만든 금관이나 금귀걸이 등 금의 시대가 왔다. 대가야의 금관, 다라국의 금귀걸이가 나오는 것도 이때 와서다. 그 이후에서야 금, 은, 동, 석, 철 등 오금을 다루는 금속공예 기술이 발달한다. 그 화려한 기술을 보여주는 유물이 복천동에서 나온 금동관이다. 보물로 지정된 이 금동관도 국립김해박물관에서 볼 수 있다.

가야를 풍미하며 가장 사랑받은 장신구 '구슬'이여. 누군가의 몸을 장식하며 행복감과 기쁨을 주었을 그 공덕을 어찌 칭송하지 않을 수 있겠는가. 가야 사람들이 장신구에 저마다의 소망과 열정, 사랑을 투여해오는 동안 그 세상은 그만큼 더 아름답고 빛났을 것이다.

3실은 '가야의 성립과 발전'을 보여주었다. 낙동강 서쪽 변한에 있었던 여러 세력이 토기와 철기를 장악하며 강력해지는 과정이 잘 펼처져 있었다. 풍부한 철로 그 시대 세상 모든 것을 만들었던 가야를 비로소 보게 되었다. 겉으로 보기에도 묵중해 보이고 위압적으로 느껴지는 널빤지 모양의 쇳덩어리가 보였다. 덩이쇠라 하는 것이다. 옛날에는 판상철부로 불리기도 했다. 덩이쇠는 화폐 역할도 했고, 철의 원재료로 갑옷, 칼 등을 만드는 원제품으로도 쓰였을 것이다. 금관가야, 아라가야 등 가야 수장층이 무덤 안에 누울 때 그 자리를 마치 철도 레일처럼 수북이 쌓았던 것들이다. 돈으로 환산하면 엄청난 비용이 들었겠지만 그럼에도 가득 내어놓을 만큼 정치적, 경제력 능력자란 의미로 가야 유력층은 덩이쇠를 애지중지했다. 덩이쇠를 지신으로부터 누울 자리를 구매하는 일종의 매지권買地券이라고 생각하는 학자들도 많다. 그렇다. 저승에서의 부귀영화를 누리려면 그만큼 대가를 치러야 하는 법, 가야 유력자들은 기꺼이 자신이 갖고 있던 철을 아낌없이 내어놓았을 것만 같다.

합천의 옥전고분에서 나온 고리자루 모양 큰 칼, 함안의 말이산 고분에서 나온 미늘쇠의 실물을 만날 수 있었다. 실물로 보니 더욱 제철기술의 섬세함에 놀라게 된다. 균일한 저 두께의 철판을 만들기 위해 화덕의 열기를 이겨내며, 열정의 대장장이는 시뻘건 쇳덩어리에 연신 망치질을 해댔을 것이다. 미늘쇠의 양옆에 붙은 새 모양을 보니, 철을 종이 다루듯 자유자재로 모양을 만들어낸 대장장이의 재주가 매우 비상하다. 철의 제국이라는 말은 괜한 말이 아니었다. 철을 다룰 줄 아는 철기문화 집단이 탄생하여 가야 사회에 정착하면서, 가야는 동아시아의 작지만 부강하고 강성한 나라로 도약할 수 있었다.

집과 먹을거리, 가야 사람들의 일상

　　　박물관은 과거에서 온 문화유산들이 스스로 인생의 제2막을 시작하는 곳이다. 그들은 박물관에서 특별한 메시지를 전하며 새로운 생명을 꽃피운다. 국립김해박물관 2층은 가야의 인생 2막의 물건들이 어울려서, 더러는 각자 주인공이 되어 '가야 사람들의 삶'을 그리고 '부드럽고 아름다운 가야토기'와 '철의 왕국, 가야'를 뽐내며 '해상왕국, 가야'의 비밀을 고스란히 들려준다.

　가야 사람들의 궁금한 이야기로는 가야시대의 집 이야기가 있다. 집은 살아 있는 동안 우리가 거하고 머무는 안식처다. 가야의 왕은 궁성 내에 왕궁을 짓고 살았을 것이다. 가야의 왕궁터로는 김해의 봉황대, 함안의 가야리, 고령의 연조리 등이 꼽히지만 주춧돌 하나 발견되지 않아 그 모습을 가늠하기 어려운 실정이다. 평범한 가야 사람들의 거처는 어떠했을까. 농작물을 재배하며 정착생활을 하게 되면서 사람들은 땅을 파서 기둥을 세우고 비바람을 막기 위해 지붕을 덮어 만든 움집에서 살았다. 가야의 많은 사람들이 움집을 짓고 살았을 것이다. 움집 한가운데는 불을 피울 수 있는 화덕이 있었고 한켠에는 음식을 저장하는 토기가 있었다. 주거의 형태가 발달하면서 먼저 음식을 조리하는 부엌과 곡식을 저장하는 창고의 기능을 분리하기 시작했다. 그 부엌에 부뚜막을 만들고 그 위에 시루를 올리고 음식을 담아 쪄서 먹었다.

　가야 사람들이 살았던 특수한 집이 고상가옥高床家屋이라 불리는 것이다. 고상가옥을 알게 된 것은 가야 무덤에서 나온 집 모양 상형토기 때문이다. 김해와 함안, 창원 등 여러 가야 지역에서 조금씩 다르지만 하나의 카테고리로 묶일 수 있는 집 모양 상형토기가 여러 점 나왔다. 바닥을 땅에서 띄워, 사다리를 타고 집으로 올라갈 수 있도록 되어 있다. 습기와 더위가 집까지 올라오는 것을 막기 위한 것일까. 짐승의 공격으로부터 가족과 곡식을 지키기 위한 곡식창고일까. 이 집 벽에 다양한 가는 선으로 새겨진 무늬는 이 토기를 만든 장인의 손길이 얼마나 섬세했는지를 알려준다.

가야 사람들의 삶으로 '가야 사람들은 무엇을 먹었을까'의 세계가 펼쳐졌다. 《삼국유사》에는 가야가 만들어질 무렵 '밭을 갈아 밥을 먹었다'는 기록이 있다. 《삼국지 위서 동이전》 변진조에 기록되었듯, 가야가 위치한 낙동강 유역은 토지가 비옥해 오곡과 벼를 재배하기에 적합한 곳이었다. 낙동강 물줄기를 따라 형성된 가야 소국들은 땅이 비옥하고 물을 공급하기 용이했다. 가을이면 오곡과 벼가 풍성했고, 계절마다 복숭아 등 과실이 넘쳐났다.

집마다 소와 돼지 등 가축을 키우고, 멧돼지와 사슴을 사냥하고, 밤과 도토리를 야생에서 채집하고 물고기와 조개를 강이나 바다에서 잡았다. 1500년이나 지난 음식의 흔적을 오늘에 발견하는 경우도 있다. 고령의 박물관에서 생선뼈가 담긴 굽다리접시를 보고 신기해했던 기억이 떠올랐다. 그때도 움집 가운데 화덕에 불을 피우고 아버지가 낙동강 해안에서 잡아온 생선을 불에 구워 온 가족이 둘러앉아 먹었을까. 어느 시대든 추억의 8할은 음식을 먹을 때의 기쁨과 그 맛에 대한 기억에 있다.

가야시대에도 성형이 있었다면 믿을 수 있는가. 김해박물관을 다녀간 사람이라면 편두^{扁頭}라는 풍습을 바로 떠올릴 것이다. 가야를 포함해 아프리카와 중남미 등 동서양에서 두루 나타나는 두개골 성형이다. 4세기 김해 예안리 가야시대 무덤에서 나온 인골이 전시되어 있는데, 머리꼭대기가 산봉우리처럼 길게 솟고 머리가 전체적으로 길쭉하게 변형되어 있었다. 갓난아기 때부터 돌로 머리를 양쪽으로 묶어 놓으면 그런 모양을 띠게 된다. 《삼국지 위서 동이전》의 진한 기록에 '어린 아이가 출생하면 곧 돌로 머리를 눌러서 납작하게 만들려 하기 때문에 지금 진한 사람의 머리는 모두 납작하다'라는 구절이 있다. 그 시대의 미의 기준이 그러하여 남들보다 아름답게 보이고 싶었던 것인지, 아니면 집단의 정체성과 동질감을 나타내기 위한 것인지도 정확히 알려져 있지 않다. 예안리 고분 210개 인골 중 5퍼센트에 해당하는 10개 인골에서 편두의 흔적이 발견되었다 하니, 4세기 그 사회 특별한 사람들이 했던 풍습인 듯하다. 아주 오랫동안 공들여야만 완성될 머리 형태 편두. 그렇게 만들어진 편두는 자신들만의 상징이고 계승되어야 할 전통이자 다른 계층과 구분되는 권위와 자부심이었을 것이다.

가야인들 삶의 구석을 채웠던 토기들

이제 가야토기가 말하는 인생 2막의 이야기를 들을 차례다. 5실은 '부드럽고 아름다운 가야토기'라는 주제였다. 전시장 전면에 건강하고 소박한 것부터 화려하고 단단한 것까지, 각자의 자리에서 각자의 그릇만큼 가야 사람들의 삶의 구석들을 채웠던 토기들이 등장했다.

가야토기는 한반도에 있었던 고대 토기 중에서 기술적으로도, 표현적으로도 가장 우수한 것으로 평가된다. 신라토기보다 두껍지만 곡선미가 세련되었고, 일본의 야요이 토기 단계를 스에키 토기로 업그레이드하는 데 영향을 주었다. 그 우수성의 비결은 노천이 아닌 굴가마를 만들었다는 데 있다. 굴가마를 만들어 1천 도가 넘는 높은 온도에서 오랫동안 구울 수 있어 토기는 더욱 단단해졌다는 것이다. 가야의 대표적 가마터로 알려진 곳이 함안의 우거리, 고령의 송림리, 창녕의 퇴천리이다. 가야 가마는 흙과 땔감, 물을 구하기 쉽고 운송하기 좋은 곳에 만들어졌다. 박물관은 가야 가마에 관해 책에서는 알 수 없었던 여러 정보를 그림과 모형으로 알기 쉽게 설명하고 있었다. 가마는 아궁이, 땔감 넣는 연소부, 토기를 두는 소성부, 화기와 연기를 배출하는 연도로 구성되었다. 모호했던 내 머릿속의 개념들이 비로소 구체적인 형상으로 걸어 나온 것만 같다. 아, 이거구나. 토기를 만든 가야 장인들은 사물의 이치를 터득하여 기술을 연마한 그 시대의 '과학자'였구나.

굴가마라는 토기 기술의 혁신을 이끌어낸 가야인들의 과학정신도 대단하지만, 가야토기는 다양성에서 더욱 빛난다. 여러 가야 소국이 연맹과 네트워크로 작동한 정치체를 운영했던 것의 문화적 결과다. 서로의 다름을 인정하고 공존하는 데서 창조성과 다양성이 꽃핀다. 가야는 창조 국가였다.

박물관에는 다양한 모양의 가야토기가 백가쟁명처럼 펼쳐졌다. 항아리, 굽다리접시, 그릇받침이라는 공통된 토기 모양을 기본으로 가야 소국마다 다양한 변형을 창조해냈다. 그중 어떤 항아리는 시골집 장독대에 소박하게 놓여 있던 것 같기도 하지만, 함안 말이산 고분에서 발견된 큰 항아리는 마치 백자의 달항아리를 보는 듯 은은하면서도 고아한 품격을 뽐내기도 한다.

이 시대 문자가 있었고 글과 기호를 사용했다는 흔적을 담은 것도 토기였다. 긴목 항아리에는 '대왕大王'이라는 한자가 새겨져 있고, 합천 저포리의 토기는 '하부사리리'라는 글자가, 산청 하촌리의 토기는 '이득지二得知'라는 글자가 새겨져 있었다. 대왕, 하부사리리, 이득지. 가야토기 장인들이 새긴 이 글자는 무슨 의미일까. 로제타석에 적힌 이집트 상형문자를 프랑스의 장 프랑수아 상폴리옹Jean-Franois Champollion이 해독했던 것처럼, 언젠가 한국의 상폴리옹이 나타나 이 뜻의 비밀을 알아내주었으면 좋겠다. 다양한 형태의 그릇받침, 흙 인형을 붙인 장식미, 대유행이었던 굽다리접시, 가야토기의 대세인 상형토기가 한가득 있었다. 토기의 만물상과 같은 곳, 김해박물관이다.

녹슬고 때 묻은 시간의 흔적, 철의 왕국 가야

6실은 '철의 왕국, 가야'다. 철을 볼 때면 그 녹슬고 때묻은 시간의 흔적에 자연스럽게 마음이 간다. 세월이 부여한 훈장일지도 모른다. 온몸으로 세월을 견뎌온 철의 흔적이 안쓰럽지만 기특하다. 박물관 학예사는 유독 이 전시실 구성에 가장 많은 공력을 들였을 듯하다. 압도적 양으로 가야가 철의 제국임을 알려주는 유물이 바로 쇠,

철이기 때문이다.

가야는 쇠로 만든 무기로 지켜진 나라다. 가야의 무사는 적이 멀리 있을 때 화살을 쏘았다. 화살의 촉은 쇠로 만들었고, 이 화살촉은 무덤에서 발견될 때 화살통에 담긴 채 등장하기도 한다. 전쟁에서 전사는 무거운 갑옷을 입고 투구를 쓰고 싸웠다. 갑옷은 처음에는 가죽이나 나무로 만들었다가, 철을 다루는 기술이 발달하면서 철갑옷도 만들기 시작했다. 갑옷은 특히 사람의 몸에 맞게 만들어야 해서 우수한 기술이 필요했다. 갑옷 한 귀퉁이를 새와 고사리무늬로 장식한 예도 있었다. 숨은 디테일이다.

말에게도 철이 필요했다. 가야는 재갈, 등자, 말방울 등 말에게 필요한 말갖춤도 철도 만들 정도로 제철기술 역량이 뛰어난 나라다. 가야박물관 어디를 가도 말갖춤은 반드시 볼 수 있는 유물이다. 이곳 김해박물관에서는 부산 복천동 고분에서 나온 말머리 가리개(말이 쓰는 투구), 함안 말이산 고분에서 나온 말 갑옷(말이 입었던 갑옷) 실물을 마주할 수 있다. 이것만으로도 김해박물관은 꼭 다녀와야 할 박물관이다.

쇳물이 끓어 넘치는 용광로가 떠올랐다. 이 시대에는 큼직한 용광로에 철광석과 목탄 등을 가져다 붓기 위해 용광로 옆에 돌을 쌓아 경사로를 만들었을 것이다. 용광로의 아래쪽에는 구멍이 있고 거기서 쇳물이 빠져나왔을 것이다. 뜨거운 여름날에도 등짐을 지고 용광로로 향했던 사람, 용광로에서 불을 살피는 사람, 시원한 물을 부어 쇳물을 식히고 고정하는 사람, 모루에 놓고 쇠를 수십 번 내리치는 사람. 묵묵히 그 일을 반복했던 가야 장인들의 성실한 노동이 철의 제국 가야를 만들었다.

6실은 '해상왕국 가야'이다. 가야는 낙동강 물길을 따라 들어선 나라들이며, 특히 김해는 교역을 위한 다양한 육로와 해로가 발달한 지역이었다. 옛가야 시절 큰 배가 드나든 포구로 알려진 봉황대 앞에 발길을 멈췄다. 한때 봉황대에 오르면 바다가 펼쳐졌다는데, 오늘은 출렁이는 물결과 비릿한 갯내 대신 아파트와 빌딩 등 도심이 들어서 있구나. 철을 중심으로 한 해상무역의 거점이었다. 가야는 낙랑, 중국, 왜 및 한반도의 여러 지역과 교류했다. 그렇게 만들어진 배를 타고 김해의 봉황대에서 철과 토기를 싣고 바다를 건넜다.

어느 시대를 돌아보건, 개인의 만남이든 나라의 만남이든 만남의 기억은 애틋하고 소중하다. 해상왕국 가야를 이야기하는 전시실 곳곳에는 가야가 만나온 세계가 있었다. 그 세계는 저 멀리 유라시아 초원이고 대한해협 건너 일본열도이기도 하다. 오르도스형 청동솥은 북방 초원의 유목민이 주로 사용했던 그릇이고, 대성동 고분에서 나왔던 소용돌이무늬의 청동기, 원통형 모양의 청동기는 일본으로부터 들어온 것이다. 가야는 저 멀리 서역과도 만났다. 바다의 색을 닮은 푸른 코발트색 유리그릇 파편이 대성동 고분에서 나왔다. 다양한 세계와의 교류는 가야 사람들을 개방적 사고의 주인공으로 만들었을 것이다.

박물관을 나와 돌아보니 박물관 벽면 담쟁이가 하늘로 뻗어 올라가고 회청색 잿빛 철판이 강렬하다. 가야의 철기와 가야의 토기를 닮은 색깔이다. 검정색처럼 어둡지도 않으면서 명품이 지닌 무게와 깊이를 함께 온전히 드러내는 색. 애쉬 그레이라는 신비한 색으로 국립김해박물관은 존재 이유와 정체성을 다 드러내고 있다. 너무 쎄하지 않은,

시크한 매력이다. 철이 시간을 머금고 더 근사하게 나이 드는 이곳의 모습을 계속 지켜볼 것 같다. 가야의 세상을 알아가는 데 이곳만큼 좋은 곳도 없다.

복천동 출토 금동관

(보물, 국립김해박물관)

부산의 복천동 고분군 11호분에서 나온 금동관이다. 금동관은 금으로 도금하거나 금박을 입힌 청동관을 일컫는다. 금동관은 대체로 금관보다는 계급이 낮은 인물이나 지방세력의 지도자급이 사용한 것으로 본다. 가야시대 금관으로는 리움미술관에 있는 고령 출토 금관이 유일하다.

이 금동관의 제작 연대는 대개 5세기경으로 본다. 복천동 고분군에는 현재 복천박물관이 있지만, 이 유물은 그곳에 없다. 발견 당시인 1980년대에는 복천박물관이 건립되기 전이라, 이 유물은 가야의 상징적 유물로 국립김해박물관에 소장되어 있다.

이 금동관은 가야의 유물이지만 신라의 영향을 많이 받은 것으로 학자들은 보고 있다. 금관총·서봉총·천마총·금령총·황남대총 북분에서 나온 신라 전성기의 금관은 출出자형 금관이다. 누구는 나무의 가지를 본뜬 것 같다고 하고, 또 다른 누구는 사슴의 뿔을 형상화한 것이라고 말하고 있다. 신라의 초기 금관은 전성기에 비해 세부장식도 단순하고 나뭇가지형의 산자형 형태를 띠고 있는데, 복천동 고분의 금동관이 이와 유사하다.

이 가야의 금동관은 먼저 청동판에 앞뒤 양면을 만든 후, 금으로 도금을 했다. 금판을 오려서 만든 신라의 금관과 비교하면 화려함이 덜하다. 가는 띠 모양의 테두리에는 물결무늬가 새겨져 있고, 신라 금관에서 보이는 곡옥과 금으로 된 달개(영락)가 매달려 있지는 않은 듯하다. 세 개의 세움장식이 있는데, 나뭇가지의 실루엣을 지니고 있어, 신라 전성기의 출자형 세움장식과는 다른 느낌이다.

왕관이나 금관을 북방 유목민족과 연관해서 해석하기도 한다. 시베리아 샤먼

너가 있어
세상에 주눅 들지 않았어

복천동 출토 금동관, 높이 25cm ⓒ국립김해박물관

이 쓴 관이 사슴뿔이나 나무의 모습을 하고 있다는 것이다. 제사를 주관하는 제사장이 쓰던 관이 왕관이나 금관으로 변했다는 주장이다. 사슴뿔이나 나무를 영혼을 달래주는 존재로 여겼다.

금관이나 금동관이 무속과 샤먼과 관련 있다는 주장이 있다. 미술사학자 존 카터 코벨은 한국의 무속을 집중적으로 연구하면서, 금관을 샤머니즘의 흔적이라고 했다. 코벨은 금관에서 나는 소리가 나쁜 액을 물리칠 수 있다고 생각했다. 금관에 달린 옥과 금판으로 된 장식이 섬세하게 떨리면서 반짝이는 빛을 내는 소리를 만든다. 시각과 함께 청각적 요소를 반영한 해석이다. 신선하다. 이 무덤의 주인은 종교적 수장이자 정치적 수장의 역할도 겸했던 건 아니었을까.

어두운 조명 아래의 금동관은 황금빛 나무가 들어앉은 느낌이다. 특히 나뭇가지 모양의 세움장식에는 마치 나뭇잎 모양의 영락이 빼곡히 달려 있어, 마치 햇빛을 머금은 이슬처럼 영롱히 흔들리고 있다. 황금빛 물결이 1500년 세월에도 번쩍거리고 있는 듯했다. 가야 유물은 시간의 심연으로 사라지는 것이 아니라 영원히 하늘을 향해 솟아오르는 황금빛 나무의 생명력을 지녔다. 황금빛 나무를 닮은 금관은 영원한 세계로 뿌리를 내리는 무성한 생명력의 나무다.

가야의 물건들이
한옥 지붕 아래
살포시 내려앉았다

국립전주박물관, 20×42cm, 종이에 연필·사진, 2020
청동거울, 남원 두락리 32호분/쇠자루솥, 남원 월산리/닭머리 모양 청자, 5세기, 남원 월산리 M5호분, 높이 14.3cm
이상 ©국립전주박물관

4. 국립전주박물관
전북의 가야 유물이 다 모였다

전북에 있었던 가야를 향한 시간 여행. 국립전주박물관이다. 국립전주박물관은 전주 시내 외곽에 있다. 건물이 특이해서 금방이라도 찾아낼 수 있다. 격조 있으면서도 편안한 한옥 지붕선이 멀리서도 한눈에 들어온다. 맞배지붕이 웅장하고 양옆에 다시 맞배지붕이 이어져 솟을삼문처럼 보인다. 이곳은 조선 왕가를 배출한 전주 이씨의 출발지여서 조선 왕실과 관련된 문화재가 많은 곳으로 유명하다. 그러나 내가 이곳을 찾는 이유는 남원, 장수, 임실 등 전북의 가야 유물이 한자리에 모여 있기 때문이다.

박물관은 1층의 고고실과 2층의 미술실과 역사실로 나뉘어 있다. 가야 유물은 1층의 고고실 한켠에 아담하게 전시되고 있다. 특히나 가야는 마한 유물과 백제 유물 사이에 놓여 있다. 이곳의 시간은 그렇게 흘러갔기 때문이다. 전북의 가야는 마한, 백제로 이어지는 세력과 경계를 맞대며 짧고 굵게 살았다.

역사적 사건은 특정 시공간에서 일어난다. 그 역사적 흐름을 이해하고 유물과 만나면 더욱 뜻깊을 듯하다. 5세기에서 6세기 남원, 임실, 진안, 장수 등 전북 동북 지역에는 가야 문화를 기반으로 하는 집단이 나타났다. 그들은 수백여 기의 무덤을 만들면서 세력을 형성했다. 남원 월산리 고분군을 시작으로 인근 남원 두락리 고분군 등에서 가야 유적이 확인되었다. 남원뿐만 아니라 장수, 진안, 임실 등 곳곳에서 가야 유적과 유물이 나왔다. 호남 동부의 가야 세력들은 복잡한 정세 속에서 대가야, 백제 등과 협력하거나 경쟁하면서 독립적 존재로 남기 위해 노력했다. 운봉고원에는 '기문'이, 진안고원에는 '반파'라는 가야 소국이 있었다는 주장도 있지만, 대가야 영역권 안에 있었는지, 독립된 가야 소국 '기문'이나 '반파'였는지는 밝혀지지 않았다. 5세기에서 6세기 가야 문화를 기반으로 성장했던 전북의 가야가 어떻게, 누구에 의해 멸망했는지도 확실하지 않다.

토기와 철기, '나는 가야로다'

이제 본격적으로 가야 유물을 볼 차례다. 가야 유물들이 전시된 공간은 그리 크지 않으며 아담하다. 5세기에서 6세기 이곳이 가야 영향권이었다는 사실은 80년대와 90년대 이 지역에서 이루어진 고고학 조사 덕분이다. 가야에서 유행했던 토기들이 나왔다.

가야 양식 토기라 함은 그릇받침, 긴목 항아리, 짧은목 항아리, 굽다리접시 등 형태가 다양하다. 1000도가 넘는 가마에서 구워진 회청색 연질토기라 두드리면 쇳소리가 나는, 한반도에서 가장 질 좋은 토기이다. 국립전주박물관 전시실의 토기들도 무덤 속 껴묻거리와 망자를 추모하는 제사에 사용되어서인지 그릇받침이 참 다양했다. 크기도 다양해서 낮은 것부터 60센티미터 넘는 것까지 있다. 원통 모양 그릇받침은 다리 아래는 나팔꽃처럼 넓게 퍼져 있고, 다리 위는 납작하고 넓게 벌어져 있다. 위아래가 다 안정감을 준다. 특히 윗부분은 그 위에 항아리를 올려야 해서 항아리 무게를 버틸 만큼 단단하게 디자인되었다. 삼각형 또는 직사각형의 투창이 촘촘히 뚫려 있고 투창 사이에는 물결무늬가 새겨져 있다. 몸통 어깨에서 다리 윗부분까지 뱀 모양의 세로띠를 네 군데 붙여 매우 화려한 느낌을 주는 그릇받침도 있었다.

바리 모양 그릇받침은 뚜껑 있는 긴목 항아리와 세트를 이룬다. 팔자형으로 벌어진 다리 부분은 3각형 투창이 위아래를 일치하게 뚫고 있었다. 긴목 항아리를 들어 올리는 그릇받침은 연꽃을 피우고 있거나 하늘을 향해 팔을 넓게 펼치는 것만 같았다. 그릇받침은 그윽한 안정감을 주어서 위에 얹은 그릇의 무게를 온전히 감당할 수 있었다. 흔들리는 삶을 품어주고 지탱해주는 어머니 품과 같았다. 그릇은 그릇받침 위에 놓일 때 가장 빛난다. 그릇받침은 홀로 존재하지 않고 그릇을 위해 기꺼이 자신을 내어놓는다.

그릇과 그릇받침이 일체화된 가야토기가 있는데 바로 굽다리접시다. 예전에는 '고배'라 불렀는데 굽다리접시란 호명이 훨씬 정겹다. 이 중에는 뚜껑 있는 굽다리접시도 있는데 고령 스타일 토기의 대표이다.

5세기에서 6세기. 정세는 급박하게 돌아가 어제와 다른 오늘, 오늘과 다른 내일이었다. 백제, 대가야, 소가야와 인접한 이곳은 영토를 둘러싼 치열한 전투가 늘 벌어졌다. 그 군사적 긴장감을 전하는 유물이 바로 철제 갑옷과 철제 마구다. 전시장 중앙에는 찰갑옷, 투구, 목가리개 세트를 장착한 전북가야 무사가 서 있었다.

'철의 왕국' 가야지만, 철제 갑옷과 철제 마구는 누구나 가질 수 있는 물건은 아니었다. 모든 이가 전쟁에서 갑옷을 입고 무덤에 갑옷을 껴묻거리로 묻었던 건 아니다. 오로지 힘 있고 권세 있는 자만 갑옷을 입고, 말을 타고, 마구를 장착할 수 있었다. 특히 남원 월산리 고분에서 출토된 철제 갑옷, 말갖춤은 같은 시기 영남 지역의 가야 고분군에서 나온 유물과 형태가 유사하다.

전시장 모형으로 서 있는 무사가 입은 갑옷은 수많은 사각철판이 서로 연결된 찰갑옷이었다. 투구는 이색적인데 야구모자처럼 챙이 있어 햇빛을 가려 적을 겨누는 데서 오는 오차를 줄여줄 것 같았다. 투구에는 둥근 복발도 있는데 전사의 틀어올린 머리가 쏙 들어갈 수 있었을 것이다. 귀밑으로 늘어지는 직사각형 작은 철판을 이어붙인 볼가리개가 투구 양쪽으로 늘어져 있다.

중세시대 여왕의 목 뒤로 피어난 가리개와 같은 목가리개도 있다. 스물두 장 세로로 긴 철판을 연결해서 사다리꼴 모양으로 만든 목가리개였다. 직선이 아니라 목의 선을 반영하듯 유려한 곡선을 이루고 있어 미적인 측면과 실용적 측면에서 뛰어난 작품이다.

월산리·두락리의 위세품들이 한자리에

전북에서 발견된 가야의 특별한 유물을 살펴볼 때다. 이 유물들은 권세가의 무덤에서 보이는 위세품들이다. 남원 월산리에서 나온 쇠자루솥, 닭머리 모양 청자와 두락리 무덤에서 나온 청동거울, 금동신발이다.

쇠자루솥은 남원 월산리 가야 무덤에서도 발견되었지만, 충청남도 서산의 백제 무덤에서, 경상북도 경주 황남대총의 신라 무덤에서도 발견되었다. 쇠자루솥은 중국에서 만들어져 백제, 신라, 가야의 지배층에 퍼져 있던 물건이다. 이러한 문물의 교류에 백제인의 도움이 필요했다고 보고 있다. 중국과 지리적으로 인접해 있고 오래전부터 교류가 많았던 백제인은 중국말에 능통했다. 중국을 왕래하고 교류하는 데 백제인은 셰르파이자 통역사였다. 백제인은 쇠자루솥과 닭머리 모양 청자 등 신문물을 수입했고 신라와 가야에 날랐다.

무엇에 쓰던 물건이었을까. 솥에 뜨거운 무엇인가를 담았을 듯한데 몸통과 연결된 손잡이가 꽤 길다. 작은 솥이라 담긴 액체의 양은 많지 않았다. 어느 순간인가 쇠자루솥 위에 깔린 두꺼운 녹이 눈에 들어왔다. 쇠는 세월을 날 때 항상 녹과 함께한다. 아스라한 푸르스름했던 청동이 이제는 두텁게 내려앉은 녹의 양감과 질감으로 천년의 시간 그 무게를 전한다.

남원 월산리 고분에서 나온 닭머리 모양 청자(靑瓷鷄首壺)도 보인다. 당시 중국에서 유행했다는 도자기다. 가야토기가 성형한 후 1000도 고온에서 구워 단단함을 더했다면, 이 도자기는 더 높은 온도에서 유약을 발라 구워 단단함에 유려함이 더해졌다. 둥근 몸체에 닭머리가 주둥이 근처에 우뚝 드러나, 닭벼슬의 자태는 디테일이 살아 있다. 이 도자기의 용도는 무엇이었을까. 입구가 좁지 않고 넓은 것을 보니, 알갱이가 있는 물로 된 무언가를 담은 것은 아닐까. 중국은 당시 도자기 기술이 동아시아 최고 선진국이었다. 당시 유행한 것이 닭머리 모양의 청자다. 이 중국계 유물은 최고위급 무덤의 위세품으로 본다. 당시 월산리 무덤의 주인이 그 지역을 아우른 막강한 권력자였으리라는 뜻이다.

남원 성내마을 뒷산 입구의 가장 큰 무덤 두락리 32호분에서 나왔다는 청동거울이 보였다. 거울 중앙에 꼭지가 있고 꼭지를 중심으로 둥근 원이 촘촘히 그려져 있다. 7개, 9개의 볼록한 돌기 같은 둥근 점이 있고, 거울 앞면 서아시아 기하학 문양이 박혀 있다. 내 앞에 놓인 청동거울은 살아 숨쉬는 교과서로서 많은 정보를 풀어놓는다. 청동거울이 스스로 말할 때까지 잠깐 기다려보자. 박물관에서의 시간은 유물이 스스로 말하는 시간에 대한 기다림으로 채워야 한다.

청동거울은 선사시대부터 제사장의 권위를 상징해왔다. 우리 조상들은 선사시대부터 공동체의 안녕과 개인의 길흉화복을 관장하는 초월적 힘을 믿었다. 제사장은 그 초월적 힘에 다가가는 공동체의 샤먼이다. 두락리 32호분의 주인은 초월적 힘을 지녔던 제사장이었을까. 유명한 청동거울은 국보 청동기시대 다뉴세문경, 국보 백제 무녕왕릉 청동거울이다.

거울 군데군데 붉은색 주칠朱漆 흔적이 있다. 주칠은 잡귀를 물리치는 벽사辟邪의 의미로 행해진다. 행여 악귀가 죽은 이를 해치지 못하도록 남은 자들이 배려한 각별함의 흔적이다. 가야인들은 무덤을 악귀와 도굴꾼의 침입으로부터 보호해야 하는 곳으로 생각했다. 주朱는 수은과 황이 들어 있는 돌에서 빼낸다. 돌에서 안료를 추출해 접착할 줄 아는 기술의 증거다. 가야인들은 과학자이면서 기술자였다. 가야의 주칠은 심해의 대성동 고분, 창녕의 교동·송현동 고분에서도 발견된다. 주칠은 우리 민족의 오랜 전통이 되어 조선의 왕릉 홍살문에도 남아 있다.

우리의 고대사회에서 드물게 보는 유물은 금동신발이다. 나주의 신촌리 마한계 무덤이나 익산 입점리 백제계 무덤의 금동신발을 보며 그 화려함과 섬세함에 놀라곤 한다. 그 금동신발이 남원 두락리 무덤에서 나왔다. 이 무덤의 주인공은 왕이거나 왕에 버금가는 실력자였다. 맨발 아닌 금동신발을 신고 사후세계를 갈 수 있는 사람은 많지 않다. 박물관 전시장에서 온전한 형태의 금동신발을 볼 수는 없었다. 두락리 무덤에서는 아주 작은 금동신발 몇 조각이 발견되었을 뿐이다. 시간이 무덤 안에서 멈추었으면 원형 그대로 볼 수 있었을 것을. 흘러가는 크로노스Cronus의 시간은 멈추지 않았다.

국제 해양 제사 유적지, 부안 죽막동 전시

최근 박물관은 다양한 유형의 스토리텔링으로 죽어 있는 유물들의 이야기를 색다르게 품어낸다. 우리는 새로운 전시공간을 통해 시각적 충격을 받고 몰입해 들어가 깊은 역사적 경험을 할 수 있다. 전주박물관의 그러한 공간이라면, 나는 전시실 중간에 덩그러니 투명박스로 구현된 죽막동 해양 제사 공간을 꼽겠다.

부안의 죽막동을 다녀온 적이 있지만, 왜 그곳이 가야, 백제, 중국, 왜가 참여하는 국제 해양 제사지인지는 찾을 길이 없었다. 그 답을 국립전주박물관 전시실에서 찾을 수 있었다.

고대 제사는 여염집 부엌에서도, 갓 만든 무덤가에서도, 바닷길 떠나는 해안에서도 이루어졌다. 제사는 불확실한 생을 대하는 인간의 마음에 평안을 주며, 거친 바다로 떠나는 나라의 미래에 평화를 주었다. 5세기 죽막동은 대가야가 중국으로 가는 길목에 있었으나, 그 땅의 주인은 백제였다. 그 백제 땅에서 주변국의 토기들이 다양하게 출토되었다. 백제·가야·왜의 토기, 금세공품, 철기들이다. 이 유물들이 서로 섞여 투명박스 안에 전시되어 있었다. 국적이 다른 유물들이 한꺼번에 나오면서, 이곳은 국제 해양 제사가 열린 곳으로 알려지게 된다. 풍어와 해상의 안전, 나라의 평안에는 국경이 따로 없다.

전시실에서 가야, 백제, 왜, 중국 사람들이 만나는 장면을 상상해보았다. 그 당시 부안의 죽막동은 각국의 가장 뛰어난 토기장이들의 경연장이었으리라. 가야 사람이 말한다. "우리는 투창이 뚫린 굽다리접시에 닭을 올렸어요. 단단해 쇳소리가 난답니다." 이에 중국 사람이 "우리는 유약을 입혀 색이 빛나는 도자기를 가져왔죠. 흑유와 청자 항아리입니다. 세계적 기술로 만들었죠"라며 뽐낸다. 그러자 왜인이 말한다. "스에키예요. 뚜껑접시, 접시 달린 병, 굽다리접시예요. 가야에서 온 도래인들이 가마를 짓고 만들었지요"라며 가야 사신을 돌아본다. 그들이 건네는 말들이 박물관 전시장을 통해 들려오는 것 같았다.

5. 대가야왕릉전시관
하나밖에 없는 순장박물관

'한 번 장사 때마다 쉰 명 정도의 순장자들이 죽은 왕을 따라 구덩이 속으로 들어간다.' 대가야시대가 배경인 소설《현의 노래》는 도입부에서 가실왕 장례에서 행해진 순장을 이렇게 묘사했다. 소설에 등장하는 무덤이 바로 고령의 지산동 고분 44호분이다. 가야 왕과 지배층 무덤이 줄지어 서 있는 지산동 고분 중 단연 톱인 무덤이다. 지산동 고분 중턱에 있는데 그 앞에는 커다란 소나무 한 그루가 넓고 비옥한 고령 들판을 굽어보고 있다.

1977년 이 무덤이 발견되었을 때 학계는 물론 대한민국 전역이 흥분했다. 순장묘도 놀라운데, 그 규모가 한반도에서 발견된 무덤 중 최대였기 때문이다. 그동안 순장의 규모는 주인공 옆에 순장자가 2명에서 4명 정도 누워 있는 경우가 일반적이었다. 지산동 44호분은 주인공 무덤 말고도 순장곽이 31개에 이르며 순장 인원만 40여 명에 이른다. 모든 신문이 1면에 대서특필했다.

이 흥분과 충격이 재현된 곳이 '대가야왕릉전시관'이다. 고령의 지산동 고분 아래 있다. 우리나라의 유일한 순장 왕릉전시관으로서 44호분을 발굴 당시의 모습 그대로 구현해놓았다. 이 전시관은 무덤의 세계로 우리를 안내한다. 이곳에 다녀오면 가야인들의 죽음의 세계에 한 발짝 가까이 다가갈 수 있다. 무덤의 구조와 축조방식, 주인공과 순장자들의 매장 모습, 껴묻거리의 종류를 직접 볼 수 있다. 순장은 산 사람을 강제로 죽여서 묻는 방식이다. 현대의 도덕과 인권 관념으로는 이해하기 힘든, '문화적 충격'을 받을 수 있다.

유목민족의 인신공희 풍습, 순장

인간을 제물로 바치는 인신공희Human Sacrifice는 전 세계적으로 행해졌다. 순장 역시 일종의 인신공희 양식이니, 신라와 가야의 순장만 독특하다거나 야만적이라고 할 수는 없다. 남아메리카 아스텍인들은 1년에 수만 명에서 수십만 명의 사람들을 신에게 바쳤다. 아브라함은 《창세기》에서 하나님에게 아들을 인신공희로 바치려 했다. 우리나라 고전 《심청전》에서 심청은 용왕의 노여움을 달래기 위해 공양미 300석에 팔려 가 인당수에 몸을 던져야 했다.

순장은 원래 스키타이, 흉노 등 북방 유목민들의 풍습이었다. '역사의 아버지' 헤로도토스는 《역사》에서 스키타이족의 순장을 자세히 소개하고 있다. 스키타이 왕이 죽으면 왕의 시신을 안치한 후 왕의 후궁, 술 따르는 사람, 요리사, 마부, 집사를 각 한 명씩 죽여 순장했다. 그 왕의 1주기가 되면 왕의 시종 50명과 말 50필을 죽여 이들을 서로 연결해 무덤 주위에 빙 둘러 배치한다. 마치 50명의 기마병이 죽은 왕을 호위하고 있는 느낌이다.

13세기 이탈리아 여행가 마르코 폴로도 《동방견문록》에서 몽고족의 순장에 대해 기록했다. 몽고족 역시 순장자들이 모두 저승으로 가서 주군을 섬긴다고 믿었다. 중국의 사마천도 《사기》에 '흉노인의 선우가 죽으면 가까이서 사랑받던 신하나 애첩을 순장했는데, 많을 때는 수천, 수백 명에 이르기도 한다'라고 흉노족의 순장을 기록하고 있다. 스키타이, 몽고, 흉노 모두 초원을 이동하며 수렵으로 생계를 유지하는 민족이다. 농경사회와 비교해 상대적으로 노동력이 중시되지 못한 사회이니, 인간의 생명에 대해서도 가벼이 여겼다. 그러한 제한적 요건에서 순장이 시작되었다고 본다. 우리나라의 순장은 신라와 가야라는 특정 지역에서 4세기에서 6세기라는 특정 시기에 집중적으로 발견되는 매장 풍습이다. 이러한 이유로 가야와 신라를 세운 집단이 북방 유목민족과 연관성이 있지 않느냐는 주장도 있다. 신라와 가야에 이주한 집단이 북방유목 민족이 아니라 하더라도, 그들과 교류했던 흔적으로 이해할 수도 있겠다.

아직 의식의 각성이 이루어지지 못할 때다. 순장은 죽은 후에도 세계가 계속된다는 '계세繼世'의 가치관을 따르는 사회에서 작동한다. 사람이 죽은 후에 언젠가는 다시 살아나거나, 아니면 죽은 후 세상에서 살아간다고 믿는 사회. 가야는 그러한 사회였다.

32기의 순장곽이 연극무대처럼 펼쳐진 곳

대가야왕릉전시관의 반구형 돔 안에 들어가면 44호분의 세계가 구현되어 있다. 무덤 형태는 구덩식 돌덧널무덤이다. 목관 안에 무덤의 주인공을 눕히고 철기와 토기 등 껴묻거리를 묻는다. 그리고 작은 돌들을 쌓아 돌덧널(석곽)을 만들었다. 그 위에 장정 몇 명이 붙어도 들기 어려울 정도로 육중한 돌뚜껑을 덮었다. 한가운데 있는 으뜸돌방의 모습이다.

으뜸돌방을 중심으로 32개의 순장곽이 주욱 펼쳐져 있다. 으뜸돌방 앞까지 이어지는 전망대에 올라가면 이 모습을 보다 선명하게 볼 수 있다. 전망대에서 바라본 모습은 마치 연극 공연장의 무대를 보는 듯했다. 인생은 한판 연극이다. 44호분의 내부는 인생이라는 한판 연극의 막이 내린 후의 광경 같았다. '그동안 수고했다'라며 박수치고 싶은 그러한 감정이 들었다.

순장곽은 《현의 노래》에 나오는 돌뚜껑 덮은 순장자 구덩이다. 구덩이마다 돌뚜껑이 하나씩 놓여 있다. 순장 돌덧널에는 숫자가 매겨져 있는데, 순장자들의 나이는 10대에서 60대까지 다양했다. 여성과 남성 모두 순장에 참여했다. 아버지와 딸, 형제·자매 등 온 가족이 순장되기도 했다. 순장자는 왕이 살던 궁성과 민가를 망라해서 동원되었다. 농부, 어부, 대장장이, 목수, 옹기장이, 아이 딸린 젊은 부부도 있었다. 어가를 끌던 마부, 왕의 옷을 만들던 복식장이도 있었고, 늘 왕을 모셨던 시종장도 있었다.

11호 방은 왕과 가장 가까운 방이다. 한 남자가 허리에 칼을 차고 등장했다. 지근거리에서 왕을 보좌하는 호위무사 아닐까. 호위무사는 40대로 나이도 지긋하고 사명에 걸맞게 화려한 금귀걸이를 하고 있다. 머리 쪽에는 굽다리접시가 있고, 그 접시에 닭고기가 들어 있었다. 이 호위무사는 닭고기를 매우 좋아했나 보다.

25호 방에는 왕의 말을 부린 마부가 묻혔다. 마부의 머리맡에는 바닥이 편평하고 손잡이 둥근 뚜껑 있는 항아리 단지가 있었다. 그 안에는 마부가 살아생전 소중히 생각했던 재갈, 등자, 방울 등 마구가 한 가득이다.

6호 방에는 귀걸이를 한 20~30대의 건장한 남성 두 명이 있었다. 한 사람은 금귀걸이를, 한 사람은 금동으로 된 귀걸이를 하고 있다. 금귀걸이를 한 남자 머리 위에는 실을 만드는 가락바퀴가 놓여 있다. 가락바퀴는 옷을 만들거나 직물을 짜는 데 사용하던 도구이다. 왕의 옷을 만들던 양복장이나 코디네이터가 목숨을 바쳤구나.

허장虛葬이라 부르는 비어 있는 무덤도 5기나 있다. 계획도 하고 시설도 만들었지만 무슨 까닭에서인지 사람도 껴묻거리도 매장되지 않았다. 순장 대상자가 무덤을 만드는 도중 도망친 것일까.《현의 노래》에 나온 가실왕의 궁녀 아라처럼 말이다.

순장 돌덧널이 펼쳐져 있는 이 전시관에서 순장자들의 뼈는 가지런히 놓여 있었다는 점이 이색적이다. 죽음에 저항하거나 한 흔적이 부산스럽지 않았다. 삶이 노력만으로 채워지는 것이 아니라는 것을 저 돌덧널에 묻힌 순장자들은 깨달았을 것이다. 순장자의 운명을 수용하되, 그저 묵묵히 자신의 처지를 껴안은 채 새로운 길을 나선 것은 아닐까. 순명했기에 가능한 일이지 않았을까.

生이라는 연극의 막이 내렸다

순장의 중단

신라 지증왕은 순장을 금지했다. 가야도 6세기에 이르면 순장묘가 자취를 감추었으니, 그즈음 순장이 금지되었을 것으로 본다. 지증왕은 소를 이용해 밭을 갈기 시작한 왕이다. 당시 백제는 제천에 의림지, 김제에 벽골제를 만들며 대규모 저수지 사업에 나선다. 각국이 농업생산력을 높이기 위해 다양한 노력을 하기 시작할 때다. 농경문화가 정착되고 한 사람의 노동력도 소중한 시기가 되면서, 순장은 점차 유지하기 어려운 풍습이 되었다.

순장의 금지는 고대국가 형성기에 불교, 유교 등 고등종교의 등장과도 관계가 있다. 유교의 공자는 순장은 예가 아닌 비례非禮라며 반대했다. 불교는 만물에 대한 자비를 강조하고, 살생을 금했다. 세계관의 변화가 이루어지는 시기, 가야도 순장을 금지했을 것이다. 순장을 대신하는 대체재가 등장하기도 한다. 흙으로 된 토용을 묻거나 사후세계를 고분벽화로 그리는 것이다. 고구려 안악 3호분에는 주인공이 아랫사람으로부터 시중받는 모습이 그려져 있다. 시녀를 순장할 이유가 없어졌다. 이맘때 대가야에도 순장을 대신한 듯 보이는 벽화 고분이 등장한다. 바로 연꽃이 활짝 핀 벽화가 그려진 고아리 고분이다.

지산동 44호분을 드라마틱하게 재현한 대가야왕릉전시관. 순장이라는 강력한 시각적 경험을 제공하는 곳이다. 색채와 빛은 어스름 해질녘처럼 흐릿하다. 자연스럽게 무덤 안 세계는 고요하고 엄숙하며 신비했다. 경외심이 없으면 호기심도 생기지 않는 법인데, 이곳은 누구에게나 경외심을 불러일으킬 만하다.

아쉬운 것은 디테일과 스토리텔링이다. 순장자들에게 삶은 진정 그들의 것이 아니었다. 왕의 평안을 위해 자신의 평안을 바쳐야 했던 그 한 사람 한 사람의 삶의 전략을 그려낼 수 있다면, 가야를 더 풍부하게 이해할 수 있을 것이다. 주체적 삶의 전략을 지닌 채 중층적 관계에 둘러싸여 살았던 개인을 역사화할 수 있으면 좋겠다. 그 사람들의 침묵에 귀 기울일 수 있으면 좋겠다.

3부

가야 사람을 찾아서

그대, 수로여
운명의 내 사랑이어라

1. 수로와 황옥, 거침없는 운명에의 사랑

김수로는 바다로부터 황옥의 배가 들어오기를 기다렸다. 멀리 아유타국에서 수로를 만나러 황옥이 오는 중이다. 마침내 황옥이 도착했다. 황옥은 수줍게 "아유타국의 공주이며 성은 허씨이며 이름은 황옥으로 나이는 16세"라고 얘기한다. 《삼국유사》 가락국기에 기록된 금관가야 시조 김수로왕과 왕비 허황옥이 만나는 첫 설렘의 순간이다.

왕과 왕후의 만남으로 이웃나라 신라의 박혁거세와 알영 부인 이야기가 있다. 같은 날 같은 곳에서 태어났으니 박혁거세와 알영 부인도 '하늘이 내린 사랑'이겠으나, 수로와 황옥의 러브스토리에 비하면 폭발적이지는 않다.

무엇보다 수로와 황옥의 스토리가 강력한 것은 우리나라 최초의 국제결혼이라 불릴 만하기 때문이다. 국경을 뛰어넘어 언어를 뛰어넘어

맺어진 사랑이기 때문이다. 이질적 집단 간에 이루어진 사랑으로 고구려의 호동왕자와 낙랑의 낙랑공주의 사랑, 고려의 공민왕과 원나라 노국공주의 사랑도 떠올릴 수 있겠으나 그들의 사랑은 새드엔딩이다. 호동왕자와 낙랑공주의 사랑은 고국을 버리고 사랑을 선택해 서로를 파멸로 이끈 '비극적 사랑'이다. 공민왕과 노국공주의 사랑은 사랑하는 이의 부재가 남은 사람에게 얼마나 허망한 세상을 만드는지를 보여주는 '서글픈 사랑'이다. 고대사회에서 이질적 집단 사이에 이루어진 사랑은 새드엔딩이 대세다.

김수로와 허황옥의 사랑은 해피엔딩이다. 이질적 집단의 결합은 정치군사적 이해관계에 따라 변동되는 불안전한 것이기 쉽다. 그러나 수로와 황옥의 사랑은 그것을 뛰어넘어 처음처럼 평생을 함께 해로했으니, 사랑의 행로가 늘 한결같고 평온했다. 이들의 사랑과 혼인이 한국 역사에 등장하는 가장 강력한 러브스토리로 기억되는 이유일 것이다.

저는 아유타국의 공주 '허황옥'입니다

이제 김수로왕과 허황옥이 결혼하게 되는 이야기를 따라가보자. 가락국을 세운 수로가 결혼할 나이가 되자, 수로의 신하들은 수로에게 다른 나라의 유력자 딸과 결혼하라고 간청했다. 그러나 수로는 신하들의 청을 한사코 거절하며 "왕후가 바다에서 올 것이니 기다리고 있으라"라고 말했다. 신하 유천간을 시켜 망산도에서 왕후가 오면 횃불을 들게 했고, 신하 신귀간에게는 왕후가 도착했다는 횃불이 오르면 대궐로 달려와 그 사실을 알리는 역할을 맡겼다.

어느 날 허황옥의 배가 주포에 도착했다. 신하들은 허황옥을 대궐로 인도하려 했으나 허황옥은 한사코 왕궁에 들어가지 않는다. 소식을 들은 김수로왕은 장막을 쳐서 임시 궁전을 만들고 왕궁에서 나와 허황옥을 맞았다. 수로와 황옥의 첫 만남의 순간이다.

허황옥이 먼저 수로에게 자신이 누구인지 고백했다.

"저는 아유타국의 공주이며, 성은 허이고 이름은 황옥입니다. 나이는 16세입니다. 부모님과 함께 황천상제를 뵈었는데 '가락국의 임금 수로는 하늘에서 내려 왕위에 오르게 한 자이니 신성한 사람이다. 배필이 없으니 공주를 보내 그의 배필을 삼으라' 하였습니다. 부모를 하직하고 그곳을 향해 가거라 했습니다."

이 이야기가 우리 마음을 강렬하게 흔드는 것은 여성의 주체적 역할이 약했던 고대사회에 여성인 허황옥이 남성인 김수로에게 먼저 프러포즈한다는 점이다. 허황옥은 당돌한 여성상을 보여준다. 이에 화답하는 김수로의 태도도 격 있다. 거들먹거림도 없으며 그 어떤 권위와 위세도 없이 겸허하다.

"나는 신성한 사람이라 이미 공주가 멀리서 올 것을 알고 있었소. 신하들의 청이 있었지만 따르지 않고, 현숙한 그대를 기다렸습니다."

허황옥의 프러포즈가 혼자만의 궁리가 아니라며 화답한다. 수로는 선지자처럼 운명적 배필이 나타날 것을 직감하고 이에 자신의 사랑과 정치적 인생을 건 믿음의 사나이다. 이처럼 둘의 만남은 삶과 정치적 명운을 결단하며, 상대에게 온 삶을 의탁하는 '담대한 사랑'이다.

고대사회 왕이나 귀족 등 지배층의 결혼은 '사랑' 외 또 다른 목적을 담았다. 고려 태조 왕건은 왕권을 유지하고 지방 세력을 포섭하기 위해 나주의 오 씨 호족 세력뿐 아니라 수없이 많은 혼인을 했다. 대가야의 이뇌왕은 고구려, 백제, 신라의 패권싸움이 치열해질 때 나라를 유지하는 수단으로 신라와 결혼동맹을 맺고 신라 왕족 여성과 결혼했다. 결혼이라는 가장 강력한 결합을 통해 현실에서의 부와 권력을 지속하려는 욕망은 지금도 정치인, 경제인, 고위 관료 가문의 결혼으로 이어지고 있는 보편적 현상이다.

그러나 혼인이 정치적, 군사적, 경제적 이해관계의 변화라는 큰 흐름을 거스를 수는 없었다. 신라와 정치군사적 이해관계가 충돌하면서 결국 신라 왕족 여성과의 결혼은 파국을 맞는다. 대가야와 신라는 더 이상 함께할 수 없었다. 이처럼 비극적으로 끝난 혼인도 있었다.

김수로와 허황옥의 인연은 백년해로를 넘어 150년 가깝게 이어지다가 허황옥이 158세의 나이로 죽음을 맞아 이생에서의 연을 다하게 되었다. 허황옥이 떠난 후 김수로왕은 슬퍼 탄식했고 슬픔을 이기지 못하고 다음 해 사망한다. 허황옥의 죽음을 슬퍼한 이는 김수로왕만이 아니었다. 가야 백성들이 땅이 무너진 것처럼 슬퍼했다고 기록은 전한다.

허황옥은 인도 공주였을까

허황옥이 떠나온 아유타에 대해서는 인도 북부 우타르프라데시의 도시인 아요디아가 유력하다고 전해진다. 인도의 수도 뉴델리에서 북쪽으로 7백여 킬로미터 떨어진 곳이다. 아요니아가 아유타국으로 지목된 데는 쌍어문과 허황옥을 일생에 걸쳐 좇은 두 연구자의 공이 크다. 아동문학가이자 《삼국유사》 연구자인 이종기와 고고학자이자 한양대학교 교수였던 김병모다. 이종기가 펜클럽대회 참석차 들른 아요디아에서 쌍어문을 발견했듯이, 김병모 또한 아요디아에서 쌍어문을 찾았다. 그는 그 이야기를 《허황옥 루트: 인도에서 가야까지》라는 저서로 풀어냈다. 마치 움베르코 에코가 《장미의 이름》에서 장미 상징을 통해 중세유럽 기독교사회를 그려내듯이, 그는 쌍어문 상징으로 해박한 고고학과 역사적 지식을 버무려 한 편의 역사 탐정소설을 완성했다.

김해 김씨로 태어난 그는 어려서부터 까무잡잡한 피부 때문에 콤플렉스가 있었는데, 하루는 할머니에게서 "너의 할머니는 인도 공주, 허황옥이야"라는 이야기를 들었다. 그렇게 인도 공주의 후손임을 알게 되면서 콤플렉스에서 풀려났다.

김병모 교수는 일생을 두고 연구한 결과, 허황옥은 '2천여 년 전 정착한 인도 출신 브라만 계급의 후손으로 미얀마, 운남을 거쳐 사천에 정착한 후손으로 사천의 안악에서 태어난다. 15세 때 출생지를 떠나 양쯔강을 따라 내려와 무한에서 살다가 다음 해에 황해를 건너와서 수로왕과 결혼했다'라고 결론을 내렸다. 저자는 인도의 아요디아에서 수로왕릉 납릉정문에 있는 쌍어문을 발견하면서 아유타국이 인도의 아요디아라는 생각을 굳혔다.

　'허황옥 여인이 고향이라고 말한 아유타국이 바로 이곳 같다는 생각이 굳어졌다. 그렇지 않고서야 가락국에 있는 쌍어문과 똑같은 모양의 쌍어문이 집집마다 대문에 붙어 있지는 않을 것 같았다. 여기가 김해인가 아요디아인가? 여기가 가락국인가 아유타국인가?'

사랑을 찾아 나선 열여섯 소녀의 위풍당당

　《영웅들의 세계사》를 쓴 폴 존슨Paul Bede Johnson에 따르면, 영웅은 절대적인 독립심을 가진, 결의와 일관성을 갖고 행동에 나서는 용기 있는 사람들이다. 김수로왕과 허황옥의 러브스토리에서 주목할 것은 사랑을 찾아 나선 16세 소녀 허황옥의 영웅적 모습이다. 왕비가 되는 운명을 좇아 바다를 건너고, 처음 만난 가락국 왕 김수로에게 자신을 왕비로 맞아달라 먼저 요청한다. 가보지 않은 길을 소녀는 포기하지 않고 걸어왔다. 그녀의 인생은 폴 존슨이 말한 결의와 일관성을 가지고 용기를 발휘한 영웅의 모습 바로 그것이다.
　동서고금의 모든 신화에서 영웅은 늘 길을 떠났고 시련을 겪었다. 신화학자 조셉 캠벨은 《신화의 힘》에서 '모든 영웅이 경험하는 모험 중 아주 중요한 통과의례는 바로 공포의 극복이다'라고 말했다. 영웅은 공포를 극복하면서 자신의 목적을 달성하고 스스로 영웅임을 증명하게 된다는 것이다.

허황옥은 무서운 밤바다 여행을 하며 시련을 겪는다. 칠흑같이 깜깜한 바다는 어둡고 무서우며 미래에 대한 불확실성을 동반한다. 허황옥은 배에 탑을 실어 두려움과 공포를 극복한다. 어쩌면 두려움과 공포를 극복하게 한 것은 탑 자체가 아니라, 그 탑에 대한 허황옥의 강력한 믿음이었으리라. 그 믿음 때문에 소녀는 살았고, 운명적 배필을 만났다. 아모르 파티^{Amor Fati}, 운명에의 사랑이 그녀를 구원했다.

망망대해가 주는 공포를 극복하면서 바다를 건너 가야에 도착한 허황옥. 폴 존슨의 관점에서도, 조셉 캠벨의 관점에서도 그녀는 분명 영웅이다. 한국 고대사에 등장하기 어려운 여성 영웅의 모험담이다. 그녀는 가야사 최고의 매력적인 여성이다.

수로왕비릉에서 만난 우리나라의 에바 페론

김해 구지봉 옆 수로왕비릉을 참배하고 걸어 나오면서 20세기 아르헨티나 국민에게 사랑받았던 에바 페론^{Eva Peron}을 떠올렸다. 그녀는 대통령 후안 페론의 부인이자 노래 '돈 크라이 포 미 아젠티나'의 주인공이다.

안타깝게도 33세 젊은 나이에 생을 마감한 그녀가 영부인 등 공적인 영역에서 활동한 것은 고작 8년이다. 그런데도 아르헨티나 국민이 여전히 그녀를 추억하는 것은 그녀의 행적이 너무도 강렬했기 때문이다. 그녀는 가난한 집에 태어났지만, 노력 끝에 대중적 스타가 되었다. 보수적이지만 약자의 이익과 친노동 정책을 옹호한 군인 출신 정치가 후안 페론과 결혼했다. 그 후 후안 페론의 아내로 머무르지 않고 스스로 아르헨티나의 가난한 이들을 위한 일에 뛰어들었다. 후안 페론의 대통령 당선을 위해 아르헨티나 곳곳을 순회하며 열성적으로 선거 운동을 했으며, 대통령이 된 후에는 그녀 스스로 노동성 장관과 복지성 장관을 맡아 사회적 약자를 대변하는 일에 앞장섰다. 그녀는 영부인을 넘어 아르헨티나 국민의 친구였다.

가야 사람들도 허황옥을 오랫동안 기억했음을 기록을 통해 유추해 볼 수 있다. 기록에 따르면 수로왕과 허황옥의 만남을 기리는 행사가 고려시대에도 어김없이 치러졌다. 한쪽은 말을 달리고 한쪽은 배를 달려 서로 만나고, 만난 후에는 먹을 것을 나누는 잔치를 벌였다. 허황옥 전승은 꽤 오랫동안 계승되었다. 역사에 채 담기지 않았지만 아마도 그녀의 행적이 너무도 강렬했기 때문이 아닐까. 가야 사람들을 아끼고, 가야를 지키는 데 지극히 헌신했기 때문일 것이다. 에비타가 내조에만 그치지 않고 스스로 가난한 이들을 위해 뛰어들었던 것처럼 말이다. 아르헨티나 국민이 에비타를 흠모하여 늘 그녀를 향해 외쳤던 "지금! 에비타, 지금"처럼 가야 사람들도 허황옥을 쉽사리 잊지 않았다.

허황옥에 대한 사람들의 기억은 깊었고, 오래된 것이었다. 수로와 황옥이 서로를 아끼고 오랫동안 함께한 데는 운명적 사랑이 있었기 때문이다. 그들에게는 정치적 맥락을 뛰어넘는 인연과 사랑의 힘, 무엇보다 바다를 헤치고 사랑을 찾아온 아유타국 소녀 허황옥의 사랑이 있었다.

2. 송현이, 열여섯 소녀의 '명랑'

6가야의 하나인 비화가야의 고도, 창녕. 그곳 창녕박물관에서 가야의 한 여자아이를 만났다. 그 여자아이는 버건디색 옷을 입고 박물관 전시실 안에 모형으로 서 있다. 전시실 안내판에는 이 아이의 이름이 송현이라고 했다. 6세기 창녕 지역 최고 지배자의 무덤인 송현동 15호분 무덤에 순장자로 묻힌 소녀라서 이름이 송현이가 되었다.

창녕은 낙동강을 사이에 두고 고령의 대가야, 합천의 다라국과 연해 있다. 당시 가야와 신라를 잇던 요충지였고, 그 흔적이 창녕읍 교동과 송현동 고분군에 남아 있다. 이곳에서 고고학자들이 가야 소녀 송현이를 찾아낸 것은 2007년이었다.

그해 12월 송현동 15호분 무덤에서 순장 흔적이 발견되었다. 순장자는 4명이었는데 무덤 주인공 주변 동쪽에 머리를 두고 있었다.

4명의 인골 중 상태가 좋은 여성 인골을 대상으로 복원을 추진하게 되었다. 고고학뿐만 아니라 법의학, 해부학, 유전학, 조형학, 물리학 등 다양한 분야의 연구자가 참여했다. 연구자들은 이 유골의 주인공이 성장판이 아직 완전히 닫히지 않고 사랑니도 다 나지 않은 열여섯 소녀라는 결론을 내렸다.

소녀의 키도 드러났다. 고고학자들은 신체 일부의 뼈 길이만 알아도 그 사람의 키를 알아낼 수 있다. 이를 처음 발견한 사람은 미국의 인류학자 밀드레드 트로터Mildred Trotter 박사다. 법의학에 정통한 트로터 박사는 인체의 각종 뼈 길이, 특히 위아래 팔다리뼈와 허벅지뼈, 정강이뼈의 길이를 알면 수학적으로 사람의 키를 산출할 수 있다는 사실에 주목했다. 몸속 뼈의 길이는 키와 직접적 관계가 있기 때문이다. 송현이의 키를 추정할 수 있는 단서는 유골의 넓다리뼈 길이였는데, 38.7센티미터였다. 이 값을 식에 대입하니 어린 가야 소녀의 키는 약 155.8센티미터다. 오차 범위를 감안한다면, 송현이의 키는 152~159센티미터 사이일 것이다.

유골이 알려준 송현이의 삶

박물관에 서 있는 송현이 모형은 우리 주변에서 쉽게 찾아볼 수 있는, 등굣길 교문을 들어서는 평범한 소녀의 모습이다. 머리 두개골을 컴퓨터 촬영하고, 열여섯 살 된 현대 한국의 소녀 40명 얼굴 살의 평균 두께를 고려해서 살을 붙여 송현이를 복원했다고 한다. 평

소녀는 두렵지 않아서가 아니다
운명의 리듬에 맞춰
열여섯다움 명랑을 잃지 않을 뿐

명랑한 송현, 21×28.3cm, 종이에 연필, 2021

범한 열여섯 소녀, 송현이의 얼굴에서 이제 막 자의식의 세계에 들어와 아름답지만 때로는 슬픈 오늘을 경험하는 소녀의 담담함을 떠올렸다.

지금 우리 주변의 열여섯 살 소녀가 있다면, 친구들과 재잘재잘 수다를 떨고, 좋아하는 아이돌의 노래에 열광하고 미래의 꿈을 설계하고 있을 것이다. 가야시대 송현이는 어떤 소녀였을까. 기록도 없고, 흔적도 많지 않은 터라, 소녀의 신상정보를 제대로 파악하기는 쉽지 않다. 흔히 순장자는 무덤 주인공이 죽음 이후에도 생전의 삶을 유지했으면 하는 바람에서 묻힌 사람들이다. 호위무사나 시녀, 유모 등이 순장됐을 가능성이 높다. 그런 추정에서라면 송현이는 무덤 주인이 거느렸던 어린 시녀였을 것이다. 가야 소녀 송현이의 정강이뼈와 종아리뼈에는 어린 나이임에도 오랫동안 무릎을 꿇고 생활한 가엾은 흔적이 남아 있었다. 송현이가 '왕궁의 시녀였다면'이라는 가정을 해보았다. 그녀의 무릎에 남은 흔적은 고단한 궁궐 생활로 몸에 새겨진 것이다.

무덤 속 송현이 옆에는 귀걸이가 놓여 있었다. 가야시대 귀걸이는 높은 지위를 갖춘 자들이 몸에 소지할 수 있는 장신구였다. 송현이는 귀걸이를 걸 수 있는 높은 지위에 있는 소녀였을까. 아니면 낮은 자리의 시녀였지만, 순장자로 죽을 때 그 대가로 평생 한 번도 해보지 못한 귀걸이로 자신을 장식할 호사가 허락된 것은 아닐까.

살아생전 모시던 주인이 죽고, 순장자로 뽑혀 이생을 떠나게 되는 슬픈 삶의 주인공, 송현이. 하고 싶은 것도 많은데 왕궁에 들어와 살고 있다. 어느 날 왕이 돌아가셨다. 죽어서도 왕을 모셔야 했다. 무덤에 들어가라는 명을 따르고 싶지 않았다. '도망칠까' 수많은 밤을 번민했다.

송현이의 삶을 생각하며 작가 김훈의 《현의 노래》를 떠올렸다. 이 책에는 대가야를 살았던 가야금 연주자 우륵과 그의 제자 니문, 철 장인 야로, 왕을 모시는 궁녀 아라 등 가야 사람들의 이야기가 그려져 있다. 아라는 또 다른 송현이다. 왕이 죽자 아라는 순장자로 선발되었다. 순장자들은 왕의 상여가 뜨는 전날 밤 능선 위 무덤에 모여 자신이 배정받은 구덩이 앞에서 밤을 지새웠다. 소설 속 아라는 죽을힘을 다해 도망쳤다. 그러나 송현이는 왕의 장례가 치러지던 그날 무덤 속에 따라 들어갔다. 곱게 단장을 하고, 평소 그토록 하고 싶었던 금귀걸이를 늘어뜨렸다. 무섭고 두려웠지만 운명을 순명으로 받아들이며 무덤 안에 편안히 누웠다. 짙은 하늘 위로 총총히 빛나는 별이 보였다.

찰나를 즐기고 기뻐하는 힘 '명랑함'

열여섯 소녀 송현이는 도망칠 용기를 왜 내지 못했을까. 복종이 유일한 삶의 태도가 되어야 했던 시대였기 때문일까. 어느 순간 송현이의 죽음이 새롭게 보이기 시작했다. 소설가 공선옥의 단편소설 〈명랑한 밤길〉을 읽고 나서다. 〈명랑한 밤길〉은 시골 개인병원 간호조무사인 내가 도시 출신 남자에게 버림받고 심한 모욕을 당하고 집으로 돌아오는 길의 이야기다. 주인공은 무섭고 칠흑 같은 밤길에서 우연히 깐주와 싸부딘이라는 외국인 노동자의 대화와 노래를 듣고 괴롭고 치욕스러운 밤길을 '명랑하게' 느끼게 되었다. 깐주와 싸부딘은 힘든 상황에서도 고향 네팔에 떠오른 달을 생각하며 노래를 부르며 '명랑함'을 잃지 않았다. 명랑함은 자신을 둘러싼 환경을 극복하는 밝은 기운이다.

송현이의 죽음이 슬프고 처연한 것만은 아닐 수도 있겠구나, 생각되었다. 주어진 자리의 무게를 온전히 받아들이면서도 즐거움과 기쁨을 잃지 않는 열여섯 소녀의 결단과 명랑함이 보였다.

명랑함은 찰나의 순간에도 스스로 삶의 기쁨을 찾고 온전히 즐길 수 있는 능력이다. 말도 행동도 조심스러워야 하는, 날마다 일상이 반복되는 궁궐 생활은 지루한 일상이다. 그러나 송현이는 항상 같아 보이지만 그 생활 속에서도 언제나 신기하고 색다르고 새로운 무언가를 발견했을 것이다.

송현이의 명랑은 왕의 죽음에 따라 순장자로 이름이 올라가는 그 순간에도 꺾이지 않았을 것이다. 명랑은 어느 순간, 어떤 상황에서도 새로움과 기쁨을 찾아내기 때문이다. 무덤에 들어가 누웠을 때는 떠 있는 별의 총총함에서 반가움을 느끼고, 서서히 무덤에 흙이 덮여갈 때는 울면서도 노래를 불렀을지 모른다. 그렇게 달과 별을 향해 천천히, 뚜벅뚜벅, 명랑하게 나아갔을 것이다. 열여섯의 명랑이 그러하다. 마치 〈명랑한 밤길〉에서 슬프고 억울할 때면 노래를 부르고, 꿈속에서 크고 아름다운 네팔 달을 본 데서 힘을 얻는 네팔 노동자 깐주의 명랑함처럼.

3. 57호분 순장녀, 가야 여전사였을까

    일제강점기 암살의 특명을 받고 싸운 독립운동가들의 이야기, 영화 〈암살〉. 영화 포스터에는 태극기 앞에 남성 독립운동가들과 당당히 함께 서 있는 여성, 안윤옥이 있다. 나라가 풍전등화의 위기에 처하자 남성이건 여성이건 구별 없이 떨쳐 일어났다. 〈암살〉의 안윤옥처럼 가야시대에도 나라를 위해 일어선 여성들이 있었으니, 김해 대성동 고분에서 나온 가야 여전사들이 바로 그들이다. 대성동 고분 앞 대성동박물관에서 그녀들을 만날 수 있었다.

    그들은 대성동 고분 57호분 목곽묘에서 나온 세 명의 순장녀들이다. 이들은 무덤 주인공 발밑에서 발견되었는데 모두 여성이었다. 이들의 인골을 분석하니 키는 약 150센티미터였고 골반의 형태와 흔적을 보아 아이를 낳은 경험이 있는 이삼십 대 여성이었다. 과연 누구이길래 무덤 주인공을 내세에까지 모셔야 하는 순장녀가 되었던 것일까? 그녀들의 신분에 대한 궁금증은 이렇게 시작되었다.

가야에 여전사가 있었다

10여 년 전 한 방송사에서 57호분 순장녀들을 다룬 역사 다큐멘터리 '가야에 여전사가 있었다'를 방영한 적이 있다. 이 다큐멘터리는 남녀의 성 역할이 여전히 가부장적인 세계관에 머물렀던 시대에 센세이션을 일으키며 가야의 여전사 집단에 대한 관심을 불러 일으켰다.

이 무덤의 순장녀들이 여전사 집단이라는 추정은 크게 두 가지 근거에서 주장된다. 첫째 머리맡에서 발견된 철제 투구와 갑옷 조각이다. 둘째 순장녀들의 유골을 분석한 결과 유난히 다리 근육이 잘 발달되어 있다는 사실이다. 고고학은 물질의 흔적을 해석한다. 오로지 발견된 유물 스스로 자신이 누구인지 말하도록 하는 것이다. 유물을 해석하면 57호분 순장녀들은 철로 된 투구와 갑옷을 입었고 평상시에 말을 자주 타며 무술을 연마한 결과 다리 근육이 발달해 있었다는 상상이 가능하지 않을까. 그녀들은 저 고구려의 개마무사들처럼 기마병으로 활동하며 전장을 누볐거나, 왕을 가까운 거리에서 모시며 경호했던 호위무사였을 수 있지 않을까. 물론 머리맡에서 발견된 투구와 갑옷들은 무덤 주인공의 것이라며, 여전사라는 해석에 반대하며 실상 가락국 왕실에 봉사하며 아이도 낳았던 첩이었다고 해석하는 학자도 있다.

우리나라에도 설화로 존재하는 여전사가 있으니 고구려 연개소문 장군의 여동생 연수영도 그중 하나다. 연수영은 고구려 보장왕 때 중국의 당나라와 싸워 무공을 세운 해군 사령관이었다 한다. 남자 장수 못지않게 탁월한 능력과 비상한 통솔력으로 당군을 무찔렀다는 이야기가 만주에 있는 비석에 전해온다.

고대에는 여성도 남성만큼 주체적 역할을 수행했다는 것이 놀랍다. 모든 시대에 여성이 집사람으로 아이를 양육하고 가사를 담당하는 전통적인 역할에 고정된 것은 아니다. 신라엔 일찍이 여성 지도자들이 있었다. 선덕여왕과 진덕여왕, 진성여왕이 그들이다. 고구려의 연수영처럼, 대성동 57호분의 여성도 나라를 지켜내는 데 일정한 역할을 수행했다.

풍전등화의 시기, 가야 여성은 나라를 위해 창을 들었다

가야에 여전사 집단이 있었다는 증거가 되는 무덤은 대성동 57호분만 있는 것은 아니다. 금관가야 4세기에서 6세기 일반인 무덤들이 밀집된 김해 예안리에서 여성이 주인공인 무덤이 발견되었다. 칼과 마구들이 무덤에서 나왔다. 무덤 주인공은 칼과 마구를 다루는 지휘관이었다는 주장이 설득력을 얻을 수 있는 껴묻거리들이다. 김해 예안리 무덤과 대성동 57호분은 가야 여전사 집단에 대한 고고학적 증거가 될 것이다.

가야에 여전사 집단이 있었다는 것은, 가야시대는 단순한 가부장제 사회가 아니라 남성과 여성의 성역할이 고정적이지 않고 평등한 개방적 사회였다는 의미가 아닐까. 가야시대 여성은 아내로서 아이를 낳고 집안일을 맡는 데 한정되지 않았다. 여성은 남성과 동등하게 생각됐고 전사로서도 공적 생활에서 남성과 평등했던 것은 아닐까.

57호분 순장녀들이 여전사 집단이라면, 우리나라 역사에서 등장하는 최초의 여군이 된다. 유독 가야에서 여전사 집단이 나온 배경은 무엇일까. 그것은 가야가 처했던 위태로운 정치군사적 상황과 무관하지 않다. 4세기 후반 한반도 전체에 전쟁의 소용돌이가 불어닥친다. 고구려는 낙랑과 대방을 함락시키고 한반도 남쪽으로 눈을 돌리면서 백제와 대립했다. 한반도 남부를 두고 가야와 대치 중이던 신라는 발빠르게 고구려와 손을 잡았다. 가야는 철 갑옷과 마구 등 무기 체계를 혁신하고 병력을 확보하는 등 비상 전시체계로 나아가야 할 때였다. 결국 5세기 초 고구려 광개토왕이 신라에 5만 대군을 급파해 가야-왜 연합군과 싸우는 국제 전쟁이 시작됐다.

금관가야는 작지만 주변 나라에 철을 공급했던 나라였다. 각종 철과 철제 무기를 생산하고 무역하면서 나라의 부를 유지해갔다. 고구려, 백제, 신라에 비해 인구도 적었던 만큼, 전쟁에 동원할 수 있는 군사력이 크지 않았다. 때문에 당시 왜에 철을 수출하면서 그 대가로 용병을 수입하기도 했다. 왜에서 건너온 용병들이 가야군과 함께 신라를 공격하자, 신라는 급히 고구려에 원병을 청했고, 고구려는 이를 기회로 금관가야를 쑥대밭으로 만들어버렸다.

이제 백성의 대다수를 군사력으로 징발해야 했다. 건장한 신체를 가진 여성도 그 대상에 포함되었다. 급변하는 주변 정세에 대처하기 위해 여성도 군사력으로 징발하는 총력 동원체제로 전환한 것은 아닐까. 가야 여성은 결혼을 했든 하지 않았든 간에 풍전등화에 놓인 나라를 위해 기꺼이 떨쳐 일어났다. 2차대전 후 적국에 둘러싸인 이스라엘은 이들과 맞서기 위해 남자는 물론 여자들도 의무적으로 군에 입대했다. 이스라엘에서는 조국을 위한 떨쳐 일어남에 남성과 여성의 성적 정체성은 중요하지 않았다.

대성동박물관의 홀로그램,
우리 역사의 아마조네스

　　　　가야는 여성의 역할에 개방적이고 진취적인 나라였다. 김수로왕의 왕비 허황옥이 단순한 내조 역할이 아닌, 가야 운영에 일정 역할을 한 집단의 수장일 수 있다는 주장도 있으니, 가야시대 여성은 그 사회에서 적극적 역할을 수행했다고 추정해볼 수 있다.

아내이자 엄마로 살면서 나라가 부를 때 갑옷과 투구를 쓰고 참전한 주체적인 가야 여성을 대성동박물관에서 만났다. 특히 57호분 순장녀들이 여전사들이었음을 보다 실감 나게 느낄 수 있는 홀로그램을 만날 수 있었다. 홀로그램의 변화하는 모습을 여러 각도에서 볼 수 있는데, 나라에 위기가 닥칠 때 남성과 동일하게 전장에서 싸웠던 가야 여전사들의 단단함과 결연함의 기운이 홀로그램에서 뿜어져 나왔다.

어렸을 때 읽은 그리스-로마 신화에서, 전설의 여성 민족 '아마조네스'를 상상하며 걸크러시를 꿈꾼 적이 있다. 아마조네스의 나라는 여성이 왕이 되어 통치했고, 여성이 관료로 왕을 도왔으며, 여성이 장수로서 전장에서 싸웠다. 여자아이를 낳으면 그 여자아이를 거두었고, 남자아이를 낳으면 죽이거나 이웃나라로 보냈다. 아마조네스의 여자아이들은 활과 창을 잘 다룰 수 있도록 오른쪽 유방을 도려낸 채 길러졌다. 역사학자 헤로도투스는 신화 속 아마조네스는 지금의 우크라이나 인근에 있는 '사르마트족 Sarmatians'을 모델로 탄생한 신화라고 보았다. 대성동 57호분의 여성들의 홀로그램을 보며, 어린 시절 동경했던 힘차고 강인한 아마조네스를 떠올렸다. 범접하기 어려운 역사 속 걸크러시들이다.

폼나게, 엣지있게
내 인생의 걸크러시들

내 인생의 걸크러시, 19.5×27cm, 종이에 연필, 2020

4. 구형왕, 수오지심을 알다

역사는 승자를 기록한다는 말이 있다. 승자의 관점에서 기록되면서 왜곡되게 마련이라는 의미일 것이다. 나는 이 말을 그리 신뢰하지 않는다. 역사 또는 역사 기록의 한계를 벗어나기 위해 역사는 끊임없이 노력하고 진전할 것이라 믿기 때문이다. 다만 공정함을 위해 패배한 인물의 편에 서서 그를 들여다보는 작업이 중요하다는 생각은 늘 해왔다. 개선하는 씨름꾼을 따라가며 환호하는 대신 패배한 장사 편에 서서 주먹을 부르쥐는 것처럼 말이다.

가야 역사에서 가장 처절하게 패배한 인물을 들자면, 신라 진흥왕에게 금관가야를 넘겨준 마지막 왕 구형왕을 들 수 있다. 전장에서 '패배한 왕'을 넘어 나라를 멸망케 한 '망국의 왕'이기 때문이다. 역사에서 패배한 자의 이야기를 찾아, 경상남도 산청에 있는 구형왕 무덤을 찾았다. 아직 겨울이 물러나지 않고 봄을 시샘하는 신산한 날이었다. 내 인생, 첫 산청이었다. 톨게이트를 들어서자마자 보송보송 하얀 목화 조형물들이 눈에 많이 띈다. 고려시대 문익점이 원나라에서 귀국할 때 붓뚜껑에 목화씨를 숨겨와 처음 목화를 키운 곳이 산청이다.

산청이 매력적인 것은 '뫼 산', '맑을 청'이 어우러진 이름 때문이다. 지리산 품에 안겨서인지 맑고 푸른 기운이 퍼지는 느낌이다. 그 기운 때문인지 가시오가피, 헛개나무 등 산청의 약초는 예부터 유명했고, 조선시대 명의 허준과 그의 스승 유의태가 의술을 펼친 곳이기도 하다. 얼음동굴에서 유의태가 제자 허준을 위해 병에 걸려 죽음을 앞둔 자신의 시신을 해부하도록 했다는 이야기가 내려오는 곳, 산청은 소설《동의보감》의 무대이다.

어찌 흙 속에 묻힐까, 차라리 돌로 덮어라

산청군 금서면 화계리 왕산 기슭에 전구형왕릉이 있다. 주차장에서 내려 전구형왕릉까지 한참을 걸어갔다. 저 멀리 거무스레한 무덤이 보였다. 흙으로 봉분을 쌓은 무덤이 아니다. 돌을 한 층 한 층 쌓은 돌무덤이다. 7층이며 높이는 11미터 정도 된다. 떨어져서 보니 피라미드 모양을 담은 석축 구조물이다. 주검을 땅 위에 처리하고 막돌을 쌓아 만들었다. 신라시대에는 돌무지 위에 흙을 덮는데, 이 무덤은 흙이 덮이지 않았다. 가까이 가니 표지판이 있다. '전傳구형왕릉'이라 되어 있다. 구형왕릉이라고 전해오는 곳이라는 뜻이다.

구형왕은 금관가야 태조인 수로왕의 9대손으로 42년 동안 왕으로 통치했다. 구형왕이 신라에 항복한 이야기는 《삼국유사》에 두 가지 설이 실려 있다. 562년 신라의 진흥왕이 쳐들어오자 친히 군졸을 지휘했으나 수적으로 열세라 항복했다는 것과 532년 국토를 바치고 신라에 투항했다는 것이다.

구형왕은 세 아들과 함께 신라의 수도 경주에 갇히게 되는데, 금관가야 옛 땅을 식읍으로 받았다. 고대사회에서 정복당한 나라의 왕과 지배층은 원거주지에서 멀리 떨어진 곳으로 강제 이주되는 것이 일반적이다. 대가야 사람 강수와 우륵은 중원경, 지금의 충주로 강제 이주되었다. 그에 비해 구형왕이 받은 대우는 좋은 편에 속한다. 또한 김무력, 김서현, 김유신으로 이어지는 그의 후손은 신라 중앙무대에 진출해 성공적으로 정착했다.

그러나 구형왕의 마음 한구석은 늘 스산했다. 나라를 지키지 못하고 백성을 떠돌게 한 자신의 책임으로부터 자유롭지 못했다. 그는 산청을 찾았고 이곳에서 죽음을 맞았다. 죽음을 앞두고 그는 '나라를 구하지 못한 몸이 어찌 흙 속에 묻힐까. 차라리 돌로 덮어라'라는 유언을 남겼다. 그의 자손은 구형왕의 유지를 받들어 돌무덤을 만들었다. 돌을 차곡차곡 쌓아올려 7층의 돌무덤이 되었다.

이 무덤에 얽힌 사연은 조선시대 지리서인 《신증동국여지승람》에도 적혀 있어 지금까지 알려지게 되었다. '그 산속에 돌을 쌓아 마치 언덕처럼 만들어놓은 것이 있는데, 네 면은 모두 층계로 되어 있다. 민간에 전해오는 말로는 그것을 왕릉이라 한다'라고 되어 있다.

이 왕릉이 구형왕의 무덤으로 특정된 것은 1864년경 조선 후기 지리학자 김정호가 쓴 《대동지지》에서다. '산청현 왕산의 왕산사 뒤쪽에 돌로 사방을 층단으로 쌓아 만든 가야국 구형왕의 능이 있는데, 왕산 사는 옛날 구형왕이 살던 수정궁터라 하였다. 그리고 원래 민간에서는 그것을 막연히 왕릉이라 전했으나, 후손들이 그러한 사실을 찾아내고 왕산 아래에 구형왕의 사당을 세웠다고 한다'라고 되어 있었다.

이곳이 구형왕의 무덤이라는 확실한 증거는 없다. 전구형왕릉이라는 이름이 붙은 이유다. 이곳이 실제 구형왕의 무덤이 아니라, 후세에 와서 구형왕릉으로 각색되었다는 주장도 있다. 그 주장에 따르면 이곳은 불탑인데 이름 없는 돌무더기로 방치되다가 15세기에 왕릉으로 이야기되기 시작된다. 김해 김씨 문중과 결부되면서 구형왕릉으로 역사화 작업이 진행되고, 수정궁이 있었다는 자리에 구형왕과 그 왕비의 영정을 모신 덕양전이 만들어졌다. 구형왕은 양왕으로도 불린다. 그것 또한 김해 김씨들이 조상을 미화하기 위해 망국의 왕이라는 책임에서 결코 벗어날 수 없는 사람에게 시호를 주었다고 했다. 왕위를 양보하고 죄 없는 백성을 죽게 할 수 없어 가야를 신라에 넘겼다는 이야기다. 꽤 개연성 있는 설명으로, 구전설화와 역사 사이에 존재하는 간극을 이해할 수 있는 사례다.

역사의 책임을 인정하는 리더의 진정한 용기

전구형왕릉에 대한 이야기를 쓰는 나의 가정은 '구형왕의 무덤이라면'에서 시작된다는 것을 실토하지 않을 수 없다. 구형왕은 산청에 은둔하며 나라를 빼앗긴 자의 자괴감과 부채의식으로 평생 마음 깊이 병들었다. 이러한 자의식을 가진 그는 자신과 가족의 영위만을 구하는 왕은 아니었다. 금관가야를 지켜내지 못한 무능함에 가야 백성에 대한 면목 없음으로 숨어 지냈다. 죽어서 영광을 받는 것은 나라를 망하게 한 왕에게는 적절치 않다고 생각했다. 돌무덤이 스스로에게 맞는 대우라고 생각했다. 구형왕은 '힘이 약해 나라를 빼앗겼지만 부족함을 반성하고 돌을 이는 것으로나마 자신의 허물을 탕감받으려 한 죄의식이 많은 사람'이다. 풀 한 포기 날 수 없는 그의 돌무지무덤을 보며 권력 가진 자의 책임을 무겁게 느꼈다.

중국의 성인 맹자는 '부끄러운 마음이 없으면 사람이 아니다(無羞惡之心 非人也)'라고 했다. 맹자는 인의예지의 단서가 되는 네 가지 마음인 사단에서, 자기의 옳지 못함을 부끄러워하는 수오지심의 마음을 가장 귀한 감정으로 내세웠다. 누구나 타인의 단점을 찾기는 쉽지만, 스스로의 잘못을 보고 이를 부끄러워할 줄 알기는 어렵기 때문이다.

무덤에 대한 상념에 빠져 있을 때, 저쪽에서 60대 키가 큰 등산복 차림의 남성이 성큼성큼 걸어와 무덤에 참배를 했다. 산에서 내려가던 중에 들른 것 같았다. 그 모습이 예사롭지 않아 참배의 연유를 물으니 그는 스스로 "김해 김씨 후손이다"라고 밝혔다.

"산청에서 자랐습니다. 이곳을 잘 압니다. 어렸을 때 이곳은 버려져 있었어요. 무덤이 있었지만 가까이하고 싶지 않았어요. 나라를 망하게 한 사람의 무덤, 누가 돌보려고 했겠어요. 다들 돌아보고 싶지 않았을 거예요. 부끄러움이니까요."

지금은 산청군에서 안내판을 세워 시골마을의 역사문화자산으로 가꾸고 있지만, 예전에 이곳은 버려진 땅이었다. 그 누구도 향하고 싶지 않은 폐허와 같은 곳이었다. 역사의 승자가 아니라 패자가 묻힌 곳이기 때문이리라. 패자는 서러운 인생이다. 그의 후손 김유신은 통일신라 건국의 주역으로 성공했지만, 구형왕이 망국의 왕이라는 굴레는 비켜갈 수 없었다.

스스로 돌무덤을 선택한, 부끄러움을 알고 기꺼이 대가를 치른 왕, 구형왕. 수오지심을 알았던 구형왕에 나는 감정이입한다. 그는 격이 있는 자이기 때문이다. 인생의 고비에서 우리는 서럽고 슬픈 일을 겪고 쓰라린 실패를 경험한다. 더군다나 오랫동안 지켜온 나라를 자신이 내어주고 만, 삶을 짓누르는 역사적 책임을 오롯이 감당하기란 너무 버거웠으리라. 그러나 지도자는 자기 어깨에 태산처럼 무겁게 내려앉은 책무를 힘들더라도 직시해야 한다. 왕은 필부가 아니지 않은가. 구형왕은 역사에서 패배했지만, 그 패배를 자신의 삶 속에 기꺼이 받아들였다. 그것 또한 용기의 다른 이름이다.

차마 부끄러움, 사진, 2019

5. 우륵, 음악은 전쟁을 넘어 살아남았다

전쟁을 살아낸 한 예인이 있어 역사에 살아남은 악기가 있다. 그 예인은 우륵이고, 악기는 가야금이다. 우륵은 대가야 전성기와 멸망기를 모두 살아낸 악인이다. 우륵은 가야금으로 대가야를 대동세상으로 만들었고, 역사적 격변기에는 소리와 가야금을 살아남게 했다. 가야금은 가야의 역사가 있었기에 살아남은 악기의 이름이다. 그 이야기가 남아 있는 고령의 우륵박물관을 찾아 나섰다.

경상북도 고령 읍내에서 박물관까지는 그리 멀지 않다. 자동차로 5분여 떨어진 곳이다. 《삼국사기》에 따르면 우륵은 각양 각지에서 그의 음악을 배우러 찾아온 제자들과 함께 우륵박물관이 있는 지금의 금곡琴谷 근처에서 가야금을 연주했다. 뚱 뚱, 가야금 타는 소리가 이 일대에 울려 퍼졌다.

박물관 주차장에 내리자마자 그 정정한 가야금 소리가 울려 퍼졌다. 환청이다. 가야금을 연주하는 우륵의 동상이 마치 그 시절 그의 모습처럼 느껴졌다. 이 동상은 고령에 사는 50대 남성의 평균적 얼굴을 기초로 만들었다 하니, 나의 환청 또한 판타지만은 아니다. 우륵박물관 마당에는 25년쯤 자란 오동나무가 햇볕을 맞고 있었다. 이곳에서 5년 동안 햇빛과 바람을 머금어 충분히 단단해질 때 가야금을 만들면 소리가 좋은 가야금이 탄생한다고 한다. 빼곡히 줄을 지어 서 있는 오동나무에서 잘 마른 햇빛과 바람 내음이 솔솔 풍겨왔다.

가야연맹체를 음악으로 하나 되게 하라

대가야는 5세기에서 6세기까지 전성기를 구가한다. 지리산을 넘어 호남 동부 남원, 순천까지 세력을 미쳤다. 5세기 후반 가라왕 하지가 중국의 남제에 사신을 보내고 보국장군본국왕을 제수받았다는데 중국으로부터 인정받을 정도로 대가야의 입지가 강해졌다는 의미다.

우륵은 가야금 연주와 작곡뿐만 아니라, 노래와 춤까지 섭렵한 종합 예술인이었다. 우륵이 악성이 될 수 있었던 것은 가실왕의 전폭적인 지원이 있었기 때문이다. 유명한 예술가 곁엔 그를 믿고 지원한 후원자가 있음은 동서고금의 진실이다.

당시 대가야는 가야 소국들을 통합해서 가야연맹을 구축해야 하는 중심국이 되어야 했다. 소국들은 말이 달라 의사소통하기도 어려웠다. 가실왕은 그 문화적 구심으로 음악의 힘을 주목했다. 우륵에게 악기를 만들고, 대가야를 하나로 만드는 음악을 만들라고 명을 내렸다. 가실왕과 우륵은 각 마을에 맞는 소리를 만들고 그 소리를 서로 나눔으로써 공동체 대가야의 공감을 만들어갈 수 있다고 믿었다. 말과 생각을 뛰어넘어 세상의 모든 것을 하나로 만들어낼 수 있는 통합 예술 장르로서의 음악. 가실왕은 음악의 역힐을 주목하고 이를 통치에 활용한 (역사서에 등장한) 최초의 왕이며, 우륵은 기꺼이 이 일에 동참한 최초의 예술가였다.

우륵은 잘 말린 오동나무에 비단실 12줄을 걸쳐 가야금을 만들었다. 그리고 소국을 상징하는 상가라도, 하가라도, 보기, 달기, 사물, 물혜, 상기물, 하기물, 사자기, 거열, 사팔혜, 이사 등 12곡을 만들었다. 상기물은 임실이고, 하기물은 남원이라는 학자들의 주장이 있지만, 그 지역이 어디인지 의견이 일치하지 않는다. 더욱이 안타깝게도 그 12곡은 남아 있지 않다.

가야 소국들은 일 년의 어느 한때 함께 모여 하늘에 제사를 지내고, 단합을 도모하는 축제의 장에 모여들었을 것이다. 이 자리에서 우륵의 음악은 때로 장중하면서, 때로 신명나게 울려 퍼지며 대가야 연맹체 사람들을 하나로 만들었다. 대가야가 맹주이긴 하지만 가야 소국들은 늘 긴장 속에서 살았다. 그 긴장을 풀어내기 위해 서로 모여 제사를 지내며 하나 됨을 경험했다. 각 소국이 모이는 제천행사장은 공존의 현장이 되어야 했다. 그 공존의 현장을 만든 것이 음악이고 가야금이었다. 음악은 대가야를 대가야답게 하는 아이덴티티였고, 우륵의 가야금으로 대가야 대동세상이 유지될 수 있었다.

고대 그리스의 도시국가 폴리스의 평화를 가져왔던 올림픽이 떠오른다. 아테네, 스파르타, 코린토스, 테베 등 500여 개 도시국가로 이루어진 그리스 연맹체가 4년에 한 번씩 올림피아의 성스러운 숲에 모여 벌였던 올림픽. 폴리스는 다르지만 그리스인으로서의 정체성을 확인하기 위해 달리기, 멀리뛰기, 원반던지기, 창던지기 등을 겨루었다. 기원전 776년부터 기원후 393년까지 1,169년 동안 292회 개최된 올림픽. 올림픽 기간에는 경기가 열리는 7일을 포함해서 1개월 동안 모든 전쟁을 중지했다. 대가야의 제천행사도, 늘 다투던 고대 폴리스 시대 올림픽처럼 평화와 공존을 만들어내는 가야 사람들의 '지혜'였다.

신라 진흥왕과의 음악적 만남

우륵의 악성으로서의 공적인 삶은 대가야 세력이 약해지고 신라가 부상하면서 대전환을 맞았다. 우륵은 가야금을 들고 신라로 망명했다. 우륵은 자신의 음악을 알아준 두 번째 왕, 신라의 진흥왕을 만난다. 대가야의 가실왕이 있어 우륵의 음악이 성장했다면, 신라의 진흥왕이 있어 우륵의 가야금이 역사 속에 살아남았다.

가야가 멸망하고 통일신라로 가는 역사적 격변기였다. 그는 멸망해가는 대가야를 뒤로하고, 가야금을 들고 신흥 강국 신라라는 새로운 세상을 찾아나섰다. 망국의 세월 가운데 한 인간의 삶을 '투항'이라는 프레임으로 해석할 수는 없다. 정치적 자유를 찾아, 경제적 혜택을 찾아, 예술적 환경을 찾아 또 다른 세상을 찾아나선 것을 '항복'이라는 수동적이면서 누추한 뜻으로 해석할 수만은 없다.

소설《현의 노래》는 가야는 멸망했지만 그 나라의 금이자 현인 가야금이라는 악기는 살아남았는가에 대한 이야기다.《칼의 노래》의 이순신처럼,《남한산성》의 최명길처럼,《현의 노래》의 우륵은 위기의 시기에 세상과 자기의 업을 두고 고뇌했다. 왜 가야에 남아 저항하는 길이 아닌, 신라에 투항하는 길을 선택했을까. 김훈은 소설에서 반복적으로 이야기한다.

'소리는 본래 살아 있는 동안의 소리이고, 들리는 동안만의 소리이다. 소리는 본래 나라가 없다.'

우륵은 소리에는 주인이 없다고 생각했다. 죽은 가야 왕 무덤에서 춤을 추는 것과 신라 왕 앞에서 춤추는 것이 다르지 않다고 생각했다. 지옥과 같은 대가야를 떠나 오로지 살아남고 싶었다. 악기와 함께. 신라 땅에서 가야의 금을 뜯는 것만이 그의 존재의 이유였다. 명분이 무너진다 하여 삶이 무너지는 것이 아니며, 치욕은 죽음보다 견딜 만한 것이리라. 우륵은 살아남음과 실리의 편에 섰다.

그런 그가 진흥왕을 만난 것은 축복이었다. 진흥왕은 강력한 왕권을 세우고 고구려, 백제와 겨뤄 이길 수 있는 군사적 기반을 구축하고 있었다. '위대한' 로렌초 데 메디치Lorenzo de Medici가 산 마르코를 지날 때 열다섯 살 미켈란젤로Michelangelo di Lodovico Buonarroti Simoni의 작품에 감동받아 그를 양자로 삼은 만남의 순간이 있어 미켈란젤로의 미술이 살아남았다. 진흥왕이 여러 마을을 두루 살필 때 하림궁에서 우륵의 음악을 만나 감동한 만남의 순간은 예술이 살아남은 운명의 시간이었다.

진흥왕은 지금의 낭성이라는 충주 땅에 우륵의 거처를 마련해주었다. 충주 탄금대는 지금껏 우륵이 음악을 연주한 자리로 내려온다. 진흥왕은 젊은 음악가를 보내 악기와 노래, 춤을 배우게 했다. 그들의 이름이 《삼국사기》에 전해 내려온다. 대나마 계고, 대나마 법지, 대사 만덕이다. 대나마, 대사는 벼슬의 이름이다. 계고는 가야금을 배웠고, 법지는 노래를 배웠고, 만덕은 춤을 배웠다.

우륵에 대한 공격이 없지는 않았다. "이 음악이 번잡하고 음란하니 아정한 음악이 될 수 없다"라는 비판이 일었다. 이에 우륵은 잠잠히 12곡을 5곡으로 단순하게 만든다. 그러자 다시 "가야의 음악, 즉 우륵의 음악이 음란해서 가야가 멸망했다"라는 공격이 들어왔다. 진흥왕이 나서 우륵과 그의 음악을 항변한다.

"가야 왕이 음란하여 스스로 망한 것이거늘 그 음악이 무슨 허물이 있겠느냐? 나라가 잘 다스려지거나 어지러운 것은 음률과 곡조 때문이 아니다."

진흥왕은 음악을 정치로부터 독립시킬 줄 알았다. 일국의 태평과 혼란은 왕의 통치력에서 비롯된 것이지, 음악 때문이 아니라는 뜻을 분명히 한 것이다.

소리는 살아 있는 동안만 소리

세상에는 두 부류의 인간이 있다. 치욕을 견디지 못하고 명분을 선택하는 사람과 살아남음을 중시하며 실리를 선택하는 사람이다. 우륵은 두 번째 유형의 사람이다. 소리는 살아 있는 동안만 소리이며, 살아 있지 않으면 소리가 될 수 없다고 생각한 것이다.

가야금은 북한에서도 사랑받는 민족악기이다. 박물관 입구 로비에 남북한의 가야금 명인들 이야기가 잘 정리되어 있었다. 우륵의 음악을 사랑한, 북한의 가야금 연주사 정남희 이야기가 인상적이었다. 그는 전라남도 나주에서 태어났으나 월북했고 북한사람들에게 인민배우로 사랑받았다. 그는 1961년 북한 노동당의 기관지《로동신문》에 '우륵의 음악 활동'이라는 글을 남겼다. 진흥왕이 낭성에 이르러 우륵과 제자를 불러 하림궁에서 연주를 들은 해 551년을 기점으로 1410년이 되는 해를 기념하여 글을 썼다고 했다. 진흥왕과 우륵의 역사적 만남이 북한 땅에서도 기억되고 있었다. 남과 북의 예술이 만날 때 우륵의 음악은 서로의 공감대가 될 수 있을 것이다.

우륵박물관을 나서며 우륵 동상을 다시 쳐다보았다. 조지훈의 시 '가야금'이 떠올랐다.

> 뚱뚱뚱 두두 뚱뚱 흥흥 응 두두뚱뚱
> 조격을 다 잊으니 손끝에 피 맺힌다
> 조각배 노 젓듯이 가얏고를 앞에 놓고
> 열두 줄 고른 다음 벽에 기대 말이 없다

잠든 악기 안에 소리가 느껴졌고, 그 소리에는 악기가 살아낸 시대의 이야기가 담겼다. 6세기 살육과 유혈의 시대, 가야금은 그 시대의 고난과 더불어 살아남았고 아름다워졌다.

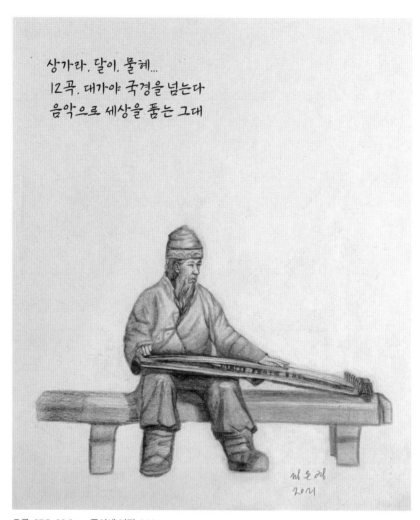

상가라, 달이, 물혜...
12곡, 대가야 국경을 넘는다
음악으로 세상을 품는 그대

우륵, 27.5×29.8cm, 종이에 연필, 2021

6. 김유신,
역사의 스포트라이트는 그를 비추었다

  왕관을 쓰지 않은 왕이 있었다. 사람들의 칭송을 받았으며, 꼴 베는 아이들까지도 능히 그의 이름을 알고 있었다. 그는 '나라 안팎이 평안하며 임금과 신하가 베개를 높이 베고 근심이 없는 것은 그의 덕'이라며 흥무대왕에 봉해졌다. 이렇듯 화려한 일생을 보낸 주인공은 가야 유민으로 신라의 장군이 된 김유신이다.

  김유신은 진흥왕 때 복속된 금관가야의 왕손이다. 15세에 화랑이 되었고 17세에는 화랑 중 가장 신망 있는 자가 뽑히는 국선이 되었다. 모든 전투에서 용맹을 떨쳤고 살아생전 다섯 명의 왕을 중심으로 보좌해 삼국통일을 이뤘다.

  한국 고대사 인물 중에서 김유신만큼 풍부한 전기자료를 후세에 남긴 사람은 일찍이 없었다. 김유신에 대한 《삼국사기》의 배려는 파격적이다. 열전 10권 중 세 권이 김유신을 기록했다.《삼국유사》기이편 59조 중, 이름이 제목이 된 유일한 인물이 김유신이다. 물론 그의 삶에 대한 비판이 없는 것은 아니다. 단재 신채호는 외세를 이용해 통일을 성취했다고 했고, 문학가 이어령은《흙 속에 저 바람 속에》에서 나폴레옹이 자신의 능력만으로 운명을 개척해간 자수성가형 영웅인 데 비해 김유신은 음험하게 여동생을 유력자와 정략적으로 혼인시켜 출세의 발판을 잡은 의존형 영웅이라고 비판했다. 공이건 과건, 역사의 스포트라이트가 그를 화려하게 비춘 것은 부정할 수 없는 사실이다.

산청의 전구형왕릉을 내려오는 길에서 어린 김유신의 흔적을 만날 수 있었다. 어린 김유신이 활을 쏘며 무예를 연마했다는 곳으로 지금은 '신라태대각간순충장렬 흥무왕김유신사대비'라는 비석이 서 있다. 경주에서 산청은 지금 자동차로 달려도 2시간여 걸리는 꽤 먼 거리다. 어린 유신이 그 먼 거리를 달려 산청에 와서, 7년 시능을 하고, 활쏘기와 무예를 연마하며 호연지기를 닦았다 하니 범상치 않은 유년이다. 물론 산청은 금관가야 김해 김씨 왕족들에게 예부터 남다른 의미를 지닌 장소다. 김수로왕이 왕에서 물러난 후 허황후와 함께 34년을 살았다는 별궁이 지리산 끝자락 이곳 산청의 왕산에 있었다.

가야 디아스포라가 흥무대왕이 되기까지

김유신의 선조가 신라 사회에서 가야의 왕족으로 살아가는 것은 녹록지 않았다. 이들이 신라 사회에 스며드는 것은 영화〈대부〉에서 시실리아 돈 코를레오네가 이민과 모진 고생 끝에 미국 암흑가의 보스로 성공하는 것만큼 처절하고 고단했다. 알렉스 헤일리^{Alex} ^{Haley}의 소설《뿌리^{Roots}》에서 주인공 쿤타킨테가 아프리카에서 노예로 끌려와 겪은 경험처럼, 김해 김씨 일족이 신라 사회에서 겪은 수난과 자유를 찾는 여정 또한 지난했을 것이다.

김유신 일가는 3대에 걸쳐 치열한 신분 상승 노력을 한다. 할아버지 무력은 한강 유역을 비롯한 삼국 간의 격렬한 전투에서 무공을 세웠다. 진흥왕이 554년 관산성 전투(충북 옥천 소재)에서 3만 명의 백제 성왕과 가야 연합군을 무찔러 삼국 간 싸움에서 승기를 잡을 때 김무력은 선봉장이었다. 김무력의 아들 서현은 성골 출신 만명공주와 혼인해서 스스로 신라 왕족이 되어 신분 상승의 길을 걸었다.

그러나 무엇보다 두각을 나타난 것은 3대 김유신 때였다. 그는 629년 아버지를 따라 고구려의 낭비성을 공격하는 전투를 승리로 이끌면서 신라의 구국영웅으로 일약 스타덤에 오른다. 특히 647년에는 선덕여왕에게 배반의 칼날을 겨냥한 귀족 비담의 난을 진압하여 김춘추와 함께 국정을 주도한다. 김유신이 본격적으로 신분적 한계를 벗어나 신라 왕실의 혈통에 편입돼 성장하는 것은 춘추와 자신의 동생 문희와의 관계를 공식적으로 인정받으면서부터다.

김유신은 김춘추와 문희의 결혼을 기획했고, 선덕여왕에게 이 결혼을 공인받으면서 김춘추가 왕위에 오르는 데 결정적 역할을 수행했다. 진덕여왕에게 후사가 없어 654년 김춘추가 무열왕에 오른다. 김유신은 최고의 관직인 상대등에 올라, 정치와 군사 모든 영역에서 명실상부 최고 원로가 되었다. 문희가 낳은 아들 법민이 문무왕에 오르니

삼촌인 김유신의 길은 탄탄대로였다.

김유신에 관한 이야기들이 공통으로 지목하는 맹장으로서의 기질은 단호함과 엄격함이다. 선덕왕 14년 백제를 정벌하고 돌아와서는 집에 들르지도 않고 다시 출전 명령을 받아 적을 물리쳤고, 돌아와 왕에게 보고했다는 이야기다. 가족보다 내 나라의 경계를 지켜야 한다는 책임감이 더 큰 사람이다. 집안사람들이 모두 문 밖에 나와 기다리고 있었지만 돌아보지도 않고 전장으로 떠나면서, 자기 집에서 떠온 물을 마시며 "우리 집 물은 여전히 옛 맛 그대로구나" 하였다는 말은 전설처럼 내려온다.

아들 원술이 당, 말갈과의 전투에서 패하고 돌아오자 왕에게 원술을 베라고 청하고, 죽는 날까지 만나지 않았다는 이야기도 그의 엄격함의 정도를 가늠하게 한다. 단호함과 엄격함은 사랑 앞에서도 가차 없었다. 고려의 문인 이인로의 《파한집》에 등장하는 이야기인데, 기생 천관의 집으로 안내한 애마를 좋아하는 여인 앞에서 목을 베고 돌아섰다는 것이다. 다시는 기녀의 집에 가지 않겠다고 어머니에게 한 맹세를 지키기 위해서는, 개인감정은 고려할 대상이 되지 못했다. 그렇듯 단호히 걸러낼 수 있었으니 나라의 큰 과업을 완수할 수 있었으리라.

흥미롭게도 김유신은 역사 속 다른 인물과 비교해 신통력을 가진 귀신들의 도움을 받는 일화가 유난히 많다. 가장 유명한 이야기는 《삼국유사》에 기록되어 있는데, 귀신의 도움으로 고구려 첩자로부터 암살당할 위험에서 벗어나는 이야기다. 유신이 국선으로 있을 때, 고구려 첩자 백석이 유신을 암살할 목적으로 낭도로 와 있었다. 유신은 이 사실을 세 명의 여자 귀신에게 듣고 백석을 처단해 생명을 지켰다. 유신은 죽을 때도 신령의 도움으로 죽음을 직감했다. 군사 수십 명이 울며 김유신의 집에서 떠나는 것을 보았다는 이야기를 들으며, 자신이 곧 죽을 것임을 직감했다. 한평생 유신이 신령의 도움을 받았다는 것은 그가 지성감천형 인물이라는 뜻이다. 정성을 다하는 그에게 하늘이 감동한 것이다.

유신에게 가야 유민 콤플렉스가 있었을까

평생 거침없던 김유신의 화려한 날들. 김유신에게 망국민 2세로서의 콤플렉스는 없었을까. 유신은 가야 디아스포라다. 망국민 2세의 신분적 제약은 쉽사리 지워지지 않았지만, 그는 그 제약을 돌파해낸다. 최재서의 일본어 소설 《민족의 결혼》에서 유신은 신라와 가야는 한 나라가 되어야 한다고 생각했다. 그리하여 가야계라는 태생적 한계를 뛰어넘기 위해 신라 엘리트인 김춘추에게 여동생 문희를 시집보내는 작전에 돌입한다. 김춘추와 문희를 만나게 하고 골품 제도의 벽을 뛰어넘어 결혼을 성사시키기 위해 벼랑 끝 전술을 썼다. 선덕여왕이 왕궁에서 볼 수 있도록 경주 남산에서 여동생을 묶어 화형시키겠다고 엄포를 놓았던 것이다. 연기를 보고 그 사연을 들은 선덕여왕은 결국 이 둘의 결혼을 승인했다. 김유신의 승부사로서의 지략과 배포, 모험심을 알 수 있는 대목이다. 이 모험이 있었기에 김춘추는 왕이 되었고, 문희는 왕비가 되었고, 문희의 아들 법민은 문무대왕이 되었다. 그 토대는 김유신의 능력과 정성, 모험심이었다.

김유신은 신라 김씨와 김해 김씨가 한 뿌리임을 강조하는 길을 선택한 듯하다. 《삼국사기》 '김유신 열전'을 쓰며 김부식은 '신라인들은 스스로 소호금천씨少昊金天氏의 후예라 성을 김씨로 한다 하는데, 유신비에도 역시 헌원의 후예요 소호의 자손이라 했으니, 남가야의 시조 수로와 신라의 왕실은 성씨가 같은 셈이다'라고 기록했다. 김유신비의 핵심 메시지는 김알지에서 시작된 신라 김씨의 조상과 김수로에서 시작된 김해 김씨의 조상이 같다는 데 있다. 김유신을 포함해 김해 김씨는 신라에 정착하면서, 신라 왕실의 주축 세력인 신라 김씨와 자신들의 계보가 같다는 방식으로 동화의 길을 선택했다.

가야 유민 유신과 김해 김씨가 신라 사회에 안정적으로 정착하게 된 데는 문무왕의 역할이 크다. 《삼국유사》에 따르면, 문무왕은 '자신이 문명왕후의 아들로서 김해 김씨 외손임을 당당히 밝히며 김수로왕의 능묘를 보존하고 제사를 지내라'라는 조서를 내렸다고 한다. 문무왕의 조서는 한마디로 감동적이다. 통일신라 왕이 멸망한 나라 가야의 시조 김수로를 기억하라고 온 나라에 명령했으니 매우 파격적이다. 그것도 자신의 조상과 동등하게 종묘에 합하여 제사를 지내라고 말했으니, 숨죽여 살아온 가야 유민 김해 김씨를 신라 김씨와 동등하게 대하라는 복권선언과 진배없다.

그렇게 가야 유민 김해 김씨는 살아남아 대한민국 최대 성씨가 되었다. 김해 김씨는 2015년 기준 약 450만 명으로, 우리나라 김씨 중 41퍼센트에 이른다. 이미 1500년 전에 왕통이 끊긴 김수로의 후손들이 한국의 최대 성씨 타이틀을 가지고 있다. 죽었으나, 다시 살아온 성씨. 불멸의 생존력이다. 김해 김씨를 이러한 반열에 올린 그 공은 김유신

가야소년이 흥무대왕이 되었다
바람을 향해 활을 쏘았던 날,
나무는 그 하루를 기억하고 있다

소년이 온다 바람 부는 언덕에, 21×29cm, 종이에 연필, 2020

에게 있다.

살아남은 자가 강한 것이다

　　겨울과 봄의 경계에 찾은 산청의 김유신사대비 앞에는 바람이 불고 있었다. "왔노라, 보았노라, 이겼노라(Veni, Vidi, Vici)"로 정복의 감격을 표현했던 세계사 최대의 전쟁 영웅 카이사르가 떠올랐다. 로마에 카이사르가 있다면 우리에겐 김유신이 있다. 김유신이 영웅의 반열에 오른 것은 활을 쏘며 심신을 수련하며 인생의 목표를 정했던, 유년의 산청 시절이 있기 때문이다.

　김유신은 신통한 귀신이 도울 정도로 지성감천형의 인물이었다. 신라 주류 세력의 가야 유민에 대한 견제를 뚫고 살아남아야 했다. 강한 것이 오래가는 것이 아니라 살아남은 자가 강한 것이라 생각했다. 가야 멸망 후 김해 김씨 왕족들이 찾은 산청. 김유신은 이곳 산청에서 살아남기 위해 어찌해야 할지 어린 시절 수없이 궁리했을 것이다. 그렇게 바람 부는 자리에서 활 사위를 당기며 심신을 수련했을 것이다. 그 유년의 유신이 있었기에 살아남았고 영웅이 되었다.

　소년이 온다, 바람 부는 언덕에. 산청은 기억하고 있다.

4부
가야 역사를 찾아서

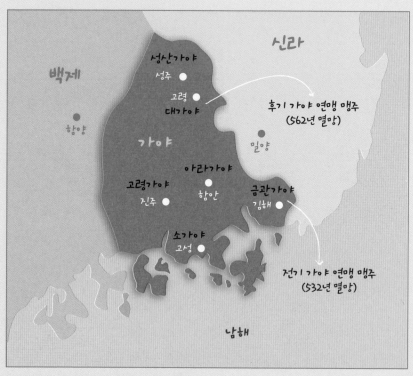

신라

백제

성산가야
성주 ●

고령 ●
대가야

함양 ●

가야

후기 가야 연맹 맹주
(562년 멸망)

밀양 ●

아라가야
함안 ●

고령가야
진주 ●

금관가야
김해 ●

소가야
고성 ●

전기 가야 연맹 맹주
(532년 멸망)

남해

가야연맹

1. 잊힌 나라에 대하여

가야는 520년 이어진 당당한 나라였다. 김해의 낮은 언덕 구지봉에 김수로가 나타난 42년부터 신라의 장군 이사부와 어린 화랑 사다함에 패해 대가야가 멸망한 562년까지, 한반도 중남부에 있었다. 고구려, 백제, 신라와 동시대에 존재했던 가야. 사국시대라 불러야 마땅할 시기를 삼국시대로 부르고 있으니 안타깝고 서운할 일이다. 42년에서 562년까지 존재했다는 것,《삼국사기》와《삼국유사》가 기록하는 거의 모든 가야의 역사다.

가야의 지경은 어디인가. 전성기 때 동쪽으로는 지금의 부산과 경남 양산·밀양까지, 서쪽으로는 전북 남원·장수와 전남 곡성·구례·광양·순천 등 호남까지 아울렀다. 가야의 기원은 삼한 시대까지 거슬러올라간다. 3세기 중국의 역사가 진수가 쓴《삼국지 위서 동이전》에 따르면, 한반도 남부에 여러 소국으로 이루어진 마한·진한·변한이 있었다. 학자들은 이 중 변한 12개국이 발전하여 국가로서의 가야로 이어진 것으로 이해하고 있다.

가야 520년 역사는 전기와 후기로 나뉜다. 3세기 변한의 중심국은 구야국(김해)과 안야국(함안)이었다. 구야국을 중심으로 작은 나라를 통합해 가야를 만들어가는 시기가 가야 전기다. 400년 고구려 남정 이후 금관가야가 쇠퇴하고 소가야, 비화가야, 대가야가 등장하는 시기를 후기로 본다. 고구려의 남정은 광개토대왕이 가야와 일본(왜)의 침략을 받은 신라의 구원요청을 받아들여 400년, 5만 명 규모의 보병과 기병을 파견해 왜병과 가야를 공략한 사건이다. 전쟁은 가야에서 일어났지만 5세기 이후 동아시아 패권을 고구려와 백제 중 누가 차지할 것인가를 둘러싼 결전이었다. 전쟁은 고구려의 승리로 끝났고 가야는 이 전쟁의 주된 전쟁터가 되면서 큰 타격을 입었다.

가야를 가야로 이어준 '한 가야 의식'

가야는 여러 소국으로 이루어진 연맹체 국가였다. 가야에 존재했던 소국은 '6가야'로 가장 많이 알려져 있다. 《삼국유사》 오가야조의 아라가야(함안), 고령가야(진주), 대가야(고령), 성산가야(성주), 소가야(고성)와 가야의 맹주였던 금관가야(김해)다. 《삼국유사》에서 비롯한 6가야는 고려시대 사람들이 가야를 인식하던 시선의 하나다. 최근 발굴된 고고학적 유물 및 유적과 대략 일치하기 때문에 6가야의 관점에서 가야를 바라봐도 무리는 없을 듯하다.

독립적인 여섯 가야가 모여 대외적으로 한 가야처럼 대응하는 형태. 가야를 생각하면 그리스의 도시국가 폴리스가 떠오른다. 고대 그리스에는 아테네, 스파르타, 테베라 하는 폴리스, 도시국가들이 있었다. 그들은 느슨한 연합체이지만 그리스라는 공동체 의식을 가지고 있었다. 6가야는 폴리스처럼 독립적으로 운영되었고 문화는 독자적이었으나 전쟁이나 외교 등의 문제는 대외적으로 맹주국을 중심으로 연대했다. 가야인으로서의 정체성은 이들을 이어주는 끈이었다. 여러 소국으로 나뉘어 있지만 하나의 가야로 동일하다는 '한 가야 의식'이 그들의 공동체성을 확인해주었을 것이다.

무엇보다 가야를 하나로 묶는 기능은 건국신화가 했을 듯하다. 가야에는 두 개의 건국신화가 있다. 금관가야 중심의 것은 《삼국유사》에 수록된 수로왕의 구지봉 신화다. 지금의 김해 땅에 있는 얕은 언덕, 구지봉에 6개의 황금알이 하늘에서 내려왔다. 그 알에서 6명의 동자가 깨어났다. 그 중 가장 먼저 깨어나온 동자가 금관가야의 수로왕이 되고, 나머지 다섯 동자는 다섯 가야의 왕이 되었다.

또 하나는 대가야 중심의 건국신화인데, 조선시대 《신증동국여지승람》에 신라 말기 최치원이 쓴 《석이정전》의 내용으로 소개되었다. 가야산의 여신 정견모주와 하늘에서 내려온 천신 이비가지가 만나 형제를 낳는다. 뇌질주일과 뇌질청예다. 뇌질주일은 대가야 시조 이진아시왕이고, 뇌질청예는 금관가야 시조인 수로왕이다.

두 건국신화는 가야연맹체의 맹주였던 금관가야와 대가야 세력관계의 반영이다. 금관가야가 낙동강을 중심으로 발달한 철기문화와 해상무역을 발판으로 성장할 때 수로왕의 구지봉 신화를 중심으로 가야 소국들이 뭉쳤다. 광개토대왕의 공격으로 금관가야가 힘을 잃고, 가야의 중심이 고령의 대가야로 이동할 때 새로운 공동체 의식이 필요했다. 그것이 바로 대가야의 건국신화다. 여러 소국으로 흩어져 있지만 서로가 기억하는 신화가 같다는 것, 그들을 하나로 묶는 '뿌리에 대한 기억'이 아니었을까.

역사에서 사라진 철의 제국

가야의 국력과 문화의 수준을 주목해보자. 가야 고분에서 유난히 많이 나오는 것이 철로 만든 갑옷과 투구, 마구이다. 철은 당시의 최첨단 하이테크다. 하이테크를 잘 운용하여 그 기술로 먹고사는 나라가 가야였다. 낙동강과 해안을 끼고 형성된 지리적 이점을 활용하여 가야 소국들은 우수한 기술로 다양한 철기를 제작하여 동아시아 각국에 유통하며 작지만 강한 나라를 만들었다. 철의 제국, 가야라 불리었다.

멸망은 한순간에 오지 않으며 징후를 보인다. 후기 가야의 맹주 대가야는 6세기 초반 지금의 호남 지역 땅을 백제에 빼앗겼다. 백제에 대항하기 위해 신라와 정략결혼까지 해가며 동맹을 맺지만, 동맹은 깨지고 고립되었다. 신라가 강성해질 때는 백제·왜와 협력해 대항하려 했으나 역부족이었다. 가야는 고구려·백제·신라에 대한 열세를 만회하지 못하고 562년 역사의 뒤안으로 사라졌다.

가야가 존재한 시간 520년, 웅숭깊다. 대한민국은 건국 이후 이제

갓 70년이 지났고, 조선왕조는 500여 년을 지탱했다. 가야 멸망 후 이 땅에 고구려·백제·신라만 있었던 시기는 채 100년도 되지 않는다. 가야는 그 시간의 무게에 맞게 평가받아야 한다.

가야사 전공자 김태식 교수는 《미완의 역사 가야사》에서 고구려, 백제, 신라, 가야가 격돌하는 한국 고대사의 현장을 '삼국시대'가 아닌 '사국시대'로 부르자고 했다. 가야사 미스터리는 '사국시대'로 불리지 못하고 왜 '삼국시대'로 불리게 되었을까 하는 것이다. 가장 흔한 가정은 가야가 고구려, 백제, 신라와 같은 율령과 제도를 갖춘 고대국가로 나아가지 못했기 때문에 고대국가 중심의 편년에서 사라졌다는 것이다. 사관 김부식은 가야의 역사는 신라 변방에 있다가 신라에 병합된 지방의 역사에 포함된다 보았다. 김부식이 고려 인종 23년(1145)에 《삼국사기》를 쓸 무렵, 당시 고려에는 금관지주사 문인이 썼다는 가야의 역사서 《가락국기》가 있었지만 그는 관심을 두지 않았다.

그로부터 수십 년 후 고려 무신 정권이 되면서 일연 스님이 《삼국유사》를 편찬할 때 김부식의 시기 설정을 유지하면서 삼국시대라는 편년은 굳어졌다. 다만 이때 일연 스님은 《가락국기》에 있던 내용을 《삼국유사》 기이편과 탑상편에 기록했으니, 그나마 다행스러운 일이다.

가야가 만난 세계, 한반도를 넘어선 동아시아!

최근 가야의 기원과 문화에 대해 유라시아 초원의 유목민족과의 관계가 관심을 끌고 있다. 유라시아 대초원은 만주에서 유럽

대평원까지 8천 킬로미터에 이르는 광활한 지역이다. 척박하여 경작이 불가능한 곳에서 스키타이, 흉노, 몽고 등 유목민족은 말을 지배하면서 기마민족이 되었고, 세계사를 혁명적으로 바꾸어나갔다. 그들은 말등 위에서 살고, 잠을 깨고, 먹고 마시며 거래를 위한 대화를 했다.

우리가 오랑캐라 불렀던 유목민족의 문화가 가야 역사에서도 발견되고 있다. 유목민족들이 말을 타고 이동하는 과정에서 밥과 국을 따뜻하게 데울 수 있었던 휴대용 동복이 금관가야 김해 대성동 고분에서 나왔다. 청동솥을 보면 유라시아 초원의 바람소리가 느껴지고 저 멀리 초원을 헤치며 말달리는 사람들의 모습이 떠오른다. 산 사람을 죽은 자와 함께 묻었던 장례풍습인 순장이 가야 곳곳에서 확인되었다. 기마민족이 이동해서 가야를 만들었을 수도 있고, 가야와 유목민족이 여러 경로로 교류했을 수도 있다.

최근 김석동이 유라시아 초원을 살아간 사람들에 대해 쓴《김석동의 한민족 DNA를 찾아서》를 읽었다. 이 책은 유라시아 초원으로 우리의 시야를 확장시킨다. 경제 전문가인 저자는 유라시아 초원에 관심을 두고 10년 동안 이 땅을 수십 차례 답사했다고 한다. 오랜 관심과 노력의 결과로 그가 내놓은 결론은 "세계 11위의 경제대국으로 성장한 한민족의 성공비결에는 척박한 초원이라는 환경 속에서 생존해 온 '강한 성취동기'와 '불굴의 의지'라는 유목민 DNA가 있다"라는 것이었다. 한국이 시장과 경쟁 친화적인 문화에 잘 적응하여 단시간에 산업화에 성공한 것 또한 유목민들의 변화를 두려워하지 않는 개방적이고 진취적인 가치관에서 찾았다.

북방민족과 우리를 잇는 그 길에 가야도 있다. 가야는 철기를 중심으로 동아시아 문물을 종횡으로 연결했다. 우리의 정체성을 새롭게 바라보고 가야와 유목민족과의 관계를 개방적으로 바라봐야 하지 않을까. 이는 고대사학자였던 단재 신채호의 생각이기도 했다. 그는《조선상고사》에서 '여진, 선비, 몽고, 흉노 등은 본래 아我의 동족이었다'라고 했다. 북방의 기마민족을 우리의 역사 틀 속으로 끌어들여 보고자 했다. 그의 시도는 새롭고, 야심 찼고, 호방했다.

가야가 만난 세계는 한반도를 넘어 중국, 북방, 서역, 왜 등 광활하다. 북방과 남방을 아울러 교류했던 가야의 개방성과 포용성, 국제성은 지금도 유효한 문화자산이다. 우리 안에 있는 노마드의 역동적 에너지를 보고 시야를 유라시아 초원으로까지 확장한다면, 우리의 미래를 다양하게 구상해볼 수 있지 않을까. E. H. 카의 말처럼, 역사는 과거와 현재의 대화다.

오르도스형 동복

(국립김해박물관)

오르도스형 동복은 유라시아 초원의 바람을 담은 청동솥이다. 1990년 김해 대성동 고분의 순장무덤에서 발견되었다. 오르도스는 중국의 내몽고 자치구에 있는 지역이다. 이곳에서 청동솥이 많이 발견되었는데 북방의 초원을 달리는 흉노족들이 가지고 다녔던 것들이다. 일본의 역사학자 에가미 나미오江上波夫가 '오르도스형 동복'이라 이름 붙였다.

이 동복은 헤로도토스Herodotos의 《역사》에도 등장한다. 세계 최초의 유목민 스키타이가 늘 소지하고 다니던 케틀kettle이 바로 그것이다. 스키타이에는 하늘에서 내려오는 불붙은 케틀을 차지한 자가 왕이 된다는 이야기가 전해올 정도이니, 이 동복이 얼마나 고귀한 유물인지 알 수 있다.

이 오르도스형 동복이 우리나라에서 발견되었으니 얼마나 신기한 일인가. 청동솥 양쪽에 귀가 두 개 붙어 있는데, 가야 전사는 청동솥을 허리에 차고 다녔을 것이다. 전투가 멈춘 전장에서 밥을 했거나 제사 음식을 넣고 끓인 후 제기로 사용했을지도 모른다. 모닥불을 피우고 밥이 지어지는 모습을 바라보면서 고향에 두고 온 가족을 그리워했을 것이다. 오르도스형 동복을 보고 있으면, 시원한 바람에 실려 전해지는 달짝지근한 밥 냄새가 나는 듯하다.

국립김해박물관에서 실물로 본 동복은 푸르스름한 빛을 띄고 있었다. 옛 왕조에 대한 아련한 기억을 떠오르게 하는 그리움의 빛이었다. 아주 작았다. 나라 잃은 백성으로서의 슬픔과 고뇌를 그린 시 윤동주의 〈참회록〉이 떠올랐다.

유라시아 초원의
바람이 실려온다

청동솥(feat 바람), 19.4×27cm, 종이에 연필·사진, 2020
오르도스형 동복, 3세기, 김해 대성동 29호분, 높이 18.2cm ⓒ대성동박물관

파란 녹이 낀 구리 거울 속에
내 얼굴이 남아 있는 것은
어느 왕조의 유물이기에
이다지도 욕될까

지나간 과거는 소멸이다. 이 동복을 썼던 가야는 역사 속으로 사라졌다. 한 나라의 소멸을 바라본 가야인이 있다면, 이 동복은 욕된 물건이었을 것이다. 그러나 소멸의 시간은 새로운 것의 등장과 성장을 준비하는 시기였다. 건강한 나무는 잎들이 남김없이 깨끗하게 떨어진다. 한 시절을 다 털고 깨끗한 발걸음으로 떠날 수 있을 때 새로운 것이 찬란히 피어난다. 시인 역시 칠흑 같은 소멸의 시기에도 내일을 위해 노력하는 자의 흔적을 노래한다.

밤이면 밤마다 나의 거울을
손바닥으로 발바닥으로 닦아보자

오르도스형 동복을 마냥 쳐다보며 〈참회록〉의 마지막에 등장하는 한 사람을 떠올렸다.

그러면 운석 밑으로 홀로 걸어가는
슬픈 사람의 뒷모양이
거울 속에 나타나온다

청동솥을 허리에 차고 역사 속으로 걸어 들어가는 가야 장수의 뒷모습이 오버랩되었다. 갑옷을 입고 말을 타고 방패를 들고 가야를 지키기 위해 싸웠지만 전장에서 스러져 간 사내. 그는 오르도스형 동복을 허리춤에 찬 채 장렬하게 전사했을지도 모른다.

오르도스형 동복은 김해 대성동 고분에서 2점, 김해 양동리 고분에서 1점 가락국에서 나온 게 전부다. 어떻게 이곳 가락국까지 오게 되었을까. 유목민족이 기마민족이 되어 가야까지 내려왔던 것일까. 가락국의 선조들은 오르도스의 양과 말을 길렀던 사람들이었을까. 우리의 DNA에는 유목민족의 피가 섞여 있는 것인가. 광대한 유라시아 사람들이 우리의 친구였고 우리였을지도 모른다. 2019년 우즈베키스탄 사마르칸트에서 보았던, 아프로시압벽화에서 바르후만 왕 즉위식에 참석한 고구려 사신이 생각났다. 고대 한반도에 사는 사람들은 북방민족과 만나고 서로의 생각을 교환하고 그 지방의 물산을 교환했다. 그 흔적이 동복일지 모른다.

남북관계가 좋아지면 유라시아 횡단철도로 유럽을 갈 수 있다. 부산에서 기차를 타고 평양을 지나 압록강을 건너 블라디보스토크에 도착, 시베리아횡단철도를 타고 모스크바를 지나 베를린, 프라하, 파리까지 갈 수 있다. 우리는 1500년 전 유라시아 초원의 오르도스형 동복을 허리춤에 차고 말을 달렸던 가야 전사를 기억하기 때문이다.

하늘·바람·도시, 사진, 2020

2. 고분에 대하여

가야 답사에서 가장 눈길을 끈 것은 낮은 언덕에 열을 지어 있는 듯 봉긋하게 솟아 있는 고분들이었다. 그것은 그저 주검이 묻힌 무덤으로만 남아 있지 않았다. 세월이 흐르며 우리 산천의 일부가 된 가야의 흔적이기 때문이다.

우리 주변에 펼쳐져 있는 가야 옛 무덤들은 마을사람들의 집과 일터에서 바라보기 쉬운 곳에 있었다. 높고 험준하지 않아 산이라기보다 언덕과 같은 곳에 자리 잡고 있다. 들과 밭에서 일하다 한 번씩 쳐다볼 만한 곳에 있었다. 후손들은 이곳이 가야의 무덤이 있었던 신성한 곳임을 알고 있었다. 아라가야 고도 함안에 남아 있는 말이산 고분은 16세기 함안에 부임한 군수 정구가 알아차린 가야 무덤이었다. 그가 쓴 지리지《함주지》에는 '우곡리 동서쪽 언덕에 고총이 있다. 고총의 크기가 낮은 산 같으며 40여 기가 있어 세상에 전하기를 옛 왕릉이라 한다'라는 내용이 실려 있다. 16세기 정구가 기렸던 고분은 지금 말이산 고분이 되었다.

1500년이라는 세월이 흐르면서 고분은 동네의 동산이 되고 아이들의 놀이터가 되었다. 해가 질 무렵 아이들은 떼를 지어 고분에 올라가 너른 들판을 바라보고, 함박눈이 내리는 겨울이면 고분 위에서 썰매를 타던 추억을 만들었다. 가야 고분을 통해 가야 사람들의 과거와 현재의 추억이 끊임없이 이어져왔다. 오늘을 살아가는 우리는 가야 무덤을 통해 옛 가야 사람들과 만나 우리의 역사적 정체성을 발견할 수 있게 된다.

가야 무덤의 변천사,
널무덤에서 굴식 돌방무덤까지

지금까지 가야 고분으로 역사적 가치를 인정받은 대표적 무덤들은 김해의 대성동 고분군, 함안 말이산 고분군, 합천 옥전고분군, 고령 지산동 고분군, 고성 송학동 고분군, 창녕 교동과 송현동 고분군, 남원 유곡리와 두락리 고분군이다. 국가가 지정하는 사적들이다. 이들 고분들을 한데 모아 '유네스코 세계문화유산'으로 등재하려는 움직임이 있다. 그렇게 되면 국내외에 가야의 가치를 전해줄 수 있을 것이다.

이들 고분들은 다양한 무덤 양식이 존재한다. 널무덤, 덧널무덤, 돌덧널무덤, 구덩식 돌덧널무덤, 굴식 돌방무덤. 단계를 거치며 변화한 무덤은 이름도 다양하다. 과거에는 목관묘, 석곽묘, 수혈식 석관묘, 횡혈식 석실묘 등 어려운 한자어로 되어 있어, 가뜩이나 무거운 주제의 무덤을 이해하는 것을 더욱 어렵게 했다. 지금은 한자가 아닌 한글로 부르니, 그나마 다행이다.

무덤을 만드는 기술도 발전하고 죽음을 이해하는 생각도 변하면서 무덤 양식은 단계를 거쳐 발전해왔다. 1세기에서 6세기까지 조성된 김해의 대성동 고분은 다양한 무덤 양식이 공존하고 있다. 그 앞에 있는 대성동박물관은 당시 무덤 양식의 변화 과정을 잘 소개하고 있고, 무덤 조성 과정을 모형으로 만들어 관람객들의 이해를 돕고 있다. 이곳에 처음 등장한 무덤은 널무덤(목관묘)이었다. 널무덤은 길이 2미터에서 4미터가량 구덩이를 파고 널로 만든 관을 놓은 후 흙으로 봉긋 솟은 봉분을 만드는 방식이다. 나무로 된 널은 세월 속에 풍화되어 스스로의 존재를 소멸시킨다. 껴묻거리만 남아 있고 널의 흔적은 찾아볼 수 없다는 것이 널무덤의 특징이다.

널무덤 다음에 덧널무덤이 나타나는데, 삼국시대 유행했던 무덤이다. 먼저 주검을 안치하는 널을 만들고 그 널 주위로 돌이나 나무로 널을 보호하는 방식이다. 주곽과 덧널이 이중으로 되어 있는 형태다. 덧널이 돌로 되어 있으면 돌덧널무덤이 되고, 나무로 되어 있으면 나무덧널 무덤이 되었다.

이어 구덩식 돌덧널무덤(수혈식 석관묘)이 등장한다. 가야 지역에서 가장 많이 발굴되고 가장 오랫동안 유행했던 매장방식이다. 긴 사각형의 묘가 들어갈 구덩이를 파고 그 테두리를 돌로 쌓아 곽을 만든다. 그 안에 관을 묻고 껴묻거리를 놓은 후 덮개돌을 얹고 흙을 쌓아 올리는 방식이었다. 높은 봉분의 압력을 분산시키기 위해 무덤을 긴 사각형으로 만들기도 했고, 석곽의 네 면에 구멍을 뚫어 통나무를 걸쳐 지주 역할을 하게 했다.

가야가 6세기 신라에 편입되면서 굴식 돌방무덤(횡혈식 석실묘)이 등장한다. 관의 시대, 곽의 시대를 지나 실의 시대로 들어온 것이다. 이때부터는 단순한 무덤이 아니라 죽은 수장의 영원한 행복이 구현되는 세계를 구현한다. 고구려 무덤에는 고분벽화가 그려졌고, 일본의 고분시대 무덤에는 인물인형인 하니와가 묻혔다.

한 사회가 경제적 토대를 쌓으면 그에 맞게 사회적 관습이 만들어지므로 사회경제적 지위가 무덤에 반영된다. 무덤의 규모와 화려함은 부와 권력에 철저히 비례하는 모습을 보인다. 왕과 지도층 무덤은 봉토의 크기부터 크고 화려한 껴묻거리가 묻혀 있다. 가야시대 껴묻거리로는 금관에서부터 갑옷과 말갖춤새, 다양한 형태의 잘 만들어진 가야토기가 주로 사용되었다. 가야 고분을 오르면 발굴 당시의 무덤 내부를 볼 수 있도록 모형으로 전시관을 만들어놓은 곳이 많다.

고분을 만들려면 장소 선정, 대지 조성, 공간 분할, 성토 등의 과정을 거쳐야 한다. 왕의 무덤을 만드는 일은 그 시대 가장 거대한 공사였다. 집집마다 노역에 봉사할 인력이 차출되었을 것이다. 큰 건축사업이라 전문인력들을 잘 배치하고 관리해야 했다. 공사는 수십 일이나 수개월 걸리는 장기 프로젝트였다. 야트막한 능선에 무덤 자리를 찾으면 대지 조성 작업을 한다. 점토 덩어리를 이용하여 방사상으로 공간을 구획하고, 구획된 공간을 따라 점토를 이용해 봉분을 쌓아 올린다. 봉분이 조성되면 그 꼭대기에 시신이 들어갈 석곽을 쌓는다. 이렇듯 무덤이 준비되면 장례를 치르고 시신을 넣고 껴묻거리를 묻었다. 덮개돌을 덮은 후 그 위에 흙을 쌓고 봉분을 완성했다.

뜨거운 여름, 소나기가 내릴 듯한 날씨에 그 수고로운 무덤 만드는 일에 힘을 쏟았을 가야 사람들을 상상해본다. 산등성이 사이로 낮게 드리운 구름에서 한바탕 비가 쏟아질 것 같다. 사람들의 행동이 더욱 빨라진다. 돌로 만든 무덤 방에 나무관이 안치되자 정성스레 준비한 음식들을 그릇에 담아 빈자리에 빼곡히 채웠다. 억센 근육의 사내들이 무덤을 덮을 뚜껑돌을 제 위치로 옮겼다. 또 한 무리는 무덤 앞에 제단을 마련하느라 여념이 없다. 애통한 마음은 채 가시지 않았지만 눈물을 쏟을 틈도 없다. 그저 엄숙한 분위기 속에서 정해진 절차를 묵묵히 수행할 뿐. 힘들게 무덤을 만들었을 그들에게 낙이라면, 돌연 시원한 바람이 불어와 이마에 맺힌 구슬땀을 씻어 내릴 때였을 것이다. 바람 속에 희미하게 비 냄새가 배어 있다면 더욱 좋을 일이다.

산 자를 위한, 죽음을 배웅하는 세리머니

무덤이 만들어지면 가야 사람들은 장례식을 열어 죽은 이의 마지막 길을 배웅했다. 널과 돌덧널에는 죽은 이가 저승까지 잘 가서 잘살았으면 하는 마음을 담아 철기와 토기 등 각양각색 껴묻거리를 함께 묻었다. 마지막으로 죽은 이를 묻고 나서는 제사를 지내고 제사에 쓰인 토기를 깨뜨려 무덤 주변에 뿌렸다. 그리고 매해 망자가 죽은 날을 기려 제사를 지냈다.

그리움은 속절이 없어라

누군가의 죽음 앞에서 우리의 삶은 정지된다. 남은 자들이 죽은 이와의 이별을 수용하도록 돕는 일이 중요해진다. 이때 죽은 자를 기리는 산 자의 세리머니가 등장한다. 망자에 대한 슬픔과 죽음에 대한 공포를 벗어나고자 하는 남겨진 자들의 의례다. 결국 장례나 제사는 이별에 즈음한 애도 방식으로, 애도와 성찰의 세리머니를 통해 이별을 넘어서려는 것이다. 이를 통해 죽음은 단순한 소멸이나 떠남을 넘어, 삶을 위한 새로운 힘으로 승화된다.

특히 왕이나 대통령 등 사회적 파장력이 큰 이의 죽음은 개인과 가족을 넘어 사회 전체에 충격과 트라우마를 남긴다. 가야시대 왕의 장례식은 국가적 행사였다. 수만 명의 사람이 운집했다. 고령 지산동 고분, 김해 대성동 고분, 함안의 말이산까지 가는 길마다 왕의 죽음을 추모하는 인파가 인산인해를 이뤘다. 왕의 상여가 나지막한 언덕을 오를 때면 보는 사람들의 눈물이 강물을 이룰 정도였다. 왕을 떠나보내는 작별의 메시지를 읽고, 장송의 춤을 추었다. 이렇게 한바탕 난장을 벌이면서 나라는 한 사람을 떠나보낼 수 있게 된다. 슬픔을 온전히 소진했을 때 비로소 새로운 시대를 맞는 벅찬 감정이 올라올 수 있다.

가야 무덤은 고마운 존재

무덤은 어둡고, 무서운 공간이라고 생각해왔다. 죽음을 대면하고 싶지 않은 마음이다. 무덤을 걷는다는 것은 두려운 일이나 무덤은 사랑하는 사람을 보내는 또 다른 공간이다. 고분을 걸으며 우리는 사랑스럽고 활기찬 방법으로 죽은 이를 추억하는 시간을 즐길 수 있어야 한다.

하워드 카터가 왕의 계곡에서 투탕카멘의 무덤을 발굴했을 때 수천 년의 시간 동안 마른 한 묶음의 꽃다발을 만나게 되었다. 무엇일까. 어린 나이에 홀로 된 왕비가 남편인 투탕카멘에게 바치는 마지막 선물이지 않을까. 이렇듯 무덤은 남은 자들이 사랑했던 사람을 떠나보내는 마지막 선물이 그윽한 곳이다. 가야의 무덤 안은 마지막 선물인 토기와 철기로 가득하다. 이 선물이 우리에게 죽은 이가 누구인지, 그 시대의 생활상은 어떠했는지 많은 것을 알려준다.

고분은 더 이상 고립적이고 조용하여 따분한 곳이 아니다. 고분은 많은 사람이 분주하게 움직여 고분을 만들었던 역동적 장소다. 인기척 많고 북적거리는 곳이다. 고분 주위에 잔디를 깔고 계절마다 꽃이 필 수 있어야 한다. 여름이 시작되는 계절, 함안 말이산 고분을 올랐더니 여름 들꽃들로 무덤 앞이 여름향기를 뿜어내고 있었다. 신록은 푸르러 싱그런 연두색 나뭇잎들이 하늘하늘 흔들리고 있었다. 무덤 앞에서 화려한 삶의 날들이 펼쳐지고 있는 느낌이었다.

역사적 존재로서의 나를 깨닫는 데 고분을 오르는 일은 제격이다. 눈이 오면 눈이 오는 대로, 비가 오면 비가 오는 대로 계절마다 달라지는 무덤 앞 풍경은 덤이다. 무덤은 단순한 공간이 아니라 장기간에 걸쳐 인간의 다양한 행위가 쌓여 역사적 의미가 형성된 문화적 장소이기 때문이다. 우리는 고분을 오르며 역사를 끊임없이 기억하고 이미지화한다. 우리 중 누군가 가야시대 옛 무덤과 함께했던 어린 시절의 추억이 있다면, 단언컨대 그의 유년은 복되었으리라.

모든 어두움 쓸어낸 화려한 날에

함안 말이산 고분에서, 사진, 2019

3. 옛그릇에 대하여

토기는 유목하는 삶에서 정착하는 삶으로 이동하면서 등장했다. 인류는 불을 발명해 토기와 철기로 이루어진 문화를 만들었는데 눈부신 문화적 산봉우리의 연속을 제이콥 브로노프스키Jacob Bronowski는 《인간 등정의 발자취》에서 '인간의 등정The Ascent of Man'이라 불렀다. 인류가 자연과 자아를 이해한 각 단계의 기념비가 역사에 새겨져 있다면, 토기는 신석기 시대 이후 불과 흙의 성질을 이해해 인류의 역사에 아로새긴 기념비다.

가야의 가는 곳에는 늘 토기가 있다. 김해와 고령, 함안 등 가야의 박물관에서 가장 쉽게 만나는 유물이 가야토기이다. 압도적 수량이 있어, 토기는 시대와 영역을 가르는 가장 중요한 유물일 수밖에 없다. 당시 가야에는 기술과 미적 감각으로 토기를 대량으로 만들어낼 수 있는 장인 집단이 있었고, 부와 권력으로 이를 쓰는 지배층 집단이 형성되어 있었다는 증거다. 토기를 만든 집단에 대해서는 알려진 것이 없다.

가야 사람들은 빗살무늬 토기, 무늬없는 토기를 만든 조상의 기술적 전통에서 가야토기를 만들어냈다. 처음에는 갈색 계통 붉은색이 삼노는 연질軟質 토기를 만들었고, 약간의 푸른 기마저 감도는 싶은 회색 토기인 경질硬質 토기로 나아간다. 연질 토기보다 경질 토기가 훨씬 단단하고 조형성도 높다. 과학사학자 전상운은 《한국과학사》에서 원주민의 무늬 없는 토기에 철기와 함께 들어온 중국식 회도 기술이 이어진 것이 가야토기라 부르는 경질 토기라고 보았다. 쇳소리가 나는 단단한 가야토기는 질적인 면에서 우리 역사에 등장하는 토기 중 최상의 것이며 가야 사람들은 흙과 불의 조화로 한 차원 높은 창조적 기술의 전통을 세웠다고 평가했다. 가야의 도공들은 가야 멸망 후 일본열도로 이주하여 일본의 스에키라는 토기 전통으로 퍼져나가기도 했다.

한국 기술의 전통이 살아 흐르는 가야토기

좋은 토기는 흙과 불을 활용하는 기술의 발전에 따라 만들어진다. 박물관에서 본 가야토기는 빗살무늬 토기, 무늬없는 토기와 달리 모래를 완전히 제거한 정선된 진흙이 원료였다. 흙이 좋은 지역에서 좋은 토기가 만들어졌다. 대가야의 고령은 예부터 고령토가 유명하여 좋은 토기가 만들어졌다.

가야토기는 표면에 무늬가 새겨져 있다. 토기의 모양을 가다듬은 후 도구를 활용해 선을 긋거나 장식했다. 가야 도공들은 물레를 써서 모양을 다듬었다.

가야토기는 두드렸을 때 쇳소리가 날 정도로 단단하다. 터널처럼 생긴 '굴가마'에서 1000도 이상의 높은 온도로 구웠기 때문이다. 초기 토기들은 흙으로 만들어 자연 상태에서 햇빛에 말려 건조하는 것이 공정의 전부였다. 한반도의 우리 조상은 흙이 불에 구워지면 훨씬 단단해진다는 것을 알게 되었다. 처음에는 야외에서 불을 피워 토기를 구웠다. 산등성이 경사에 따라 비스듬히 터널처럼 쌓아 바람이 부는 외부와 단절된 공간을 만들어 구우면 온도를 일정 기간 높게 유지할 수 있다는 사실을 알게 되었다. 외부 공기의 흐름과 단절되어 오로지 토기를 굽는 데만 전념할 수 있는 공간, 바로 굴가마다. 굴가마는 한국인이 만든 독특한 가마로서 우리나라 도자기 가마의 모체가 되었다. 아라가야 함안이나 대가야 고령에는 굴가마 터가 남아 있다. 경사가 가파른 곳에 길쭉한 타원형으로 자리 잡은 굴가마 안에는 빼곡히 토기가 들어차고, 1000도에서 1200도 사이 온도에서 2박 3일을 굽는다. 그런 다음에 이틀가량 열을 식히는 과정을 거친다.

부드럽고 아름다운 '가야 스타일' 토기

이 시기 만들어진 가야토기는 항아리(壺), 그릇받침(器臺), 굽다리접시(高杯) 등 다양하다. 긴목 항아리(長頸壺), 짧은목 항아리(短頸壺) 등 형태도 다양했다. 무덤의 껴묻거리용으로 원통형 그릇받침과

바리 모양 그릇받침이 눈에 띄었다. 밑이 둥근 항아리를 받치고 있다. 수장급 무덤에서 나와 화려한 문양 장식이 인상적이었다. 대가야에서는 원통형 그릇받침에 세로띠로 뱀을 장식했다. 가야토기 중 가장 많은 것은 굽다리접시다. 뚜껑 있는 접시에 긴 다리 굽이 붙어 있다. 백제와 신라와 구별되는, 가야 각 나라의 토기를 하나로 묶는 '가야 스타일'이 있다. 가야토기는 나무칼이나 뾰족한 도구로 토기에 여러 가지 문양과 구멍을 뚫었다. 특히 굽다리나 그릇받침에 원형, 삼각형, 마름모, 불꽃무늬 등 구멍(투창)을 위아래 일직선으로 뚫어놓았다. 신라 토기는 투창이 위, 아래 엇갈리게 뚫려 있다.

금관가야 양식 토기(김해와 부산), 아라가야 양식 토기(함안과 주변 지역), 소가야 양식 토기(고성·진주·산청), 대가야 양식 토기(고령과 주변 지역) 등 지역별로 특성이 있었다. 굽다리접시의 형태나 무늬로 지역의 토기를 구분할 수 있다. 금관가야 양식 토기는 굽다리접시와 다양한 형태의 그릇받침을 자랑한다. 굽다리접시는 아가리가 밖으로 꺾이고 굽다리가 낮고 나팔모양으로 벌어진 것이 특징이다. 아라가야 토기는 굽다리에 불꽃무늬 구멍을 뚫어서 어디서나 알아볼 수 있다. 대가야 토기는 '접시와 뚜껑이 납작한 편이고 뚜껑에 단추 모양의 손잡이'가 있다. 소가야 토기는 큰입 항아리나 긴목 항아리 몸통에 둥근 구멍을 뚫었다.

가야토기는 기술도 뛰어나지만 미적 감각도 뛰어나다. 미술사학자 강우방은 신라와 가야의 토기를 비교하면서 "가야인은 신라인보다 안목이 한 단계 높았다 할 수 있다"라고 했다. 그 이유로 가야는 다양한 형태를 실험했다는 점을 꼽았다. 가야의 박물관에는 원통형 그릇받침, 굽다리접시, 긴목 항아리, 짧은목 항아리 등 다양한 토기가 넘쳐난다. 다양한 기형을 실험했다는 것은 새로움에 대한 열정이고, 우리는 그 앞에 감동한다.

무엇보다 가야토기 장인들의 미적 감각은 사슴, 장수, 집, 오리, 말 탄 인물 등을 토기로 구워낸 상형토기에서 절정을 보인다. 상형토기는 인물이나 동물, 특정한 물건의 모습을 본떠 만든 토기다. 인물로는 기마인물형 토기가 있다. 동물로는 오리, 사슴, 말이, 물건으로는 집, 배, 수레, 뿔이 많았다. 상형토기는 가야토기 예술성의 궁극이다. 형태를 사실적으로 그려내면서도 생략과 과장, 추상적인 수법을 자유자재로 구사했다. 대한민국 곳곳에 가야토기 꽃이 피었다.

꽃 피다, 27.5×27.5cm, 종이에 연필, 2021

삶을 위한 그릇

　　　　토기는 식생활과 관련이 깊어, 박물관을 찾다 보면 심심찮게 토기 안에 들어 있는 음식을 구경할 수 있다. 고령의 박물관에서는 굽다리접시에 닭뼈와 복숭아씨가 담겨 있었다. 김해박물관의 청동솥에는 밤톨이 담겨 있었다. 통째로 푹 삶아져 굽다리접시 위에 올라간 닭백숙이 아른거리고, 단맛을 품은 분홍빛 탐스러운 복숭아가 그려지기도 한다. 토기를 보면 그 시대 사람들이 무엇을 먹었을까 상상하는 즐거움이 있다.

　토기가 있어 인간이 먹을 수 있는 음식의 종류와 양이 달라졌다 생각하니 새삼 토기를 만들어낸 조상의 노고가 감사하다. 토기가 있어 음식을 끓이고 삶게 되었다. 불에 직접 익히면 타거나 말라버렸던 채소, 쉽게 입을 벌리지 않던 조개, 이전에는 먹기 어려웠던 식재료를 먹을 수 있는 복을 누리게 되었다. 영양분을 알차게 취할 수 있어 노동에 소모되는 에너지를 보충하게 되었다. 신체 조건도 좋아지고, 인구도 폭발적으로 늘어났을 것이다.

　가야 사람들은 논농사와 밭농사로 식량을 얻었다.《삼국유사》가락국기에 가야가 성립될 당시 '밭을 갈아 밥을 먹었다'라고 기록되어 있다.《삼국지 위서 동이전》변진조에도 '토지가 기름지고 아름다워 오곡과 벼를 기르기에 알맞다'라는 기록도 있다. 이렇게 수확한 곡식을 토기에 담아 저장했다.

　순천대박물관에서 가야의 시루와 검게 그을린 계란형 항아리를 본 적이 있다. 한켠에는 황해도 안악에서 발견한 고구려 안악 3호분의 부엌에서 여성이 일하는 고분벽화 모습이 소개되어 있었다. 여성이 일하는 부뚜막에 시루가 놓여 있었다. 김해의 박물관에서도 부뚜막과 시루를 보았다. 바닥에 구멍이 송송 뚫린 시루는 물이 끓으면서 나오는 뜨거운 증기로 식재료를 익히는 그릇이다. 가야의 박물관에서는 시루와 함께 물을 끓이는 계란형 항아리를 바늘과 실처럼 볼 수 있다. 물을 담아 수증기를 내는 계란형 항아리를 먼저 부뚜막에 걸치고, 그 위에 시루를 얹는 형태다.

시대가 지나 시루에 뚜껑이 등장하면서 가야 사람들은 고슬고슬한 밥을 주식으로 먹게 되었으리라. 이전까지 먹어온 질퍽질퍽한 죽 대신, 뚜껑을 덮어 쌀을 끓이고 끓어 넘치면 불을 약하게 하여 마지막에 뜸을 들여 고슬고슬한 밥을 먹게 되었을 것이다. 김해 예안리 사람들은 쇠솥을 사용해 열을 빠르게 전달하고, 밥알이 수분을 머금고 있는 더욱 맛있는 밥, 숭늉과 누룽지까지 만들어내는 밥을 먹는 단계로 나아가기도 했다.

가야에는 도토리가 흔했다. 가야 사람들은 도토리를 따서 껍질을 벗기고, 가루로 만들어 토기에 담아 떫은맛을 우려내 도토리묵을 만들 수 있었다. 토기를 보면 그을음이 묻어 있는 것들이 있다. 무엇인가 그릇 안에 넣고 끓였던 흔적이다. 그릇 안쪽에 남아 있는 물질을 분석하면 무엇을 끓였는지, 삶았는지, 데쳤는지 확인할 수 있다. 도토리 가루를 끓여 죽을 만들거나 묵을 만들었을 수 있다. 산과 들에 나는 야채와 뿌리를 데치고, 낙동강과 바닷가에서 나는 조개와 생선을 삶았을 것이다.

죽음을 위한 그릇

가야 무덤에서 압도적으로 발견되는 토기는 껴묻거리용으로 제작된 토기였다. 산 사람들이 죽은 사람을 위해 넣어주는 것들이다. 고고학자 강인욱은 《고고학 여행》에서 '무덤은 살아 있는 사람들이 죽은 사람들에게 보내는 사랑'이라고 했다. 작별을 준비하면서 가야인들은 토기를 만들어 사랑하는 사람들을 떠나보냈다.

껴묻거리용으로 발견된 토기 중에는 인물이나 동물, 특정한 물건의 모습을 본뜬 상형토기가 있다. 이 형상들은 죽음과 관련해 망자의 영혼을 이승에서 저승으로 안내하는 메시지를 담고 있다. 죽은 이를 떠나보내는 남은 이의 살뜰한 마음이 담겨 있다. 이들 토기는 가야인들이 생각하는 피안의 세계와 아울러, 당시의 생활상을 이해하는 데 중요하다. 가야시대에 관한 남은 그림이 없는 자리를, 상형토기가 메우고 있다.

배 모양 토기는 죽은 사람이 저승 가는 길, 저 배를 타고 안전하게 갔으면 하는 마음이 담겨 있다. 배의 모양은 바닥이 얕고 평평하여 강에서 사용한 나룻배와 같다. 해상왕국 가야에 넘쳐났을 배의 모양을 상형토기 배가 알려준다.

가야의 박물관에서 우리는 새 모양 토기를 만난다. 아주 단순화해 주요 특징을 직관적으로 표현해낸 모양이다. 새는 고대사회에서 곡식을 전해주고 풍년을 전해주는 곡령이자 신과 가까이 살고 있는 신의 사자이며 죽은 이의 영혼을 천상으로 안내하는 영혼의 인도자였다.

부산 동래의 복천동박물관에서는 신발 모양 토기를 만날 수 있다.

두 줄 새끼를 하나로 붙여서 짚신을 사실적으로 묘사했다. 망자가 이승에서 저승을 넘어갈 때 맨발로 가지 말라는 뜻에서 이 토기를 함께 묻었을 것 같다. 맨발은 초라하니, 초라하지 않게 가라는 의미다.

가야 사람들은 저승도 이생의 집처럼 편안한 곳이었으면 하는 마음을 담아 집 모양 상형토기를 많이 남겼다. 기둥과 마루, 대들보와 도리, 서까래 등 우리 전통 건축의 재료들이 정확히 표현되어, 가야시대의 가옥 형태를 이해하는 데 큰 도움을 준다. 내가 특히 인상적으로 본 집 모양 토기는 함안 말이산 45호분에서 발견된 토기다. 아홉 개의 기둥 위에 마루가 높게 올라 있는 고상가옥이었다. 집을 떠받치는 다리가 짐승이나 새의 다리 같아, 마치 날개가 달려 하늘로 날아갈 수 있을 것 같았다. 일본의 애니메이션 거장 미야자키 하야오의 〈하울의 움직이는 성〉에 나오는, 날아다니는 성이 연상되었다.

가야의 장인들은 가야의 풍토와 호흡을 맞춰 그들만의 조형정신을 담아 가야토기를 만들었다. 숱한 시행착오와 다양한 양식 실험을 통해 '문화적 진화'를 이루었다. 그들은 토기를 빚으며 흙과 물, 햇빛의 속성을 알아갔다. 자연과 세계는 행동하고 실천하면서 비로소 파악할 수 있다는 것도 알게 되었다. 자연과 세계를 이해하는 데는 손이 눈보다 머리보다 중요하다. 가야인들의 손은 정신의 칼날이다. 흙과 불로 오랜 시간 기다린 결과, 가야토기가 왔다.

복천동 거북 장식 원통형 그릇받침 및 짧은목 항아리
(보물, 국립김해박물관)

한여름 뙤약볕 아래 가야의 산을 오르는 한 마리 거북이가 떠오르는 토기다. 이 토기는 5세기 가야 수장급 인물의 무덤인 부산의 복천동 11호분에서 나왔다. 11호분은 구덩식 돌방무덤으로서 가야 무덤 중 이례적으로 도굴되지 않은 상태로 발굴되었다. 깨지거나 훼손된 부분이 없어 당시의 기술 수준을 정확히 볼 수 있다. 이 토기 말고도 금동관도 발견되었는데, 가야시대 금속공예 수준을 알 수 있는 소중한 보물이다.

복천동 고분군을 조성한 정치체에 대해서는 정확히 밝혀지지 않았다. 400년 광개토대왕 남정에 따라 쇠락해진 금관가야 세력이 부산으로 후퇴한 것이라는 설도 있고, 중국과 일본 역사서에 등장하는 가야 소국인 독로국이나 거칠산국을 이룬 세력이라는 설도 있다. 다만 가야 영향권에서 정치군사적 활동을 했고 문화를 만들어냈다는 것은 인정된다.

형태를 보면 원통형 그릇받침과 짧은목 항아리가 세트를 이루고 있다. 발굴 당시, 그릇받침 위에 항아리가 올려 있던 상태 그대로 출토되었다 하니, 1500년의 세월 속에서도 서로를 놓지 않은 그릇 사이의 인연의 끈기가 놀라울 정도다.

항아리를 받쳐 높이 올리기 위한 용도로 만들어진 원통형 그릇받침은 수장급 무덤에서 1점이 출토되는 가장 중요한 의기였다. 그 당시 원통형 그릇받침을 사용한 장송 의례가 유행했다. 뱀 모양의 점토띠가 장식된 대형 원통형 그릇받침은 가야토기 중 가장 화려하고 장식성이 강하다.

그릇받침과 항아리는 규모가 큰 편이지만 형태가 조화로워서 매우 안정적인 느낌을 준다. 자세히 들여다보니, 그릇받침은 11단을 나누어 단계별로 다양한 종

달빛 오름, 27.8×20.1cm, 종이에 연필·사진, 2021
거북 장식 원통형 그릇받침 및 짧은목 항아리, 복천동 고분 ⓒ국립김해박물관

류의 투창을 지그재그로 새겨넣었다. 가야토기 제작의 기술적 성취를 엿볼 수 있는 토기다. 게다가 이 토기의 화려한 피날레는 그릇받침을 타고 올라가는 거북이가 주는 세련됨과 조형성이다. 신라와 가야에서는 흙으로 만든 동물인 토우가 많이 만들어졌다. 흙으로 사람이나 동물의 모양을 모방하여 만든 작은 토우를 붙여 장식한 토기다. 토우는 투박한 재질감이 보는 이에게 편안함과 여유를 준다. 개, 말, 소, 멧돼지, 호랑이, 사슴, 토기, 새, 오리, 닭, 뱀, 게, 개구리, 물고기, 거북, 불가사리 등으로 매우 다양하다.

이 토기는 거북이 모양 토우를 사용했다. 거북이는 불로장생의 상징이기도 하고, 풍요로운 생산력을 나타내기도 한다. 무덤의 주인공이 현세와 내세에서 풍요롭게 오래오래 살아가기를 바라는 마음을 담았을 것이다. 토우가 보는 이를 미소 짓게 하는 것은 그 안에 담긴 풍부한 감정 덕분이다. 이 토기에 부착된 거북이를 보면, 늘 거북이처럼 꾸준하라는 부단한 수련의 길을 의미하는 것 같기도 하다.

메이드 인 가야 '덩이쇠'
뜨거운 용광로에서 태어나
520년 가야제국의 밥으로 살았다

덩이쇠, 사진, 2020

4. 철기에 대하여

가야는 비밀의 왕국이지만 '철의 왕국'이었다는 사실만큼은 비밀이 아니다. 역사가 알려주고, 고고학적 유물이 증언한다. 가야는 단단한 철을 사뭇 장난감 가지고 논 듯한 나라였다. 가야가 철의 왕국이었음을 알린 것은 역사 기록이다. 중국의 《삼국지 위서 동이전》은 당시 한반도에 있었던 '철의 나라'를 이렇게 묘사한다.

나라에서 철을 생산하는데, 한, 예, 왜에서 모두 가져간다. 시장에서 물건을 사고팔 때 모두 돈을 가지고 하는데, 중국에서 쓰는 돈과 같다. 철은 또 낙랑군과 대방군에도 공급한다.

'나라'는 변한일 가능성이 높으며 특히 김해의 구야국(가락국)이 가장 유력하다. 구야국은 금관국으로 불렸는데 이때의 금은 귀금속 금이 아니라 쇠를 의미한다. 쇠를 관장하던 나라 금관국은 철에 대한 강점과 해양을 끼고 있는 지리적 이점을 기반으로 철을 교역하면서 성장하였다. 금관국은 쇠를 여러 나라에 공급했다. 금관국이 있던 김해는 바다와 연해 있었다. 김해의 봉황대는 국제항구였다.

가야가 철의 제국이 될 수 있었던 이유

우리나라에서 쇠는 언제부터 사용되었을까. 한국의 철기는 기원전 5세기에서 4세기에 중국의 철기문화가 들어오면서 형성되었다. 새로운 금속문화를 수용했지만 한국인의 주철기술로 재창조했다. 철제 농기구의 대량생산이 가능해지면서 농업생산력이 획기적으로 증대한다. 철제 무기와 갑옷으로 무장할 수 있게 되어 강력한 군사력도 갖춘다.

가야가 철의 강국이 된 이유는 철을 만들 수 있는 집단이 있었기 때문이다. 당시는 정치권력을 쟁취하려면 주요 자원인 철기 또는 철기 제작기술을 보유해야 했다. 당시 철기를 제작한 장인들의 사회적 지위는 높았다. 조선시대 사농공상 사회에서 철을 다루는 대장장이가 낮은 신분이던 것과는 사뭇 다르다. 가야시대 유적지인 김해의 퇴래리 무덤에서 철을 만드는 망치와 큰못, 집게가 발견되었다. 인상적인 것은 무덤의 주인공이 허리에 찬 고리자루 큰 칼이었다. 제철 장인의 무덤이 확실한데 높은 신분의 상징인 큰 칼을 차고 있었다는 것은 철기 집단이 가야 사회에서 높은 지위였다는 증표다.

김수로왕을 떠받치는 집단 또한 철기 제작과 관련 있는 것으로 추정된다. 신라의 탈해왕이 된 석탈해는 철기 집단의 수장이라는 추정이 우세한데, 기록에 보면 석탈해가 가야에 와서 수로왕과 술법을 겨루는 장면이 있다. 이 술법 싸움을 석탈해와 수로왕의 철기 집단 사이의 패권 다툼으로 보는 해석이 우세하다. 캄차카반도에서 이주한 석탈해 중심의 철기 집단이 먼저 이주해온 김수로왕의 철기 집단에 싸움을 걸었다가 패배하고 결국 신라로 갔다는 해석이 있다.

가야가 철의 제국이 될 수 있었던 것은 철의 원료인 철광석이 풍부했기 때문이기도 하다. 청동은 우리나라에 산지가 거의 없는 편이나 철광석은 풍부히 매장되어 있다. 철을 만드는 데는 나무도 중요하다. 북서쪽 삼림지대가 철 제련에 중요한 나무 연료를 제공한 것도 가야가 철의 제국이 될 수 있었던 요인이다. 결론적으로 6가야 중 특히 금관가야는 바다와 강을 끼고 있으면서 풍부한 철광, 풍부한 목재를 확보했고, 김수로와 같은 고도의 제련술을 갖춘 집단을 근간으로 낙동강 물길 따라 바다로 나아갈 수 있는 천혜의 조건을 가졌던 것이다.

덩이쇠와 철갑옷

철의 제국임을 입증하려는 듯, 가야 무덤에서 나온 껴묻거리에서는 다량의 덩이쇠, 철갑옷, 마구가 발견되고 있다. 가야 사람들은 죽은 자의 시신을 묻을 때 그 밑에 덩이쇠를 줄줄이 깔았다. 가야에서 나오는 덩이쇠는 독특한 유물이다. 가야 고분의 돌덧널을 보면,

무덤 주인 밑에 철도 레일처럼 줄지어 깔려 있는 덩이쇠가 장관이다. 당시 철의 운반과 보존을 손쉽게 만든 형태가 덩이쇠인데, 동아시아 여러 지역에 수출할 때도 이 덩이쇠 형태로 전달되었을 것이다.

가야에서 발견되는 철기의 대다수가 철제 갑옷류다. 철로 된 갑옷이 가야를 포함한 한반도에 본격적으로 출현한 시기는 4세기이다. 동아시아의 국제관계가 격변의 시대를 통과할 때라 전쟁이 잦았고, 철제 갑옷의 수요도 많았다. 철로 된 갑옷을 입고 철저하게 무장한 군대를 운용해야 했다. 가야 박물관 어디를 가더라도 갑옷을 볼 수 있다. 김해의 김해박물관, 전주의 전주박물관, 부산의 복천박물관 한가운데에 가야 전사의 갑옷이 전시돼 있다.

가야 갑옷은 세로 철판을 가죽끈이나 납작못으로 이어붙이는 판갑옷과 작은 철판 수백 매를 연결해 만든 찰갑옷, 이렇게 두 가지로 나뉜다. 처음에는 판갑옷이 등장했고 5세기 이후에는 고구려에서 먼저 제작된 찰갑옷이 가야에도 사용되었다. 찰갑옷은 똑같은 소형 철판 수백 매가 필요하므로 여러 명이 제작에 참여했다. 위아래로 몸을 자유롭게 움직일 수 있다.

고대 전쟁에서 갑옷으로 무장한 말과 무사가 전장으로 돌진하는 모습을 본 적이 있을 것이다. 고구려 고분벽화에도 그러한 장면이 담겨 있는데, 학계에서는 이들을 개마무사라 부르며 중장기병의 역할을 담당한 것으로 본다. 중장기병은 말을 타고 전장을 장악해야 했기에 찰갑옷을 입었다. 부산의 복천동 고분, 남원의 월산리 고분 등 가야 여러 지역에서 찰갑옷이 나왔다.

철기는 물론 실용적인 면이 우선적이지만, 일정 수준의 기술적 성취에 도달한 다음엔 보다 아름답게 표현하고자 다양한 기술과 문양을 첨가하는 공예품으로 발전한다. 단순히 철판만 연결하지 않고 새털과 같은 장식을 목이나 어깨 부분에 달았다. 당시에 유행한 고사리 모양의 문양, 새 모양 장식을 이어붙이기도 했다.

말에게 철을 달라

전쟁에 나가는 말에게도 철이 필요했다. 가야에서는 말과 관련된 철기로 다양한 마구와 말 갑옷이 발견되었다. 말은 뛰어난 기동성과 힘을 갖추고 있어 가야에서 전쟁을 치르는 데 결정적 역할을 했다. 고대사회에서 말은 식용수단에서 수송수단으로, 그리고 군사력으로 점차 그 기능이 고도화되었다.

스키타이, 흉노 등 기마민족의 정복시대가 열리고 유라시아 초원지대가 대륙과 대륙의 소통 통로로 번창하게 된 것도 말 타기와 마구의 발전 덕분이다. 인류는 이제 전장에서 말과 함께하면서 야수의 스피드를 가진 가장 강력한 포식자가 되었다. 고대 한반도에도 말은 싸움과 전쟁에서 중요한 역할을 차지했다. 전쟁을 치르는 데 말은 기마병의 출현에 기여한다. 고구려 고분벽화에 나오는 찰갑옷의 개마무사는 말을 전쟁에서 온전히 이용할 수 있는 마구가 발달했기 때문에 가능했다. 실제로 4~5세기가 되면 이러한 마구가 완벽히 갖추어지는 모습을 고구려뿐 아니라 가야의 옛무덤에서도 흔적을 찾을 수 있다. 당시의 마구는 모두 철로 만들어진 것들이었다.

가야시대 무덤에서 발견되는 철제 마구는 크게 세 종류다. 첫째, 말을 부리고 다스리기 위한 것들로 재갈이 대표적이다. 재갈은 말의 아가리에 가로로 물리는 가는 쇠토막인데 굴레에 달려 있고 한 끝에는 고삐를 매게 되어 있다. 말의 행동을 제어하여, 조정하고 정지시키는 역할을 한다.

두 번째는 사람이 말을 타고 안정을 유지하는 데 필요한 것들이다. 말의 등에 깔아서 말에 올라탄 사람을 안정시키는 안장과 말 탄 무사가 발을 걸 수 있는 등자가 이에 해당한다. 말 탄 기병은 등자에 발을 걸치면서, 양발을 지지하고 말 위에서 활을 쏘거나 칼을 휘두를 수 있다. 기수는 가죽끈 또는 밧줄 등자의 도움으로 말에 올라타고 발을 걸칠 수 있었다. 등자의 도움으로 가야의 기병은 다른 나라의 보병을 압도할 수 있었다. 말 탄 기병이 창칼로 보병인 적을 향해 일격을 가할 때 등자는 지렛대 역할을 한다. 단순한 무게 중심의 도구가 아니라 힘을 가하는 도구다. 등자에 발을 딛고 서는 순간 무거운 갑옷 입은 기병의 몸무게가 창칼을 찌르는 데 그대로 보태어진다.

세 번째는 말을 장식하는 용도로 쓰이는 마구들이다. 말방울, 말띠드리개, 말띠꾸미개이다. 가야지역의 무덤에서는 마구가 다량으로 발굴되었다.

마구는 아니지만 말이 입던 갑옷도 철로 만들었다. 기마병 자신도 수백 장 철을 두드려 만든 찰갑옷을 입었지만, 말에게도 자기가 입은 찰갑옷과 유사한 말 갑옷을 입혔다. 탈 것은 단순히 타는 것에 그치지 않고 말 탄 사람의 신분과 경제능력을 표현하고 있다.

가야는 고대 '강소국가'였다

가야의 철 기술을 알려주는 유물은 많이 나왔지만, 정작 철을 제작한 제철유적은 발견되지 않았다. 제철유적은 물의 양이 풍부하고 나무가 많은 곳에 들어선다. 철기 제작을 하기 위해서는 1500도 이상으로 온도를 유지해 철광석을 녹여 쇳물을 만드는 제련로가 있어야 한다. 제련로의 온도는 풍부한 연료인 숯으로 유지된다. 쇳물을 식힐 수 있는 물도 풍부해야 한다. 전라북도 장수 등 전라도 동부권에 제철유적이 많이 남아 있지만, 이를 가야시대 제철유적으로 특정하기에는 어려운 실정이다. 경상남도 합천에는 야로라는 지명이 있다. 이곳은 '대장장이(冶)'와 '화로(盧)'를 뜻해, 대가야시대 철과 관련된 장소가 아닐까 추정된다.

가야는 변한 12국 시절부터 철로 유명했던 나라다. 규모는 작지만 강한 나라를 일컬어 우리는 강소국가라 부른다. 면적이나 인구는 작지만 특정분야에 세계적 기술을 보유하고 있어 국가경쟁력이 우수한 나라. 강소국가는 일찍부터 국가적 체계를 만들고, 이를 달성하기 위해 모든 구성원들의 에너지를 집결시키고 지정학적 이점을 최대로 활용하는 나라이다. 가야는 일찍이 해상 활동에 유리한 지리조건을 기반으로 한반도 내륙과 중국, 일본을 잇는 중개 무역을 하며 힘을 키워갔다. 일찍이 철기를 제작할 수 있는 집단이 정착에 성공하고, 철광 산지와 유통에서의 장점을 활용하여 철로 부유할 수 있는 기반을 닦았다. 작지만 철이라는 산업에서 기술력과 유통망을 보유하여 당대 동아시아에 수출하며 존재감을 극대화했던 가야. 철기로 군사력을 보강하고, 해외에 철을 수출해 국력과 부력에서 탄탄한 저력을 보여준 나라. 가야는 그러한 강소국가였다.

부산 복천동 38호분 출토 철제갑옷 일괄

(보물, 국립김해박물관)

갑옷과 함께 전쟁을 건넜다.

복천동 38호분 무덤에서 나온 4세기 철갑옷 세트다. 갑옷은 물론 투구, 목가리개가 패키지처럼 다 들어 있다. 지금까지 이처럼 일괄품으로 출토된 것은 이 유물이 처음이다. 복천동 발굴 중에 나왔으니 출토지와 시기가 확실하여, 갑옷들의 시대적 변천사를 쓰는 데 그 기준이 되고 있다.

철로 된 갑옷은 세월의 흔적에 취약하다. 녹이 슬어 쉽게 원형을 알아보기 어려운데, 이 갑옷은 보존상태가 좋다. 가야시대 철로 된 갑옷의 특징을 잘 알아볼 수 있어 금상첨화다. 발굴 당시에는 갑옷이 조각조각 흩어져 그 파편이 흙과 뒤엉켜 원형을 알아보기조차 힘들었을 것이다. 문화재 보존 전문가가 정성스레 표면의 이물질을 제거하고, 더 이상 부식되지 않도록 처리하고 파편을 접합하여 색을 맞춘 후에야 우리와 만날 수 있게 되었다. 세상 속에 존재를 드러낸 1500년 전 갑옷, 흙과 바람을 뚫고 세월을 살아내었다.

가야에서 유난히 많이 발견되는 유물이 철로 된 갑옷이다. 철의 제국 가야의 면모를 후세에게 각인시키기라도 할 것 같은 기세다. 갑옷은 단순한 방어용 무기가 아니라 권력의 상징물이기도 하다. 갑옷을 입을 수 있는 사람은 부와 권세를 가진 사람이었다. 이 갑옷 세트가 발굴된 복천동 38호분의 주인공은 가야의 권세가였다.

이 갑옷은 철판 20매로 된 찰갑옷에 속한다. 찰갑옷은 몸을 움직이는 데 용이하여, 기병이 입었다고 알려져 있다. 흙과 세월의 풍화를 이겨낼 정도로 제작기술도 독보적이다. 이를 만든 대장장이는 철판을 두드려 가늘고 길게 폈다. 여러

부산 복천동 38호분 출토 철제갑옷 일괄, 4세기 ⓒ국립김해박물관

장의 철판을 이어붙여야 하니, 철판을 두드리는 시간의 공력도 대단하다. 이 작업이 끝나면 가늘고 길게 만든 철판에 구멍을 뚫고 구멍을 가죽으로 연결해 마무리를 한다. 찰갑옷은 옷에 유동성을 주어 장수가 전장에서 손과 몸통을 움직이기 쉽다. 그러려면 갑옷을 만들 만한 자신의 단골 대장간이 있어야 한다.

기성품이 많지 않던 시대에 우리 부모들은 양장점이나 양복점에 가서 옷을 맞추어서 입었다. 신체 치수를 재고, 처음에 만든 옷을 입어보기도 하는 등 자신의 몸에 가장 잘 맞는 핏을 만들어간다. 가야시대 이 갑옷도 마찬가지다. 머리나 신체 굴곡에 어울리게 입어보고 자기 몸에 맞는 갑옷을 제작할 수 있었다.

이 갑옷의 전사는 머리를 보호하기 위해 투구를 썼는데, 투구 위에는 작은 복발이 볼록하게 나와 있다. 상상을 해본다. 투구를 벗을 때 드러나는 장수의 상투 튼 모습이 너무도 강렬하고 용맹스러워 보이지 않는가. 중세 유럽의 중무장한 기사처럼, 목가리개를 한 장수의 모습도 떠오른다.

재밌는 것은 갑옷의 몸통 아래쪽에 작은 철판을 덧댄 흔적이 있다는 것이다. 이 무덤에 묻힌 자는 갑옷을 입고 전장을 용맹하게 누빈 장수였을 것이다. 이 갑옷은 껴묻거리로만 사용된 것이 아니라, 무덤의 주인공과 살아생전에도 함께였다. 이 갑옷은 장수의 분신이자 수호천사였다. 갑옷의 일부가 망가지면 대장간에서 수선해서 오래 사용하며 버텼다. 장수의 가족들은 장수가 죽어서도, 갑옷이 그를 편안하게 해줄 것이라고 믿었다. 갑옷과 함께라면, 장수는 죽음 이후 영원의 세계가 덜 두려웠을 듯하다. 전시장 건너편 갑옷을 보며 말 한마디 던져본다.

"나의 장수님, 평안함에 이르렀나요?"

5. 가야와 왜에 대하여

"가야사는 우리나라 역사에 있어 움직일 수 없는 확실한 기초로 '아르키메데스의 점'이라 부를 만하다. 가야라는 움직이지 않는 받침점을 통하면 일본의 역사는 지렛대로 들어 올려질 수 있기 때문이다."

소설가 최인호가 가야에 관한 소설《제4의 제국》을 쓰면서 한 말이다. 아르키메데스의 점. 그리스의 철학자이자 수학자인 아르키메데스가 움직이지 않는 한 점만 주어진다면 그 점을 받침점으로 삼아 긴 막대를 지렛대로 이용하여 지구를 들어 올리겠다고 말한 데서 유래한다. 모든 사실을 밝혀 들여다보게 만드는 이정표를 일컫는 말, 작가 최인호는 가야를 '아르키메데스의 점'에 비유했다. 가야사를 들여다보면 당시 한일관계사의 심연을 훤히 드러낼 수 있다고 생각했다.

이전에 백제와 일본의 가까운 관계를 다룬 소설《잃어버린 왕국》을 썼던 작가는 가야와 왜의 관계를 '폴리스적 동맹관계'에 비유하며, 백제와 일본보다 가야와 일본의 관계가 더 원초적이고 깊다고 고백했다. 폴리스적 동맹관계는 서로 느슨하게 연대하며 고대 그리스 사회를 만들어냈던 아테네와 스파르타의 관계를 빗댄 말이다. 단순히 지리적으로 가까운 나라가 아니라, 대외관계에 있어 한 몸과 같이 움직인 나라라는 뜻일 터이다.

가야와 왜 사이의 잦은 교류, 이주가 빈번했던 세월

한반도와 섬나라 일본의 교류에 대해서는 세계적인 학자들도 인정하는 바다. 《제3의 침팬지》, 《총, 균, 쇠》의 저자 재레드 다이아몬드Jared Diamond는 1998년 세계적인 과학 권위지 《디스커버Discover》에 〈일본인의 뿌리Japanese Roots〉라는 논문을 썼다. 그는 이 논문에서 많은 영국인이 아메리카 대륙으로 이민을 가 미국을 세운 것처럼 '오늘의 일본인은 2400년 전 한반도에서 대량으로 이주한 한민족의 후예'라고 했다. 외모가 비슷하고, 유전자가 같고, 언어가 공통점을 갖고 있는 것은 일본인의 뿌리가 한국에 있다는 증거로 보았다. 이 논문은 그의 세계적 베스트셀러 《총, 균, 쇠》의 한국어판에 수록되어 있다.

'일본 문화의 시원이 한국'이라 생각했던 미국인 여성학자가 있으니, 존 카터 코벨Jon Carter Covell(1910~1996)이다. 1941년 미국에서 처음으로 일본 미술사를 전공한 학자 코벨은 아예 한국으로 건너와 본격적으로 한국 고대사를 연구했는데, 일본 고대사를 공부할수록 일본 문화의 시원이 한국이라는 것을 더욱 깊이 깨달았다. 코벨은 가야사에 대한 관심이 남달랐다. 가야인을 고대 기마민족의 후예로 보았고, 가야인들이 바다를 건너 일본에 가 천황가를 수립했다고 했다. 삼국시대는 가야를 포함한 4국으로 불러야 한다며 "한국의 가야사가 분명하게 확립되는 것을 볼 때까지 살고 싶다"라고 했다.

가야와 왜 사이에 많은 왕래가 있었다는 것은 의심할 수 없는 사실이다. 가야의 철과 토기, 일본의 토기 사이의 물자교류는 물론이고, 사람들 사이의 섞임도 빈번했다. 고구려, 백제, 신라와의 전쟁을 피해 가야인들은 바다 건너 일본으로 건너갔다. 왜로 넘어간 고구려, 백제, 신라인들의 행렬도 있었다. 김일성 대학의 총장을 지낸 한국 고대사학자 김석형은 논문 〈삼한 삼국과 일본열도〉에서, 선진화된 문물과 기술을 지녔던 고구려, 백제, 신라, 가야의 이주민들이 2세기에서 6세기에 일본으로 건너가 분국을 설치했고 이 분국들은 본국인 한반도와 지속적인 관계를 맺어왔다고 주장했다. 삼국과 가야가 일본 열도에 식민지촌을 건설했다는 것이다. 일본 동부의 나라奈良를 중심으로 한 지역에는 가야계 이주민들이, 이즈모와 기비 지역에는 신라 이주민들이, 큐슈 북부에는 백제계 이주민들이 강력한 정치집단으로 세력화했다고 했다. 임나일본부에 길들여진 한일 역사학계는 물론 세계도 이 주장에 주목했다. 《총, 균, 쇠》에 수록된 논문 〈일본인의 뿌리〉에도 등장한다.

가야의 멸망 후 가야인들의 이주는 대규모로 이루어졌을 가능성이 높다. 신라에서 모멸과 멸시를 받기보다는 이전부터 왕래가 많았던 왜로 가 도래인渡來人으로서 새로운 삶을 개척하는 것이 좋은 방편이었다. 가야인의 대규모 이주를 추정할 수 있는 증거가 바로 일본 최초의 도질토기라는 '스에키須惠器'다. 스에키는 짙은 회색빛을 띠고 있으며 두드리면 쇳소리가 날 정도로 단단한 토기다. 일본의 이전 토기인 붉은색 하지키土師器와 질적으로 다른 단계를 보여준다. 당시 금관가야, 아라가야, 대가야 등에서는 1000도 이상의 가마에서 구워내 이전 시기와는 질적으로 다른 '도질토기'를 완성하고 있었다. 한일 양국의 학자들은 가야토기를 만든 장인들이 일본으로 이주해 일본식으로 해석해 만든 토기가 '스에키'라는 데 그다지 이견은 없는 듯하다. 교수 유홍준은《나의 문화유산 답사기 일본편》에서 오사카 남부 이즈미和泉에서 발견된 스에키를 굽던 가마를 가야 이주민들의 흔적이라고 보았다.

가야인들의 이주 흔적은 일본의 지명에도 고스란히 남아 있다. 후쿠오카현의 지명 중 가야산可也山, 가라韓良, 다타라천多多羅川, 다타라촌多多羅村은 가야와 관련이 있다. 사가현의 가라쓰唐津, 야마구치현의 다라多羅, 다타라산多多良山 등도 마찬가지다. 이러한 지명들은 '가야인들이 큐슈 북부로 건너가 야마토 지역까지 이동하는 과정에서 각지에 정착하면서 남긴 흔적'이라고 설명되었다.

지방의 방송사에서 만든 아라가야에 대한 다큐멘터리를 본 적이 있다. '아라가야-바다를 건너 부활을 꿈꾸다'라는 제목이었다. 일본 열도로 이주한 아라가야인들의 흔적을 소개하고 있었다. 지금도 아라가야와 이름이 유사한 아나무라穴村 마을, 안라신사가 일본 지역에 있다. 일본 최대의 호수인 혼슈 오츠시의 비와호 근처 박물관에는 한반도의 부뚜막과 토기가 진열되어 있었다. 낯선 일본 땅에서 도래인으로 살아가는 가야 이주민들의 신산한 세월을 생각하면 마음 한구석이 다소 시리지만, 그 세월을 건너 당당히 정착한 가야인들의 강인한 생명력에 깊은 인상을 받았다.

판도라의 상자, 임나일본부

왜는 가야와 가장 가까웠다. 반면 신라와 왜는 불편한 사이였다. 어렸을 때 신라의 충신 박제상을 다룬 인형극을 본 기억이 지금도 뚜렷하다. 신라 실성왕은 내물왕의 아들인 미사흔을 일본에 볼모로 보냈다. 눌지왕이 왕에 오른 후, 동생 미사흔을 찾기 위해 박제상을 일본에 보냈다. 박제상은 미사흔을 구하는 데 성공했으나 자신은 영영 신라로 돌아오지 못했다. 왜왕은 박제상의 발바닥 거죽을 벗기고 갈대 위를 걷게 했다. 박제상은 "차라리 계림의 개·돼지가 될지언정 왜국의 신하가 되지는 않겠다"라며 왜왕의 핍박에 굴하지 않았다. 그 시절 내 최고의 충신은 박제상이었다. 신라와 왜는 이렇듯 꽤 불편한 사이였음이 확실하다. 용이 되어 나라를 지키고자 대왕암에 묻힌 문무왕의 예를 봐도 그렇다.

반면, 백제와 왜는 가까웠다. 한반도에서 이주한 세력이 일본 천황가가 되었다는 것은 공공연하다. 백제에서 건너간 왕인은 일본 황실의 스승이 되었다. 《일본서기》에 등장하는 일본 왕인 계체왕과 흠명왕이 백제 왕실과 깊은 관계를 맺고 있다는 설도 있다. 계체왕은 백제의 무녕왕과 형제이고, 고구려와의 전투에서 패한 백제 성왕이 일본으로 넘어가 흠명왕이 되었다는 다소 소설 같은 주장도 있지만, 백제와 왜가 그 정도로 가깝다는 취지의 주장으로 이해된다.

이렇듯 가야, 백제, 신라와 왜의 얽히고설킨 관계 속에서 400년 광개토대왕의 출병이 있었다. 이와 관련하여 한일 역사학자 간에 오래된 공방이 있으니, 우리가 익히 들어온 '임나일본부설'이다. 《일본서기》 기사를 들며 일본 군부와 관학자들이 간간이 주장한 정한론은, 1883년 일본 중위가 만주에서 가져온 '광개토왕비문'의 등장과 함께 임나일본부설로 본격 전개되었다.

광개토대왕비는 414년 고구려 장수왕이 국내성에 세운 선왕 광개토왕의 공적을 기록한 비석이다. 광개토대왕이 신라의 원군 요청을 수락해 400년 당시 대군 5만 명의 군사를 동원해 왜와 임나가라를 격퇴했다는 내용도 이 비석의 기록으로 알려졌다. 한일 역사학계의 해석이 달라 엄청난 논란이 된 구절은 신묘년(391) 기사다.

'倭以辛卯年來度海破百殘○ ○羅而爲臣民'

중간에 지워진 글자가 있어 해석이 더욱 어려운 구절이다. 일본인 학자들은 '신묘년에 왜가 바다를 건너 백제와 신라를 파하고 신민으로 삼았다'라고 해석해 임나일본부설의 근거로 삼았다. 우리 역사학자들의 해석은 달랐다. 민족사학자 정인보는 '왜가 신묘년에 오니 (고구려가) 바다를 건너 (왜를) 격파했다'로 해석했다.

일본이 조선의 지배를 합리화하면서 조선총독부는 임나일본부 발굴에 필사적으로 나섰다. 고령, 김해, 함안 등 가야 옛도읍지의 고분들을 조선인 인부를 동원해 파헤쳤다. 이러한 미친 듯한 노력에도 임나일본부는 발견되지 않았다. 임나일본부가 있었을 거라 추정해 김해 지역을 샅샅이 뒤진 동경제국대학의 일본 고대사 교수 구로이타 가쓰미는 "임나일본부가 대가라 즉 지금의 경상남도 김해 지방에 있었던 것은 명백한데 그 자취는 이미 망하고 이것을 찾을 방도가 없는 것이 유감이다"라고 인정했다.

북한 역사학자 김석형, 임나일본부설을 강타하다

임나일본부설은 1960년대까지 일본 역사학계를 풍미했고, 그 중심에는 스에마츠 야스카스末松保和가 1949년에 쓴 《임나흥망사》가 있다. 스에마츠 야스카스는 경성제국대학 법문학부 역사학부 교수로 근무했다. 아이러니한 것은 이 임나일본부설을 뒤집은 주장이 그의 경성제국대학 제자였던 김석형에게서 나왔다는 점이다. 김석형은 월북 역사학자로 북한 역사학계에서 두드러진 활약을 보였고, 그 대표적 논문이 1963년 사회과학원 역사연구소 잡지 《력사과학》에 실린 〈삼한, 삼국의 일본렬도 내 분국에 대하여〉이다.

김석형의 주장은 당시 일본 역사학자들이 공격적으로 주장했던 임나일본부설을 완파했다. 김석형은 "고대 일본이 조선을 지배했다는 소위 '임나일본부설'은 거짓이며, 거꾸로 고구려 백제 신라에서 일본으로 이주한 이들이 일본 열도에 세운 기관이 '임나일본부'이며 한국

고령 지산동,
식민지 조선의 발굴은
이렇게 시작되었다

경북 고령 지산동 18호분 발굴 작업, 일제강점기, 유리건판 ⓒ국립중앙박물관

이 일본을 경영했다'라고 했다.

최근 북한의 학자 조희승이 쓴 《임나일본부의 해부》라는 책이 우리 나라에서 출간되었다. 그는 임나는 가야계가 일본 열도에 건설한 분국이라는 김석형의 분국설을 계승, 발전시켜 2012년 이 책을 썼다. 이 책은 '임나일본부'의 위치를 일본 고고학 발굴과 성과에 기반하여 일본 기비지방, 지금의 오카야마현을 상정하고 있다.

가야와 왜, 균형 잡힌 역사인식이 필요하다

임나일본부설은 우리 안에서도 늘 논란이 되었다. 《임나일본부는 허구인가》를 쓴 김현구 교수와 재야 역사학자 이덕일의 논쟁은 소송으로까지 갔다. 김현구는 "임나는 한반도 남부의 가야와 같은 나라인데, 서기 4~6세기에 2백 년 동안 이 임나를 백제가 평정하여 '일본부'를 두어 다스렸다'라고 주장했고, 이덕일은 이것이 식민사학자들의 임나일본부설과 유사하다고 비판했다. 김현구는 이덕일을 명예훼손으로 고소했다.

이덕일은 《우리 안의 식민사관》에서 '조선총독부 사관과 독립운동가 사관 사이의 최전선은 늘 한국 고대사였다'라고 했다. 한국 고대사는 우리가 나라를 빼앗긴 1910년부터 지금까지 늘 이 자리의 현대사였다는 지적일 것이다. 역사학계는 이덕일의 관점이 위대한 역사와 거대한 영토를 강박적으로 선호하며, 여기에 회의적 태도를 보일 경우 '친일 식민사학'으로 낙인찍는다고 비판한다. 젊은 역사학자들은

《욕망 너머의 한국 고대사》에서 재야사학은 '욕망이 깃든 사이비역사학'으로 대중을 선동해 눈을 가리고 있다고 비판했다.

가야사에는 역사적 진실에 들어맞으면서 균형 잡힌 시각이 필요하다. 〈일본인의 뿌리〉에서 재레드 다이아몬드는 역사는 한일 양 국민들에게 상호 불신과 증오의 여지를 주고 있지만, 한일 사이의 공통점을 강조하는 것이 동아시아 미래를 밝혀줄 것이라고 강조했다.

대립과 갈등은 상호간에 파괴적일 뿐 이로울 건 아무것도 없다. 분명히 한일 양 국민들은 유년기를 함께 지낸 한 핏줄의 '쌍둥이 형제'와 같다. 이제 동아시아의 정치적 미래는 그들 사이의 오랜 유대를 성공적으로 재발견함에 따라 크게 좌우될 것이다.

일제강점기 허상의 신념을 바탕으로 이루어진 임나일본부설 때문에, 가야와 왜 사이에 이루어진 평화 교류의 증거를 모두 폐기할 수는 없다. 고대 일본의 힘은 가야와 긴밀한 교류관계를 통해 축적되었고, 가야의 힘도 일본과의 평화적 우호관계를 유지하면서 지속될 수 있었다. 역사는 국가의식의 과잉된 내셔널리즘이 되어서는 안 된다. 우리의 역사의식은 끊임없이 새로워져야 한다. 그것이 함께 이기는 길이다. 100년이 되지 않았다. 늦지 않았다.

고고학자, 매력적인 업^業에 대하여

가야의 역사를 찾으러 떠나는 길에 고고학을 다시 만났다. 옛 가야 땅에서 나온 무덤, 토기, 철기, 볍씨 등 유물들이 《삼국유사》, 《삼국사기》가 기록하지 않은 가야를 이야기해주었기 때문이다. 가야의 물건들은 문자 기록이 없는 가야사에 밝은 빛을 비추었다. 1500년 만에 가야가 가장 화려한 시대를 맞았다면 그 8할은 고고학의 성취다.

고고학의 발굴로 가야사가 제대로 조명되기 시작한 것은 1970~1980년대 산업화의 결과이기도 하다. 새로운 건물과 도로를 건설하면서 대규모의 발굴이 시작된 셈이다. 부산의 복천동 고분은 주택택지공사 과정에서, 남원의 월산리와 두락리 고분은 88고속도로 건설 과정에서 발굴되었다.

그 이전에도 가야사에 대한 발굴이 없었던 것은 아니다. 근대적 의미의 발굴은 일제강점기 때 시작되었다. 일본은 임나일본부를 찾기 위해 창녕, 함안, 고령, 김해 등 옛 가야 땅에 대한 발굴을 시작했다.

건축학자 세키노 타다시, 역사학자 구로이타 가쓰미·야쓰이 세이이치, 인류학자 도리이 류조가 발굴에 나섰다. 식민통치의 명분을 만들기 위한 발굴이었고, 학자들은 스스로 신공왕후 정벌설, 임나일본설을 신봉했다. 발굴은 많았지만 제대로 정리되지 않았고 많은 유물들이 일본으로 반출되었다. 가야에 관련된 고고학 발굴의 흑역사다.

일본의 고서점에서 발견된 야쓰이 세이이치의 비망록에는 '우리 군대가 피 흘려 슬라브족을 몰아내고 차지한 조선에서 학계가 진구황후의 꿈을 이룰 탁식의 종자를 삼지 못하면 책임을 방기하는 것'이라고 적혀 있었다. 그가 참여한 창녕 발굴은 일제 최악의 발굴이라는 악명이 붙어 있다. 《우리문화재 반출사》에 따르면 창녕 교동 발굴 후 '마차 20대, 화차 2대 분량'의 물건이 무참하게 반출되었다. 일본의 국립동경박물관에 있는 가야시대 금관으로 알려진 창녕 금관도 이때 반출돼 대구의 전기상 오구라 다케노스케의 컬렉션에 들어간 것으로 추정된다.

1970~1980년대 한국 고고학은 일제강점기의 어둠을 넘어 빛나는 성취를 보여준다. 가장 드라마틱했던 발굴은 1977년 고령 지산동 고분이다. 우리나라에서 처음으로 대규모 순장이 이루어졌음을 알게 한 고고학계 일대 사건이었다. 44호분의 순장묘 발굴은 40여 기에 이른다. 고분 위를 덮은 흙을 걷어내는 데만 트럭으로 수백 번, 대규모 순

장묘를 발굴하기까지 13개월이 걸렸다. 이 과정은 고고학 발굴사를 다룬 책《천 번의 붓질, 한 번의 입맞춤》에 잘 소개되어 있다.

금관가야 역사에 빛을 비춘 것은 김해 대성동 고분의 발견이었다. 18세기 실학자 이수광이 쓴《지봉유설》에는 임진왜란 때 왜적이 수로왕릉을 파헤친 이야기가 기록되어 있다. 무덤 안이 넓었으며, 무덤의 주인공은 두개골과 정강이뼈가 컸고, 그 옆의 여자 시신 두 구는 순장된 여자 종인 것 같다고 했다. 수로왕 무덤이 도굴되지 않았다면 금관가야 역사는 일찍이 밝혀졌을 것이다.

1990년 오랫동안 금관가야 무덤을 찾아다닌 고고학자가 애기 구지봉이라는 애구지에서 금관가야 무덤을 발견하면서 금관가야의 역사는 비로소 알려진다. 지금의 김해 대성동 고분이다. 특히 청동솥, 목관묘, 순장 등 북방민족의 문화와 파형동기, 통형동기 등 왜계의 문화가 함께 발견되면서, 우리의 역사적 상상력이 새로운 차원에서 날개를 펼치게 되었다. 이렇듯 고고학의 발견은 가야사를 풍요롭게 만들었다.

고고학은 역사적 기록이 없는 시대에 물질적 증거를 찾아 당시 이야기의 퍼즐을 맞추는 학문이다. 고고학자는 땅에 묻힌 문화재를 수천 년의 시간을 뛰어넘어 찾아내는 사람들이다. 인간은 주어진 환경에서 활동하고 그 흔적을 남긴다. 살던 집과 죽어서 묻히는 무덤, 음식물을 버린 쓰레기장에 자신이 썼던 토기, 철기, 갑옷, 금관, 마구, 옷을 남긴다. 고고학자는 이들을 단지 찾아내는 데 머무르지 않고 그 사실의 조각을 맞춰 당시를 상상해내는 사람들이다. 탐정이 사건현장에 남겨진 흔적으로 이야기를 유추하듯 말이다. 훌륭한 고고학자는 숙련된 경험과 직관, 풍부한 상상력으로 무장한 셜록 홈즈급 탐정이 되어야 한다.

고고학자는 물건이 갖는 특성과 의미에 집중해야 하는, 상당히 '유물론적' 인간이다. 대부분의 고고학자는 물질적 흔적이 사람의 행동보다 훨씬 정확하다고 믿어서 '내가 나를 아는 것보다 내가 갖고, 쓰고, 효용이 다해 쓰레기통에 버린 물건이 더 나를 정확히 알려준다'라고 생각한다.

고고학자는 사랑하는 사람을 앞에 둔 양, 늘 설레는 사람이다. 대학에서 고고학을 가르치는 선배는 일찍이 고고학으로 인생의 방향을 정한, 타고난 고고학자다. 고고학을 평생 업으로 삼은 이유도 흥미와 호기심 때문이다. 그는 늘 "과거 사람의 흔적을 찾아 짜 맞추는 일은 무척 흥미로워", "땅을 파면서 과거 사람들이 남긴 어떤 흔적을 마주할지 생각만 해도 설렌다"라고 말했다. 그중에서도 가장 심쿵했던 말은 "고고학은 애인을 만나는 일이고, 애인과 사는 일이야"였다.

고고학자는 우리의 선조가 어디에 살았는지, 무엇을 먹었는지, 무엇을 만들었는지를 알고 싶어 하는, 과거의 사람들과 사랑에 빠진 사람이다. 고고학자에게 발굴이란 애인이 남겨놓은 소중한 선물을 만나는 일이다.

고고학자는 기다리는 사람이다. 고고학자는 무덤을 뒤지고, 조개더미가 산처럼 쌓여 있는 패총을 뒤진다. 뜨거운 땡볕 밑에서 천만 번 붓질을 해내야 하는 고된 노동을 감내한다. 땅속에 있는 것들을 찾아내는 현장의 풍경은 늘 지루하고 따분하다. 붓으로 쓸고 호호 불면서 느릿느릿 움직이는 곳, 그 시간을 흘려보낼 줄 아는 자만이 역사적 발견에서 오는 기쁨을 누릴 자격이 있다. 그것이 고고학자에게 통용되는 정직한 셈법이다.

고고학자는 겸양을 아는 사람이다. 고고학은 시공간적으로 거대한 스케일로 성찰할 수 있기 때문이다. 머나먼 낯선 시공에서 역사를 만나고 인류를 만나기 때문이다. 체람은 《낭만적인 고고학 산책》에서 '인간으로서의 겸양을 배우고자 할진대 군이 하늘의 별을 쳐다볼 필요는 없다. 우리보다 수천 년 앞서 존재했으며 위대했던, 그러나 이미 사라져 없어진 수많은 문화로 눈을 돌리면 족하다'라고 했다. 겸양을 삶 속에 실천하고 싶다면 고고학자가 될 일이다.

시베리아 고고학을 전하는 내 친구는 숨어 있는 땅속의 진정한 역사는 고고학이라는 두레박으로 끌어 올려진다 믿었다. 고고학은 역사책에 기록된 역사를 보충하기 위한 것만은 아니라고 주장했다. 그 근거로, 글자가 발명돼 사용된 시점은 기껏해야 5천 년 정도지만, 호모 에렉투스가 아프리카를 떠나 세계로 퍼지면서 본격적인 인류의 역사가 시작된 시점은 150만 년 전이라고 했다. 그의 셈법에 따르면 역사가 기록한 인류의 역사는 0.3퍼센트이고 나머지 99.7퍼센트는 역사가 기록하지 않은 역사다. 그 99.7퍼센트가 고고학의 영역이라면 고고학은 결코 역사학을 보완하는 학문이 아니라는 뜻이다. 고고학에 대한 패러다임 전환이다. 탐사되지 않은 99.7퍼센트의 영역, 그곳이 블루오션이다. 그래서 고고학은 우리시대의 블루오션이다.

가야가 그러하다. 2019년 11월 창녕의 교동 고분군에서 도굴되지 않은 온전한 대형 고분 무덤방이 발견되었다. 4세기에서 5세기 무렵 비화가야 실력자 무덤이다. 도굴 안 된 무덤으로는 1971년 무령왕릉 이후 처음이다. 1930년대 초반 이미 200기가 넘는 고분의 대다수가 도굴되었다고 알려진 창녕에서 용케 살아남았다. 어쩌면 '역사의 신이 후손에게 주는 횡재' 아닐까. 이렇듯 아직도 우리가 찾지 못해 땅속에 잠들어 있는 문화재는 많다.

호기심과 애정, 기다림과 겸양으로 가야사를 들여다볼 수 있는 판타스틱한 업^{業}, 그게 바로 고고학자다. 고고학자의 유혹에 빠지는 선택, 단언컨대 인생을 걸 만한 즐겁고 유쾌한 일 아닌가. 가야사 현장에서 가야를 들여다보는 고고학자를 많이 만날 수 있기를 소망한다.

그림 및 사진 설명

59p 우리는 바다로 간다, 21×28cm, 종이에 연필, 2021

84-85p 소가야의 바다, 20.5×14.7cm, 종이에 연필, 2020

134-135p 가야가 온다, 40×22cm, 종이에 연필, 2021

164p 순천 운평리 고분에서, 사진, 2019

232-233p 연극이 끝날 때, 사진, 2021

238p 수로와 황옥, 19.5×27cm, 종이에 연필, 2020

302p 남원 월산리 고분에서, 사진, 2019

잊혀진 나라 가야 여행기
: 내가 사랑한 가야

초판 1쇄 발행일 2021년 11월 10일

지은이 정은영
펴낸이 김현관
펴낸곳 율리시즈

책임편집 김미성
표지디자인 송승숙디자인
본문디자인 진혜리
종이 세종페이퍼
인쇄 및 제본 올인피앤비

주소 서울시 양천구 목동중앙서로7길 16-12 102호
전화 (02) 2655-0166/0167
팩스 (02) 6499-0230
E-mail ulyssesbook@naver.com
ISBN 978-89-98229-94-8 03810

등록 2010년 8월 23일 제2010-000046호

책값은 뒤표지에 있습니다.